闽都寻宗
念念有祠

福州市文化馆
福州市非物质文化遗产保护中心 编

海峡出版发行集团 | 海峡文艺出版社

书籍名称：闽都寻宗　念念有祠

书籍副题：Finding Our Roots

编撰单位：福州市文化馆

福州市非物质文化遗产保护中心

编委会 ————————————————————————————

主　　任：陈　昱　陈滨峰

副 主 任：陈思源　陈裕雄　卓良辉

编　　委：吴友瀚　池小霞　刘　颖　李　君　祁奕静

管　日　林　根

编　　辑：张　敏　念晓丹　朱　慧　池梦祎　俞　亭

林逸宁　卢浩燕　张曦蕊　翁宇民　张旭阳

尤雨晴

美术编辑：武维琦　季珊珊

主　　办：福州市文化和旅游局　福州日报社

序

村口,一棵大榕树,扎根大地,主干粗壮,枝繁叶茂,郁郁葱葱。村中,一座古建筑,庄重沉稳,轩昂朴实,祥烟氤氲……

这是在福州乡村常见的自然和人文景观。那大榕树,常常是村庄的标志树、风水树,是乡村发展的见证者,是乡村平安的守护神。那村中的古建筑,会是一家或几家的宗祠、祠堂。宗祠是乡村的人文大树,是同宗村民的血脉所通,精神所凝,文化所聚,祖根所在。

闽都,福州的别称。距今2225年前,刚被朝廷封为异姓王——闽越王的无诸,相中这个地方作为都城,称"冶城"。92年后,内乱不断、对外多变的闽越国消失在历史的风尘中。其后,除了部分遗民,这里的居民,就是一批一批避乱逃难、行伍随军的中原南下移民。

一批批移民,因为路途遥远,交通不便,随身行李很少,但各家各户乃至于各族、各村庄的人们,都要带上老家的神明和祖先的牌位。遇到了适合落脚的地方,先要考虑妥善安放神明和祖先的牌位。而一旦择地营建宅第,聚族而居,就会在村中最中心的地方建起宗祠,虔诚地祭祀祖先。宗祠具有很强的向心力,是地理、物理和心理的多重作用。

家祠、宗祠和祠堂是崇孝敬祖的场所。一个人人生的开端,最基础的对外联系就是血缘。血缘认同,对于宗族和睦有着很重要的作用。血缘靠文脉激发和涵养。从设家祠,不忘先辈;到营建宗祠,祭祖敬宗;再到修建祠堂,光宗耀祖。宗祠作为中华传统儒家礼制的载体,承载着厚重而深远的家族历史和高尚又辉煌的族群期盼。

宗祠文化,是根的文化,祠堂祭祖,感恩父母祖宗,彰显的是一种血脉的传承和责任。谨守族训，敬畏家风族规，传承的是中华优秀传统文化。历代先辈披荆斩棘、艰苦创业，其不朽业绩是后裔效仿的榜样。宗祠是民间建筑的瑰宝、美的殿堂，是精神加油站。祠堂牌匾丰富，楹联精彩，有着一个个生动的故事，记载着先祖源流、祖德、遗训。其中蕴含着丰富的文化内涵，深厚的文化素养。

为在乡村文化振兴中积极发挥闽都宗祠文化的作用，让宗祠更好地成为传承和弘扬传统文化的载体，助力美丽乡村建设，提升文旅魅力。福州市文化和旅游局联手福州日报社，主办了一场轰轰烈烈又实实在在的"闽都宗祠寻脉"活动。这也是福州市有史以来首次在全域范围铺开的宗祠探秘工程。

从2022年11月中旬起，承办单位福州市文化馆和福州晚报邀请福州市民书写身边的宗祠，本土的作者们深入各县市区，沉到村里庄外。田野调查的系列成果，陆续在《福州晚报》亮相。长达近一年的连续报道，让闽都宗祠在读者面前，在世界面前，徐徐展开悠长画卷，精彩纷呈，令人目不暇接。

如今，这一长卷起承转合，华丽变身为一册图文并茂的《闽都寻宗 念念有祠》。

这本书，凝聚了地域群体的乡愁，是融入血脉的深深眷念，也是海峡两岸、海外宗亲乡情所系。多年来，"文化进祠堂""文明进祠堂"正在城乡产生深远效果，《闽都寻宗 念念有祠》也必将在乡村振兴进程中发挥独特的作用。

谨为序。

林山

2023年5月

目录

003

宋

礼乐千年——梅邑陈氏祖祠

翰藻扶摇——长乐筹峰刘氏大宗祠

翰墨飘香——闽侯南屿兰堂陈氏宗祠

榴花风流——闽侯南屿尧沙唐氏宗祠

千年底蕴——闽清坂东垱上黄氏六叶祠

汾阳家声——仓山玉湖郭氏祠堂

簪缨赫奕——长乐三溪潘氏宗祠

018 023 028 033 037 041 046

五代十国

彭城衍脉——仓山凤岗刘氏宗祠

010

元　　　　　明

暗泉红叶——长乐江田南阳陈氏祠堂

五马开基——永泰大洋麟阳郑氏祠

积厚流光——罗源中房林家祖厅

正谊明道——连江龙塘董氏宗祠 084 089 094 100

合敬同爱——连江山堂陈氏宗祠

海丝遗存——福清三山瑟江翁氏宗祠 072 077

钟灵福地——长乐青山江夏黄氏祠堂

人文府境——仓山台屿陈氏宗祠

贻燕传芳——仓山永盛梁氏宗祠

桃溪载梦——永泰嵩口月洲张氏宗祠 050 055 060 065

敦煌世胄——闽侯甘蔗洽浦洪氏宗祠 169

峰秀千秋——永泰东洋秀峰张氏宗祠 165

帝师之乡——仓山螺江陈氏宗祠 160

十世同堂——琅岐下岐村董氏宗祠 156

西井繁林——闽侯青圃西井林氏宗祠 151

忠孝节义——永泰嵩口林氏宗祠 147

旸明之谷——永泰同安张氏宗祠 142

济阳世家——仓山藤山蔡氏宗祠 137

允循善道——闽侯壶山施氏宗祠 132

敦和百年——闽清坂东凤池五姓宗祠 128

源从固始——福清龙田文峰薛氏宗祠 124

德耀玉阳——永泰大洋玉阳余氏宗祠 119

浴火重生——闽清东桥官圳孙氏宗祠 115

大家风范——闽侯尚干林氏祠堂 110

博雅茂正——闽侯青口荣绣陈氏祠堂 106

毬山龙津——仓山潘墩潘氏宗祠

画荻高风——马尾琅岐欧阳氏宗祠

侨乡风韵——长乐高楼陈氏宗祠

人文荟萃——福清龙山玉塘吴氏宗祠

迪彝流芳——仓山阳岐江山陈氏宗祠

紫阳世泽——永泰长庆中洋朱氏宗祠

俭德流芳——闽侯玉山叶氏宗祠

枕山襟海——连江黄岐魏氏宗祠

叶茂根深——福清港头云山叶氏宗祠

敦睦高风——连江透堡杨氏宗祠

垂裕后昆——福清港头占阳何氏宗祠

济阳梦笔——马尾琅岐上岐江氏宗祠

光前裕后——长乐玉田郑氏宗祠

227　223　218　214　210　206　201　197　193　189　184　179　174

清

「四知」家风——永泰嵩口杨氏祠堂 288

善行天下——福清高山曹氏宗祠 284

梅香两岸——闽侯南屿镜江宋氏宗祠 280

赤峰开基——连江下园王氏宗祠 276

钟灵毓秀——亭江白眉村邱氏宗祠 273

人杰祠显——闽清坂东文定许氏宗祠 269

福地毓秀——闽清玉坂刘氏宗祠 265

五子登科——福清三山后洋郭氏宗祠 260

龙虾出海——永泰同安秋垅卢氏支祠 255

桑莲献瑞——连江定海黄氏宗祠 251

奕叶显荣——连江坑园曾氏宗祠 246

严复遗风——仓山阳岐严氏宗祠 242

海将故里——闽侯橘浦刘氏宗祠 238

古义可风——马尾东岐黄氏宗祠 234

作为中国封建宗法礼制重要内容之一的祠堂，起源于原始社会末期的祖先崇拜，诞生于周代宗庙，经历汉代墓祠，到唐代发展成为家庙。

学界一般认为中国家族祠堂的建造始于宋代。

但福建地区的开发与北片士氏的入迁紧密联系，聚族而所的习俗古已有之，为了强调家族们的存在和作用，福建民间有些家族的祠堂建造可以追溯到唐朝和五代时期。

五代十国

彭城衍脉——
仓山凤岗刘氏宗祠

刘长锋/文　林振寿/图

　　"映阶碧草自春色,隔叶黄鹂空好音。"在福州市仓山区建新镇刘宅村,郁葱的荔树映掩着一座千年古祠——凤岗刘氏宗祠。它是福建五十名祠之一,被誉为"蓁龙望族,彭城衍脉"之所。

海外宗亲乡情所系

　　凤岗刘氏宗祠始建于后晋天福元年(936年),是刘氏四世祖、后唐殿中侍御史刘文济,为纪念入闽始祖刘存和闽王王审知的姐夫、司马参军刘昌祖而建,迄今已有1000多年。

　　刘存出自河南固始县,是汉高祖刘邦三十世裔孙。唐僖宗中和辛丑年(881年),黄巢战乱,刘存率三子三侄随王审知的义军入闽有功,刘存胞侄刘昌祖官封司马参军,刘存为参知政事。公元904年,王审知赐许刘存家族择居今福州仓山凤岗里。如今,刘存叔侄作为随王十八姓功臣,其名被列于福州莲花山闽王纪念馆内,供人瞻仰。

这座古祠堂号"彭城堂",历经沧桑,宋、元、明、清间几度颓废,皆得修复。公元1914年,民国首任海军上将、九任总长刘冠雄奉命回闽,族人请其修祠续谱,他欣然许诺,将祖祠重修一新。此后60多年里,洪患屡侵,风雨创痕,宗祠残垣断壁,文物遗散损坏。为留住乡愁记忆,恪守中华孝道,保护好祖传的优秀传统文化,在20世纪80年代,海内外刘氏宗亲报本同心,赤诚虔虔,慷慨解囊,筹资重修。古祠重焕光彩,在华丽中蕴含典雅,庄重中不失古朴。海外族人睹此倍感欣慰,30多年来,他们漂洋过海返榕祭祖寻根后,都要带走一抔泥土,扎下心中的"根"。

传统文化底蕴厚重

凤岗刘氏宗祠建造讲究,坐北朝南,子午正针。堂坐莲花吉穴,中藏七星坠地,前朝五虎山,正门与高宅洋田螺穴祖坟相望。四周池塘似带,八面荔树如屏,庄严肃穆,在恬静优美中透出无限生机,象征着阖族兰桂腾芳、瓜瓞绵绵。大厅中柱祠联正是建祠时的一个写照:"避乱集凤岗择地开基承一脉水源木本;发祥蕴螺穴仰天得气出许多贤士忠臣。"据福州相关史料载,凤岗刘氏历代有170多名

【延伸阅读】

堂号

亦称堂名,是宗族支派群体的代称,区分同一姓氏中不同血亲关系的重要标志,也是追宗溯源的主要依据。堂号匾额一般悬挂于中堂正厅墙的上首。"彭城堂"是以郡望命名的祠堂堂号。

祠联

又称堂联,是宋元以后宗族社会特有的一种文化艺术形式。它的出现不仅丰富了古代楹联的内涵,也折射了多彩的祠堂文化。就其内容而言,可分为"追溯根源""颂扬祖先""教化宣传"等类别。

进士，知县以上官员百余人；繁衍了40多世50万人，根植八闽大地，枝发五洲四洋，马来西亚和港澳台居多。

古祠为直透三落，面积840多平方米。四围风火隔墙，墙顶是纱帽式，正脊望兽跃然，青筒瓦幽古，墙体磨砖对缝；前墙上绘花鸟山水，祠内文物琳琅夺目，给人以愉悦之感和美的享受。

前落两庑回廊，正门横额"刘氏宗祠"镌字石刻，左右各启两道门扉：左边门额"入孝"，右门门额"出悌"。正门用黑漆装潢，显示御史祠堂、名臣家庙的风范。前座仪门前楹联书："凤岗一门有七贵，筹峰四代出五贤。"仪门后楹联书："壁插宫花春宴罢，床堆袍笏早朝归。"从中可感受到这个家族曾经的风流与荣光。

中落大厅为"刘氏纪念堂"，下设一座巨大神龛，奉祀一千多个列祖列宗神位牌。前横梁高悬金碧辉煌的"彭城世泽"额匾。东为"五忠府"，追祀宋代报效国家的五位忠臣；西为"八贤堂"，追祀福州地区八位理学贤达。厅内廊柱交错、精致典雅、画栋雕梁、巍峨壮丽，足见当年建筑的风格和气派。

后落原是古时刘氏诸贤道学讲习之所，今为陈列祖先史迹和联系海内外宗亲之所；设有忠烈馆、名人馆、红色苑、光荣室等，陈列了近现代英烈、宗贤的传略和文物，供后代子孙瞻仰、学习。

祠内文物古迹众多，今存宋左朝请郎官刘钢墓志碑、古碑刻、莲花古井、古石狮、古香炉、如意云板等；还有宋代的苏洵、朱熹、杨时、文天祥，明代的叶向高，清代的陈宝琛，民国时期的徐世昌等名人谱序、跋、引书迹，以及清宣统帝、民国总统徐世昌题匾及朱熹、王十朋、黄干、叶向高等名人题词诗文。古祠每一处都注重传统文化传承，蕴含浓浓的儒家伦理韵味，折射出前人的智慧和精湛的古代建筑艺术。

曾与理学大家朱熹交集

这支刘氏与宋代理学家朱熹曾有交集：朱熹之父朱松与抗金名

将刘子羽和胞弟刘子翚结交甚密。朱松病危时,将十四岁的朱熹托付给刘子羽等人。刘子羽还为朱熹母子修筑紫阳楼供养。朱熹学业主要受学于刘子翚等三先生。

朱熹为报刘家养育之恩,曾为刘子羽建"刘公神道碑",撰文颂扬他抗金事迹,此碑今立于武夷山景区武夷宫内;朱熹还为刘家族谱作序写文。后来,朱熹避伪学到长乐,还教于刘家刘砥、刘砺兄弟,兄弟二人随后考取神童科进士。他还为凤岗刘氏世次(字辈)续题十六字:"嗣世希哲,尔谦则良,克恭孝友,景用必昌。"如今,大多数支房传至"景、用、必、昌"世次(字辈)。

耕读家风人杰辈出

入闽始祖刘存秉承耕读传家理念,示子孙家训为:"农者,天下之本,若衣食足,则当事读书,而文而礼乐。苟求利禄,不愿汝曹效也。"后代子孙谨遵祖训,勤耕苦读出仕,舍身报效国家。五代时先有二世祖刘昌龄死于君难,赠谥魁辅侯;后有四世祖刘文洽亦死于君难,赠谥利涉侯。宋出五忠八贤,大厅二柱对联曰"忠勇持民族正气抗金扶宋室,贤儒著经典真传道学启闽陬",就是称道他们的。还有宋都水治范刘彝、宫廷乐师刘铣、皇子教授刘藻等人名见载于宋史。

故当时世人赞凤岗刘氏"同代三十显,一朝七八官""忠信孝悌之里,诗书袍笏之乡";宋鸿儒杨龟山亦挥翰赞"一门理学";明初督抚庞惺庵曾表赞"道学正宗";明代名相叶向高赞:"壁插宫花春宴罢,床堆袍笏早朝归;岂不洋洋巨族哉!"清宣统帝赐匾文曰"世秉儒修";民国总统徐世昌赐匾文曰:"肇开丕基。"当代,这一脉子孙中任县处级职务和评副高级职称以上的有1300多人,其中硕士、博士和科学家及享受国务院政府特殊津贴100多人,市级以上劳模及先进工作者200多人,可谓群星灿烂,刘氏宗祠也因之增光添彩。

红色基因代仃传承

祠内设立近现代英烈和宗贤陈列室。其中有参加甲午海战的清右翼总兵刘步蟾英烈和民国上将刘冠雄及民国中将刘冠南,为中国海军创出"十个第一"的宫巷"海军刘"家族,辛亥革命"双彦"刘通和刘翰侯,列为黄花岗十杰的刘元栋和刘六符,民国北伐英烈刘尧宸中将,为抗日组织"赈难会"的爱国华侨刘家洙,红军儒将刘俊英烈士,闽江地下航线实际领导人刘捷生,台湾红色谍报人员刘晋钰烈士,被称为"开国之声"的刘孝思(邓拓夫人丁一岚的家谱名);还有为革命事业而献身的40多名刘家子弟…… 他们为追求民族解放、人民幸福而不计生死。这种血性,与闽都世代立足闽海、放眼世界的格局相融合,与时代风云相激荡,焕发出照耀历史的光芒。他们成为后代纪念的人民英雄,也为凤岗刘氏宗祠填注了一份红色基因。

往事越千年,感念当年刘存公定居凤岗,筚路蓝缕,艰难创业,励学力行。如今凤岗刘氏衍发人丁50多万,实获福于天,演世于无垠。

走出古祠,蓦然回望,四周街道环绕,古树绿荫遒劲地拥抱着古祠,古祠显得更加浑厚庄严。凤岗刘氏宗祠,曾经鲜活生动,如今依然充满魅力,用它深厚的根脉文化和人文底蕴,书写太平盛世新的辉煌。

在宋代，许多名士大儒都参与宗法制度的讨论。

朱熹则在《家礼》中，提出了完整的有关祠堂的礼制，并强调祠堂是为了满足人们的「报本反始之心，尊祖敬宗之意」。《家礼》问世后，民间祭祖建筑才普遍被称作「祠堂」。

宋

簪缨赫奕——
长乐三溪潘氏宗祠

陈硕凝/文 潘清玉/图

参天之木,必有其根;怀山之水,必有其源。各姓氏家族建造的宗祠,不仅只是风格各异,富有古韵的建筑体,更是中国家庭文化的凝聚,宗族传承的延伸。在福州市长乐区三溪村,于一片山清水秀的土地上,屹立着一座千年古祠——潘氏宗祠。这座古祠历史悠久、底蕴深厚,是柔美水乡上鲜活的遗存,也是潘氏族人心中一方最独特的"祖印"。书写闽都宗祠振兴乡村文化。

寻本,溯潘氏发祥之源

三溪潘氏源于河南荥阳。唐总章二年(669年)河南光州固始的潘源节、潘殷景父子,随陈政、陈元光父子入闽开漳,潘源节任司马参军,潘殷景任先锋。潘源节因军功显赫,被封为"竭忠辅国昭德将军",为潘姓入闽始祖。其子孙后裔又陆续迁移到闽南、仙游各地。其中入闽四世孙潘纲为唐刑部郎中,初居泉州南安。因南安盗贼猖獗,潘纲语其子孙"方今豺狼当道,狐兔塞野,南安非久居之地,我辈当适乐郊"。所以,在唐咸通二年(861年),潘纲举家迁往长乐,择山水秀丽的三溪村而居之。故而三溪潘氏奉潘纲为三溪一世祖。

潘氏一族定居于三溪,迄今已有1162年,历42代,现今为11代同堂。仅在三溪就有近万潘氏族人,算上外迁的宗亲,约有30余万之多,可谓人丁兴旺,族盛人强。

扎根,立物华天宝之地

三溪村,一座千年古邑,坐落于长乐区江田镇,是福建首批省级历史文化名村。

"门前三溪水,不改唐时波。"潘姓先祖在闽游历各地,最终扎根三溪,可见此处必有得天独厚的优势。走进三溪村,两排屋宇夹溪而筑,青石板路纵横交错,粉墙黛瓦,溪水潺潺,由此不得不佩服潘姓先人临水而居的眼光。

三溪背倚屏山、面向东海,山海之间是一片平原,有良田万顷。因南溪、北溪和上游的潼溪三溪汇集,穿村而过,故称为"三溪"。三溪为长乐八大古镇,南北通衢,在宋前驿道廨院码头聚集,是南方秀

才举子上省城考试必经水道之一,故而山水人文千百年来长盛不衰。

一千多年里,理学、宗族、商贾等多元文化在此融合共生,留下了丰富的历史文化遗存。走在三溪村,随处可见唐宋时期建造的石桥。村里曾有唐、宋、明古桥36座,现存26座。村中夹溪而筑的明清古建筑鳞次栉比,顺溪延展的"非"字形街巷系统四通八达。"以祠为核、以水为界"构筑的片状聚落布局模式与宗族分布状况高度契合。

修祠,建古朴肃穆之堂

三溪潘氏宗祠始建于北宋初年,明景泰六年(1455年)迁移重建于溪南。古代宗祠选址遵循风水法度,讲究藏风聚气,四势匀和。故潘氏宗祠选址考究,背山面水,坐北朝南。宗祠为土木结构,共六扇五间。至清代时又建下座,现有两进三落。穿天井,过水廊,下座古有戏台。古祠深近44米,宽近19米,四围封火隔墙,两侧墙厚约28厘米,前后墙厚约48厘米,总建筑面积为814.36平方米。

整座宗祠布局简洁,鲜有雕梁画栋和造型繁复的装饰,却给人古朴肃穆的庄重之感。三溪潘氏宗祠理事会会长潘发金不无自豪地说道:"我们潘氏先祖,历朝历代为官清廉,积攒的钱财多用于修桥铺路,施善乡里,所以花费于宗祠修缮的钱财属实不多。"潘氏宗祠虽无华美的建筑造型,但是为先祖绘制的壁画却栩栩如生,祖上留下的各种楹联牌匾也保存完好。

宗祠里斑驳的石墙,诉说着经年沧桑,弥漫着古老气息。诸多的楹联牌匾,写着潘氏宗族的荣耀,也记录着先人留下的传家智慧。屹立千年的潘氏宗祠,让人感受到了潘氏一族自古沉稳的文脉与源远流长的根系。

尊儒,育崇文重教之才

三溪潘氏一族以耕读为本,倡导儒学,恪守宗法,注重教化。一世祖潘纲举家迁到长乐三溪之后，潘氏三代登朝，簪缨赫奕。从第四代到第七代，出了五个御史中丞，"四世五中丞"在中国历史上可谓独树一帜。

南宋淳熙年间，理学家朱熹曾来三溪游历。三溪的山水景致之胜，好学知礼之风，令朱熹深深沉醉。朱熹在山旁建一书舍，称紫阳阁。朱熹就在此居住讲学，彼时潘氏子弟都得到启蒙。仅在宋代，三溪村潘氏家族就有59人考中进士。

在三溪潘氏宗祠里，有一块石碑已有千年历史。游人驻足于此，可以了解到一段"兄友弟恭、崇文重教"的佳话。宋祥符元年（1008年），三溪潘氏第七世孙潘循、潘衢兄弟考取同科进士，弟弟名次在前，兄长名次列后。后来皇帝赐宴座位时，出现了两难的情况：弟弟潘衢因辈分在后，不敢坐大位，而兄长因科举名次靠后，也不敢坐大位。后来皇帝赐封他们为"二难"进士，兄弟二人在进乡路旁立下了此碑，当时三溪乡也因此名改为"二难里"。

三溪潘氏名贵显宦众多，有唐御史中丞潘季荀，宋著作郎潘循，永州、汀州、建州三州知州潘衢，探花郎潘坊，监察御史潘文卿，明山西布政使潘恒玉，刑部主事潘桂，一代清官、四川候补道合潘炳年。在近现代的名人中有民国高级将领，当代书画大家潘主兰等。这一个个响亮的名字，仿佛一声声有力的呼唤，召唤着潘氏学子勤勉好学、奋发向上。

敦亲，系同宗血脉之情

俗话说，"国家有史，地方有志，家族有谱"，可见修家谱如同地方修志、国家修史一样重要。在潘氏宗祠里，有一件祖传之宝，它是一本修订于清雍正庚戌年（1730年）的手抄族谱——《荥阳三溪潘氏族谱》。这本族谱，始作于六朝，修于唐宋，到清雍正庚戌年已是第十次修谱。潘氏族人每每翻开斑驳的族谱，无不小心翼翼，心存敬畏。

　　潘氏族人最常做的一件事情,就是寻找分支各地的潘氏后裔。2009年3月20日《泉州晚报》报道,时任联合国秘书长潘基文祖籍在泉州市区。2009年9月,福建荥阳潘氏文化研究会组织人员拜访潘基文家乡——韩国忠清北道阴城郡远南面上唐里杏峙村。从三溪潘氏族人提供的世系繁衍图中得知,韩国潘氏一支属于莆阳潘氏一脉,与三溪潘氏同根同源。至此,两国潘氏结下了深厚的友谊并互通往来。2015年,潘基文胞弟潘基祥还回访福建,并到长乐三溪潘氏宗祠祭祖进香。

　　"敦亲睦族、天下为疆"是潘氏一族流传千年的家风家训,故潘氏族人热衷于溯源探本、弘扬宗功、维系同宗同源同祖的血脉宗情。

　　潘氏宗祠走过了千年的繁华喧嚣,如今依然充满力量地矗立在三溪这片热土上。在三溪潘氏宗祠,每天总有几个老人默默坐在古老祠堂的围墙内,在光阴中守望家族的历史与传奇。

汾阳家声——
仓山玉湖郭氏祠堂

郭顺华/文 林振寿/图

据《汾阳玉湖郭氏家谱》记载，大唐汾阳王郭子仪长房九代嫡孙郭华于北宋建隆元年（960年）举族迁居到福州闽江支流白湖河畔，郭家人居地被称为"郭宅"，村名也由此而来。

荣耀宗功 玉湖聚笏

位于福州市仓山区盖山镇郭宅村的玉湖（玉湖为白湖的雅称）郭氏祠堂又称"聚笏堂"，得名于先祖郭子仪家宴之时，高朋满座、满床牙笏之典故。祠堂肇建于北宋，修葺于明朝，重建于清朝道光十八年。1990年和1999年，旅居马来西亚的族贤郭钦鑑与夫人郑格如率子侄郭鹤年、郭鹤揄及海内外郭宅乡亲两次捐资重修。

玉湖郭氏祠堂坐东朝西，闽江支流白湖河在祠堂前蜿蜒流过。整座祠堂由祠埕、前座、中庭回廊、主座等部分组成，建筑面积700多平方米。祠堂正门前面是近500平方米的宽大祠埕，祠堂正门面对的是高6.8米、宽16米的青石浮雕"九龙照壁"，雕刻精美、风姿雄健。

祠堂大门正中上方镶嵌花岗石刻写的"玉湖郭氏祠堂"描金门额，两侧仪门分别题有"入孝""出悌"。祠墙正面左右镶嵌青石浮雕，刻绘先祖汾阳王郭子仪"收复两京"和"金殿封王"的丰功伟绩。祠门两旁雄踞大石狮一对，威武庄严。

祠堂前座大门内侧高悬的"勋开唐室"匾额，亦是述说郭子仪的功勋。从前座至祠堂正厅的回廊，两侧用青石雕刻描金大字"孝悌忠信礼义廉耻"，这是郭氏先祖对子孙提出的立身处世的道德标准和行为准则。

祠堂主座大厅为四扇七柱出游廊结构，中间三对立柱和大梁都为百年杉木，横梁为上等楠木。大梁长达十三米，梁上书有"清道光十八年岁次戊戌十月二十八日重建敬立"，标志了重建年代。梁下的两边主柱均用樟木大材，屋脊顶两端竖立喜鹊尾翘角，古朴又美观。四周檐口装饰花纹图案。

祠堂正厅中央为神龛，外配斗拱、悬钟和彩帕，内建三个八角环龙藻井，描金绘彩。神龛正中供奉始祖郭子仪和夫人王氏塑像、入闽始祖郭华及其嗣下1600多位列祖列宗神主牌位。神龛正上方横挂著名侨领郭鹤年敬立的"富贵寿考"牌匾，此四字出自《旧唐书·郭子仪传赞》："富贵寿考，繁衍安泰，衰荣始终，人道之盛，此无缺焉。"神龛前摆放着一张雕刻精美的青石供桌和红木供案，供案上摆放着五供，五供正中的香炉上刻有祠堂堂号"聚笏堂"。神龛背面正中立"无嗣坛"，供奉无嗣、战亡和修谱遗漏的宗亲。

厅堂侧壁镶嵌着青石雕刻的郭子仪手书"后出师表"的狂草遗

墨,笔法龙飞凤舞,为书法神品。祠堂正厅中央上方挂有"圣旨"雕龙金匾,和记录郭子仪功勋的"功齐凌阁""汾阳王""中书令"牌匾,四周分别悬挂"十世同堂""进士""监察御史""黄花岗烈士""工程院院士"等20多面族贤牌匾,祠厅立柱上挂满鎏金楹联,整个厅堂牌匾楹联相互辉映,金碧辉煌。

玉湖郭氏祠堂雕梁画栋,保持着明清建筑风格,有木均刻花,有花俱描金。作为福州十邑地区郭子仪嫡传子孙的祠堂,它处处颂扬了先祖的荣光,表达了对"忠贞智勇、宽仁豁达"的崇敬。

科举蝉联　代出英贤

郭宅人自古崇文重教,祠堂也曾是村中学堂所在。祠堂神龛前的第一对立柱上挂着一副对联"祖德启汾阳廿四考中书冠世勋名传冀北;宗功棉白水三十年上第历朝科甲重闽南",说明了郭宅人杰地灵,科甲人才辈出。

在科举时代,郭氏家族科举蝉联,代代出英贤。始祖郭华,官授太常博士、屯田员外郎。郭初,封奉议大夫。郭志钦,宋朝进士。郭东美,南宋绍熙进士。郭文,南宋绍兴进士。郭泳,南宋嘉定进士,官益阳知县。郭居敬,元朝时汇编"二十四孝"。郭拱,明朝成化进士,官监察御史主事。郭廉,明永乐进士,官监察御史。郭文旭,明成化进士,官浙江定海知县。郭琼宴,清嘉庆进士,官浙江仙居知县。另有经魁、举人、贡元等不胜枚举。

近现代,郭氏家族中也不乏杰士名贤。如郭大旺、郭天才、郭钿官为辛亥革命黄花岗起义烈士。郭梦良为北京大学法学士、五四时期的进步思想家、李大钊"北京大学社会主义学会"成员。其妻庐隐(黄英)为近代著名作家,与福州才女冰心、林徽因齐名。郭奇珊,中山舰抗日烈士。郭钦铸,国民政府教育部初教司司长。郭孔熙,福建省武术协会委员,著名武术家。郭孔辉,汽车技术专家,中国工程院院士。以上英杰的事迹亦树之以匾,高挂祠堂之上,激励郭氏后人。

海外俊杰 造福桑梓

郭宅是著名的侨乡,目前有上千郭宅族人侨居东南亚、欧美等地。他们艰苦创业,互相提携,其中不乏商界精英,科学界,政界名人。

郭鹤年,爱国侨领、马来西亚首富、国际知名跨国企业家。郭鹤举,原马来西亚旅游部长、任马来西亚驻荷兰、比利时等多国大使。郭鹤韬,马来西亚郭氏集团董事,福州市荣誉市民。郭时杰博士,美国著名航空科技研究专家。郭农博士,世界书画家协会会长。郭三秋,原新加坡国家乒乓球女队总教练。郭鹤尧,福州十邑同乡会名誉主席。

这些杰出侨界精英热心家乡公益事业,造福桑梓。郭鹤年先生和家慈郑格如女士多次捐巨资兴建郭宅中心小学教学楼、郭宅寿怡轩老人院、郭宅村主干道、郭宅祠堂等。郭时杰先生捐资修建郭宅楼顶店图书馆并设立郭宅助学基金等。

文化纽带 传承非遗

1984年,郭宅祠堂理事会成立,选举热心乡贤担任理事长并设立常务理事,负责郭宅祠堂的保护和使用,同时开展多种乡土文化活动,特别是传统竹编非遗项目和传统郭宅武术非遗项目的传承。2022年,在祠堂理事会的组织下,第一届郭宅竹器节隆重举办,郭宅竹器博物馆开馆。2023年,"郭宅竹编"和"郭宅武术"同时入列福州市仓山区第五批区级非物质文化遗产项目。

展望未来,郭宅祠堂理事会将继续以血缘和亲情为纽带,联结海内外郭宅乡亲,延续汾阳宗族文化,让玉湖郭宅祠堂成为海内外郭宅乡亲永远的根。

千年底蕴——
闽清坂东垅上黄氏
六叶祠

池宜滚/文 林振寿/图

位于闽清县坂东镇垅上村的黄氏六叶祠，原名福建省江夏虎丘黄氏祠堂，是福建省最大、保存最完整的古祠堂。其历史可追溯到北宋大中祥符初年（1008年），其传承脉络清晰、底蕴深厚，建筑规模宏大、特色鲜明，素有"万祠之首"的美誉。

六叶祠前身为"护国积善院"，原址在闽清塔庄镇秀环村凤栖山，为纪念黄氏入闽始祖敦公而建，历史已有千年之久。祠堂落成后，族裔黄彦荣率众奏请北宋朝廷敕额名为"护国积善院"，历宋、元、明、清数朝，兴盛一时，后毁于火。黄氏子孙于20世纪40年代初在闽清六都垅上村选址重建。因始祖黄敦生六子，发六枝，故祠堂被称为"六叶祠"。

避乱开基 结庐躬耕

公元893年，黄敦以部将的身份，跟随王潮、王审知兄弟领导的义军，从河南固始县出发，一路南下，进占福州。王审知建立闽国后，黄敦厌倦了军旅和纷争，选择退隐山林。但他并没有回归河南，而是选择在闽清塔庄的凤栖山结庐躬耕。因其庐轮廓貌似伏虎，遂自号"虎丘居士"。黄敦生有六子，即：黄宗、黄礼、黄凝、黄勃、黄启、黄余，子孙均十分繁茂，世称"六叶"。

黄敦十分重视兄弟和睦。为教育儿子们团结友爱，他曾亲自在厅堂墙壁上题写训子诗："六叶同开一样青，莫因微利便相争；一回相见一回老，能得几回为弟兄。"教育子女要以和为贵，兄弟之间要和睦相处，开启了黄氏"诗礼传家"的优秀传统。

耕读立世 诗礼传家

后人道黄敦是一位智者，一位福者，一位典型的人生赢家。他从中原南下，实为避乱；从福州的小王廷隐于闽清，还是避乱。就其选择来说，一直是在求生、求安、求发家，都为自保、保家、保未来。这是普通人经历战争与离乱的正常选择，难能可贵处在于，黄敦不为王氏称王福建的胜利所惑，不为有功之臣的身份所累，毅然决然解甲归

农,实为初心如磐。他在闽清定居之后,一边兴业发家,一边教育子孙,开启了耕读立世、诗礼传家的进程。在这一家风之下,子孙盛世可仕,光耀门楣;乱世可退,延续烟火。进退有据,实为明珠在握。

虎丘黄氏"耕读传家"到第七代,就出了闽清第一个进士黄积。至科举制度终止时,后裔中有据可查的进士就有486个。仅在宋一朝,黄氏就涌现了黄唐、黄裳、黄定等5个状元。其他朝代为宦而有功于历史及民族者更是不胜枚举。明末诗人黄文焕赞曰:圣主而得贤臣,派皆此出;一经以贻百代,善固可为。南宋状元宰相文天祥在《黄氏世宦谱序》中也盛赞虎丘黄氏:人诗书,世簪缨。

六叶传芳 传说动人

黄氏在闽清兴旺的家族发展过程和子孙后代人才辈出的盛况,在民间留下了不少富有传奇色彩的传说。

传说之一是关于黄敦选择的得天独厚的住址。他隐居后一度以养蛋鸭为生,因独得灵地,养殖业有如神助:鸭子每天总生双蛋,而且多为双黄蛋,让其收入日增,从而奠定了发家基础。另一个传说是关于黄敦的墓葬。传说黄敦在放鸭过程中,择中了一个位于山腰上自然形成的凹陷地。他每天出工之后便悠闲地在该处休息,人鸭相安,家业蒸蒸日上。倏忽黄敦年高,某天给他送饭的夫人来到该处,看见黄敦已陷身凹穴之中,只露双脚在外,并隐隐听到虎啸之声。情急之下,夫人边哭泣边扯其双脚。一位颇有见识的先生经过,见此情形对夫人说:你相公已经去世,得天赐虎葬,是大德得报,不要再拉了。这位先生还对黄夫人预言说,得此"宝地",子孙当繁衍至六斗芝麻之数。黄敦后裔至今约有260万之众,不知可算是预言应验?

在近代,黄氏六叶祠新址进行平整之时,还挖出一光滑巨石,颜色有如蛋黄,所处位置恰在后厅的正中心点,与大厅合砖共向、直线巧合,人们称之为"龙珠"。民间说这亦是灵兆,寓示后世昌隆,六叶祠内至今留存此石。六叶祠正门前并排植有六株松柏,左右分列,其后裔说松树代表着黄敦六子。哪棵树大,哪个支裔也就庞大。

当然所谓传说,无非是人们出自美好愿望对神秘力量的遐想,或者对现实中人与事物的美化。但"六叶传芳"的传奇故事作为宗族发展的一个映照,六叶祠作为宗族文化的一个载体,也可视为神话成真的美好案例。

名祠风采 门庭巍巍

六叶祠建筑为典型的中原宫殿式祠堂风格,祠堂用地12000平方米,建筑面积3961平方米。正大厅宽11.3米,正栋高9.6米,左右各三边厅。两边住院各三厅,回照两边各四厅,均是双层建筑,内有海内外宗亲捐建的纪念厅、怀恩堂。天井埕宽35米,长19.5米,植四时花树。虎头门威武雄壮,两边镌贴金对联,一对石狮雄踞左右,门前埕植六株松柏,明堂外旷野平畴、柳竹溪桥,内外格局弘阔,环境十分优美。

祠堂大厅以九根立柱组装木扇,尤其引人注目的是出廊大柱,腰围达1.62米,当年由百名壮汉经月余时间才从尤溪捎到现址。大厅正殿神龛供奉敦公夫妇及历代祖宗牌位。上方悬挂林森题赠的"国族所基"巨匾,壁上镌敦公所作训子诗。各壁顶、横梁处悬挂"状元""民族英雄""传奇天人""博士"等匾额35面。而"两朝双宰相,一代五状元"等18副推光嵌金楹联与两壁8幅名人画像尤为肃穆雅致。两边廊壁镌刻有文天祥撰写的虎丘黄氏仕宦谱序与黄龟年四劾秦桧奏章及萃文馆中的状元卷,文采照人。两边门厅供奉一至六叶列祖牌位,并志各叶名人,井然有序。

六叶祠重建前后,正值战乱。在颠沛流离的岁月中,六叶祠曾作为临时学校,接纳了沦陷的福州城内转移来的学生。这里还成立了闽清第一个中共党组织,即中共闽清县中学支部。进步人士在此印刷传单,传播革命道理。

20世纪60年代,六叶祠一度成为人民公社的办公处,后又改为造纸厂等。近四十年的时间里,六叶祠曾承受了岁月风霜的浸润与历史风云的洗礼,一度破旧不堪。后来在虎丘黄氏宗亲们的资助下,宗祠于20世纪80年代初修复了原貌。此后,黄氏宗亲相继成立了虎丘黄氏六叶祠理事会、宗史研究会、文保委员会、慈善协会等机构,六叶祠的各项管理工作走上了正轨。

今天的六叶祠不但是黄氏后裔的一个共同精神家园,也成为海峡两岸虎丘黄氏后裔纪念入闽始祖的圣殿,还赢得福建省"万祠之首"的美名,成为闽清的一个特色旅游胜地。

榴花风流——闽侯南屿尧沙唐氏宗祠

刘长锋/文 林振寿/图

在闽江南港大樟溪畔,隐约循榴花香气,可寻见誉称"八闽名祠"的南屿尧沙唐氏宗祠。

尧沙村位于福州市闽侯南屿镇,唐氏是该村主姓。尧沙唐氏先祖随闽王王审知入闽,后裔外迁福州、长乐、连江、罗源、闽清、永泰和台湾等地,也有旅居美国、加拿大、缅甸等国。

中原陶唐世家

"桐叶受唐城王梦虞文永垂竹帛,榴花开福郡绮风章范长壮山河",这祠联道出榴花唐氏是中原陶唐世家苗裔。唐氏入闽始祖唐绮,是帝尧70世裔孙,系河南固始县魏邻乡怡山境人。

唐光启元年(885年),唐绮随王潮、王审知义军入闽有功,闽王奏封为"开国昭义大元帅",其原配邹氏封懿德夫人;其子润泽袭封"昭义大元帅"。他们初居福州鳌峰坊,府内栽大石榴树,花开四季,时称"榴花唐"。

三世祖唐顺生二子,长子唐琏居福州,其裔孙十六世唐常成,于南宋祥兴二年(1279年),从福州鳌峰坊迁侯官县凤岗周宅。二十世祖唐庆,于元皇庆二年(1313年),随母何氏由凤岗转徙侯官七都合林(今尧沙榴花自然村)。繁衍四十五代,至今700多年,居村族人7000余人,曾三庆十代同堂,算是一个名门望族。

新祠古今并蓄

"桐叶家声远,榴花世泽长"这是尧沙唐氏传统祠联。尧沙唐氏宗祠前身是福州"三山唐氏祠堂",宋元符二年(1099年),先由入闽始祖唐绮七世孙唐贤择地筹建,后由唐贤子进士唐显建成,占地数亩。祠中祀始祖"开国昭义大元帅"唐绮和懿德夫人邹氏;旁祀二世祖静斋先生唐泽、寿州推官唐顺;祠之东则祀密斋先生唐琏、祠之西则祀可堂先生唐钰。由状元许将撰写的《唐氏祠堂记》至今尚存,可惜祠堂后毁于兵燹。

今尧沙唐氏宗祠,坐落南屿镇尧沙村,始建于明成化年间,后毁于兵燹。清康熙四十二年(1703年)重建,1977年8月被火焚,1995年在原址扩建,1997年告竣。祠堂占地面积562平方米,祠前前后置两对狮子,活灵活现;正门上方镶刻黑底黄字"唐氏宗祠"匾额,两旁小仪门上方题为"入孝""出悌";祠前方建有怀祖坊和照壁,以念祖德宗功,旁植石榴二株以感祖荫。全祠古今并蓄,肃穆壮观。

前座与神主殿皆仿古宫式软檐结构,琉璃焕彩;过雨亭按画廊巧建,亭中有亭,左右分悬磬鼓;亭中浮雕"二十四孝",颂扬先辈孝道美德。前后厅地铺花岗石板,铜条夹缝,井埕石砌人字形,美观舒适。

宗祠一进梁上悬大型画作,再现1984年邓小平视察厦门特区时接见中国科学院院士、厦门大学副校长唐仲璋的情景。厅内悬挂众多楹联、族贤、名人牌匾:有父子双元帅、兄弟双进士、父女双院士、山东参政、爱国将领、陆军中将…… 这些牌匾鎏金焕彩,历数家族曾经荣耀。

百年簪缨相继

"屏藩封东鲁左史官右史官桐叶榴花绵世泽,微垣推领袖前参政后参政紫袍青琐振家声""自光州移福郡转凤屿合林始卜月山木本水源浸昌百世,由元帅至史官迄太常榜眼递传参政箕裘弓冶绵历千秋",这两副祠联是唐氏簪缨相继、诗礼传家的写照。

尧沙唐氏薪火相传,人才辈出。五代时始祖唐绮"父子双元帅"成为千古美谈。宋到清代科甲花开,进士举人辈出:唐最官朝散大夫,唐璘授华文阁大学士,唐震授翰林编修;明洪武进士、唐泰,官浙江按察佥事、陕西按察副使;为"闽中十才子"之一;福州西湖宛在堂诗龛供祀其名。唐濩官户科给事,唐鲤化官布政司左右参政,唐荫庭为清代县令……

近现代,尧沙唐氏亦是各行业人才荟萃,群星璀璨。堂中"浯水英贤誉载文坛多博士,月山俊秀名留史册数鸿儒"的楹联可概其况。族人唐仲璋和他的女儿唐崇惕皆为中国科学院院士,是其中佼佼者。唐仲璋1980年当选为中国科学院生物学部委员(即院士),著有科研论文76篇及专著1部。还有博士、教授数十人,他们的名字记录在宗祠牌匾上。

三庆十代同堂

这支宗族有两个文化现象尤为独特,一是宗祠主殿有一副楹联,是辈分排序又是族训:"源汝德国可与永昌道尊孔孟惟以崇文,自福兴家允宜长发世守孝忠斯为绳武。"

二是三庆"十代同堂"宗族文化活动,足见其宗族和睦兴盛。第一次庆典在1944年举行，是唐氏第34代至第43代同堂，由时为海军少将的宗亲唐灏清主持。谁知，这一消息被汉奸获悉，日军派出轰炸机，想炸死唐灏清。由于福州方言"尧沙"与"白沙"相混，日机误炸邻近的白沙村，参加庆典的族人侥幸地逃过一劫。1970年举行第二次"十代同堂"庆典。2005年举行第三次"十代同堂"庆。2004年，唐家新的一代"长"字辈唐健出生，上溯至第36代"以"字辈，正好又是十代同堂。这十代人的代表坐上轿子巡村，唐健是被妈妈抱着坐上了轿子。"他们家可有意思了，最小的4代他们家占全了。65年前，唐健的爷爷也参加十代同堂巡村。那时，他爷爷也是第十代的唯一代表。"宗祠一位长者如是说。"十代同堂"庆典对唐家来说，既是历史赐予的机缘，又是家族兴盛的象征，更像是一次家族生命的集体大轮回。

闽都寻宗 念念有祠

翰墨飘香——闽侯南屿兰堂陈氏宗祠

陈常飞/文图

兰堂陈氏宗祠位于福州闽侯南屿里仁铺，今南屿镇亭上里。1000多年以来，兰堂陈氏名贤以品行德业诠释兰性高洁，以飘香翰墨延续诗礼族风。作为一方历史的有形载体，兰堂陈氏宗祠的建筑之中，蕴含了一个家族的传统与文化。它不单影响了一代又一代的兰堂陈氏后裔，其流风余韵也影响着当地的社会风气。

历史悠远 庙貌巍敞

宋大中祥符三年至天禧四年间（1010—1020年），陈氏家族筹资在南屿里仁铺蚬江之滨，兴建陈氏家庙，面积300多平方米。《兰堂陈氏族谱·兰堂陈氏大事记》载，"清顺治八年（1651年），于家庙原址改建宗祠"。同治四年（1865年），吴之颖曾作"兰堂陈氏重修谱序"，"先是兰堂之宗祠尝隳矣，先生独鸠率重建于十五季以前，迄今庙貌巍敞，岁时以奉祭合食,因使婉娈者聚鼓箧于其塾,甚旷典也"。1964年,宗祠被南屿公社拆除改建为文化宫,后年久失修。2007年,陈氏族人在原址重建宗祠。

复建的陈氏宗祠规模宏敞,呈明清建筑风格。祠堂坐北朝南,占地面积1528平方米,建筑面积1128平方米,其中主体建筑540平方米,聚奎书院面积288平方米,祖马厅(文昌阁)面积300平方米,四面风火高墙。门前祠埕宽阔,由青石板铺就,大门口青石双狮守门。大厅中雕梁画栋、鎏金溢彩,"进士"和"文魁"等匾额高挂,展现陈氏家族教育成就与令人艳羡的荣誉。

簪缨蝉联 科甲盈门

论兰堂陈氏族史,不得不先说陈枢。陈枢系兰堂陈氏始祖,历官宣教郎等职。平生淡薄,钟于山水。其人卜居南屿,临江建宅。因喜兰性高洁清幽,遂于厅堂、庭园种植兰花,以兰明志,久之以"兰堂"为堂号。其后,陈氏家族也以兰育人,世代子孙述祖德不忘。

兰堂陈氏簪缨蝉联,科甲盈门。宗祠中有一楹联云:"一门双理学;三代世联芳。"联句述及兰堂陈氏家族学术影响,也强调着族人的科举成就。

陈易则(字简之),北宋咸平三年(1000年)进士,终秘书省校书

闽都寻宗 念念有祠

郎,是南屿地区第一位进士;陈清(字晦之),北宋大中祥符元年(1008年)进士,历官蕲州司理、惠州归善令、秘书监官等职,是南屿地区第二位进士;陈侁(字俊之),北宋元符三年(1100年)进士,官江州德安县主簿等职;陈肃(字雍之),南宋绍兴二年(1132年)进士,官石城县知县等职;陈长方(字齐之),南宋绍兴八年(1138年)进士,曾任宣教郎、江阴军事教授等职。

明代,兰堂陈氏科举成就亦盛,"兄弟联捷、父子同登、科名彪炳、不可胜纪"。南屿水西林氏、工部侍郎林如楚曾赞陈氏云:"其先代文章与余家颉颃,而门风家法,尤嚆矢一时。余大父百岁翁,每示余啧啧道之。"

陈氏二十四世孙陈淮、陈渊两兄弟同登明成化四年(1468年)戊子科黄文琳榜举人,二十五世孙陈德懋(陈淮长子)于弘治十四年(1501年)登辛酉科张爕榜举人,二十六世孙陈风仪(德懋长子)在嘉靖十三年(1534年)选贡第一,由此,赢得"三代世联芳"之美誉。

陈德懋被誉"学识卓著,精诣《春秋》",曾在浙江等地任教职。《福州府志》载,陈德懋平生善讲解于经书要旨,"多独诣尝集诸生于斋舍督课业、察勤惰,至丙夜不辍。而赈贫却魄多,士咸相庆以为得师"。其子陈风仪得父亲和祖父传授,于嘉靖十三年(1534年)中举,获"选贡"第一,授广东新会训导,后调山东观城教谕,平生"精《春秋》学,名冠一时",学问、为人"为缙绅士子所钦服"。此即为陈氏"一门双理学"之由来。

聚奎书院 泽被后人

兰堂陈氏后裔、著名诗人陈子波曾撰联"木有本水有源溯系绍兰堂门旌宣教;屿之南桥之北建祠居蚬渚院创聚奎"。上联含义如前文所述,下联则点出祠堂的文教建筑——聚奎书院。

古代家族多重视子孙教育,他们择址以建书院,又延请名师,从而使后人"学优登仕",从而光宗耀祖。书院的存在,也从另一方面体现陈氏家族在当时的社会地位和影响力。在书院中,家族成员通过读圣贤书、行君子礼,使族中上下老小皆能和睦相处,达到增强家族内部凝聚力作用。聚奎书院通过培育子弟,最终也提高了家族的地位与声望。

宋初南屿,陈氏为当地望族。"时水西林氏,凤池张氏未成气候,唐、宋、叶、刘诸姓尚未迁入南屿"(陈茂华、林豪生《聚奎书院往事今生》)。南屿在侯官县地位突出,为侯官重镇,地跨五芝乡、修仁乡、西孝悌乡等十个里。《侯官乡土志》记载:"南屿不下二千余户,为本境之第一巨乡也。乡之中,市肆二百余间,百货备陈,略称完备。"兰堂陈氏聚居该地商贸中心,书院不但为家族培育英才,还陶冶了整个社会环境与风气。

千年来,兰堂陈氏家族开枝散叶,后裔分居福州、宁德及港澳台地区与国外各地,人口难以计数。后起之秀亦追步先贤,以功业与社会贡献不断续写兰堂陈氏家族新的篇章。兰堂陈氏宗祠不仅是兰堂陈氏后裔举行姓氏文化活动的地方,如今也是海内外宗亲联谊的桥梁和寻根问祖的窗口。

陈氏族人还致力于修谱事业,注重家族历史宣传,如重修《兰堂陈氏族谱》、编写《兰堂史话》等书、整理兰堂陈氏族史等。他们挖掘族中历史人物资料,撰写文章,公诸世人。而族中子弟亦奉此为"读本",学习先人道德、品质,传承家族中的优良传统。

翰藻扶摇——
长乐筹峰刘氏大宗祠

刘长锋/文　林振寿/图

翰藻扶摇筹峰秀,杆碣旗扬古巷深。素有"历史文化名村、朱熹讲学之地"之称的长乐区筹峰山下二刘村,有一座宗祠,始建于宋淳熙年间,为附近百村刘姓共有,故称"刘氏大宗祠"。该宗祠以"大"字命名,为全国乃至全省刘姓宗祠所罕见。

宗祠古厝　珠联璧合

二刘村历史悠久,站在村中的宋代古桥——云龙桥上四望,宗祠、古厝井列,古风益然。

此地自古士子众多,他们荣归故里必起梁造厝,保存下来"六扇五""四扇三"规模的古厝达数十座。古厝依山而起,四合院式,砖石围墙,雕梁画栋,极为讲究,展示了典型的清朝建筑风格。

庆武堂、树德堂、勤有堂……各房堂号，各有故事。其中，建于清代的刘永标故居引人瞩目，这一家族共走出11个进士。刘建韶与林则徐为同科进士，林则徐充军时，还曾将妻儿托付于他。

沿着石板路前行，古厝、古井、古旗杆碣、古晾衣竿石础、古磨盘……它们像历史掉落的珍珠，洒在这个千年村落的角角落落，掷地有声。村中墙面斑驳的老屋，与"皇宫式"大厝连排端坐，悬山式屋顶曲线优美，马鞍式山墙错落有致。从古桥处张望，不远的地方有一角高高扬起的燕尾脊，它就属于刘氏大宗祠。

朱熹定址 题训传家

二刘村刘氏始迁祖刘晖，于宋太平兴国二年从福州凤岗里刘宅迁此。千余年来，其后裔有六支房，传39代，迁百村，衍万户，成为当地大家族。二刘村则因南宋时刘砥、刘砺二兄弟受业于理学大儒朱熹而得名。

"筹水长流日映华堂呈瑞气；阳山秩翠呈辉通栋献祯祥"，这副祠联点出刘氏大宗祠的形胜。祠坐南朝北，筹水环绕。建祠时，祠址由大儒朱熹选定。宗祠仿古翘角，青瓦风火墙，木结构，直透二落，古朴厚重，蔚为壮观。

宗祠前座于1964年重修，为双层砖木结构，面积168.8平方米。

前埕曾矗立八块石碑,后遭破坏。中间十级石阶,以"十"寓"旺",意指刘氏家族兴旺发达。石阶前有双古井,井水清澈透明,浑似"龙目",为古祠增添了不少神秘感。

堂内两面墙上的四个大字"忠孝廉节",亦系朱熹赠题,作为族训。祠内堂原悬挂进士、文魁、恩贡等几十面匾额,20世纪六七十年代被破坏殆尽。

后座称为溯源堂,于1989年修建,为仿古原样的七柱四扇五间结构,面积247.1平方米。堂中神龛存放9尊先祖神位灵牌,最高位系唐司马参军、入闽二世祖贻孙公与王夫人之神位;还有画像2幅,一是入闽始祖刘存和"五忠八贤"画像,二是始祖刘在像。刘存、刘在是胞兄弟,因刘在于河南固始病故,其兄刘存携三侄随王审知入闽,刘在公后裔感其恩德,故同祀之。

四代五贤 缘结朱子

祠内还列有刘家祖上四代五贤,皆与宋代理学大师朱熹关系非同一般,《福州府志》《闽书》均有记载。

"五贤"即指宋代刘嘉誉、刘世南(嘉誉之子)、刘砥(世南长子)、刘砺(世南次子)、刘子玠(刘砥三子)。宋绍兴十二年九月,13岁的朱熹随父朱松拜访刘嘉誉等人。这是朱熹第一次感受到朱家与刘家的世交夙谊。

绍兴二十年七月,朱熹登进士第授泉州同安主簿后,专程到长乐拜访刘嘉誉、刘世南父子,可见他是个尊亲敬贤之人。绍兴二十七年,朱熹同安县主簿任满北归,又到长乐拜访刘世南。他获悉刘嘉誉已投理学家李侗门下,就转赴剑浦县,拜李侗为师。朱熹、刘嘉誉同在李侗门下学习长达四年。庆元二年,朱熹为避"伪学"之禁,应刘世南邀请到长乐二都龙门刘氏庄园讲学,此处后辟为"龙峰书院"。他寓居二刘村龙峰山期间,著书立说,授经讲学,故龙峰岩得名"晦翁岩"。

刘世南将儿子刘砥、刘砺托付朱熹，请朱熹为二子授学。后来，刘世南还将父亲刘嘉誉的寓居——连江县今蓼沿乡定田村的庄院作为朱熹讲学之所。刘砥、刘砺两兄弟陪侍朱熹在其地多处讲学。后来刘砥、刘砺也成为理学贤达，龙峰岩由此又称"二刘岩"，二刘村也因此名扬闽都。

庆元五年，刘砥病逝，朱熹极为伤心，于次年也去世。刘砥三子刘子玠拜朱熹女婿黄榦为师，考中进士，后弃官钻研理学，著《孝经衍义》3卷、《丰城诗集》2卷，成为一代乡贤，名列二刘村中的"八贤里坊"。

袍笏继世　贤达辈出

祠堂内的另一副楹联——"八贤齐举一门千秋道学传正理；六系分衍八闽万株荆树叶芳华"，道出二刘村不凡的人文源流。这个宗族走出了21名进士，特别是刘砥、刘砺兄弟，以11岁和9岁的年龄，同登宋乾道二年童子科进士，传为佳话。

宋明清三朝，二刘村官宦辈出，有副都御史、吏部左侍郎刘沂春；奉政大夫刘宪翁、奉直大夫刘宏翁、知府刘建韶、通判刘大亨以及知县刘嘉誉、刘嘉猷胞兄弟等；迪功郎刘嘉绩、刘毅、刘仲芳、刘庆祖等；将仕郎刘嘉宾、刘经国等；司理参军刘世南、翰林院编修刘成杰、教授刘树桂、教谕刘宝翁等。在清朝，刘氏一族四代出了7名进士15名举人。刘永标、刘永树兄弟，刘建韶、刘建庚兄弟，刘建韶侄、子、孙均为进士；刘建韶六兄弟五人中举。可谓"忠信孝悌之里，读书袍笏之乡，蔚为盛哉"。

辛亥英烈　血铸黄花

黄花岗七十二烈士、福建十杰之一的刘六符也是二刘村人。他幼入乡塾，后入闽县学堂，旋又考入福建法政学堂。刘六符以报国为己任，寄慨诗文，署名"热啸"。他目睹清廷腐败，丧权辱国，感时局危

迫,非热血无以自存,遂决心习武,考入福建讲武堂第三期,后与革命党人过从甚密,胆识逾壮。

宣统三年(1911年),孙中山策划举事于粤,刘六符踊跃与役,偕林觉民等志士于4月26日抵香港,次日潜入广州,请为死士。下午,敢死队率先攻入两广总督衙门,六符浑身裹挂,奋勇拼杀,挥弹纵击,遍搜督署,未获总督张鸣岐。清援兵骤至,他被围数重,亦身披数创,仍复左冲右突,杀敌无数,终因弹尽力竭被执。面对严刑鞫讯,刘六符坚贞不屈,直呼"血性青年,当为国为民,可叹回天无力,唯一死快哉,欲杀从速"。就义时,刘六符年仅25岁,可谓"血铸黄花,勇冠当世"。

礼乐千年——
梅邑陈氏祖祠

池宜滚/文图

位于闽清县云龙乡际上村的梅邑陈氏祖祠，前身为千郎祠。祠堂始建于宋代，明初遭毁，清乾隆年间移建于旧址对面的中畲山下，"文革"时期再遭毁，1994年移建现址，2014年再度修缮，形成占地面积785平方米、建筑面积615平方米的混凝土仿古建筑，更名为"梅邑陈氏祖祠"。

一门九进士

祠堂建筑高大宏伟。一字屋脊，房顶两坡，两头燕脊，中间龙凤抢珠。厅堂端肃，埕阔廊宽，圆柱齐整。祠堂分上下两落。上落四直一厅，大厅阶前正上方高悬御赐"探花及第"长匾，左右分挂着"博士""进士"等牌匾，两旁张挂陈祥道、陈旸画像，两人生平及《礼书》《乐书》简介；下落高墙围合，中门直入，回廊两旁墙壁分别悬挂《礼书》部分礼仪图和《乐书》部分乐器图。近年，祠堂左右厅还增设了陈祥道、陈旸二兄弟石像，并在环走廊墙面增设"中国礼乐之都、乐圣陈旸故里"等主题文化图文。整个祠堂端庄典雅，富有文化韵味。

梅邑陈氏历史悠久，传承脉络清晰，可概括为：源于宛丘(今河南淮阳)，望于固始(今河南固始县)，盛于颍川(今河南禹州)，南开闽漳，随王进榕，分迁入梅，今及全球。

早在1800多年前的汉代，就有陈姓族人进入福建，但进入闽清的第一支是入闽始祖陈千郎的第三个儿子陈柄(陈庭柄)。陈千郎出生于唐懿宗咸通六年(865年)，是东汉太丘长陈寔(亦为陈实)的后裔。他于梁太祖开平元年(907年)，由河南省光州固始县渡江入闽，仕闽王王审知，官至三司左丞；初居福州南大义(今闽侯县青口镇大义村)，后卜居闽侯小溪源，去世后与元妣李氏、继妣郑氏合葬于闽清县四都(今三溪乡)陈墓洋。其三子陈柄迁居云龙漈上(因村口有一落差很大的石漈而名，后简写为际上)，为漈上陈氏始祖。

让梅邑陈氏闻名遐迩的是其科举和仕宦盛景。陈柄迁居际上后，即立下了"崇道德、尚礼义，耕读传家，诗书继世"的家训。其曾孙陈玩生有五子，长深道、次祥道、三安道、四旸道(后改称陈旸)、五从道，除长子深道守家侍父外，其余皆进士及第，世称"五子四登科"。其后，祥道子行中、安道子刚中、旸道子积中、从道子和中、刚中孙陈问先后登科进士，叔侄孙合九人，被称为"一门九进士"。终两宋，漈上陈氏共有进士31人，实为书香门第、进士摇篮，也因此留下了满祖祠的"进士"牌匾。

千古两先生

群星璀璨的陈氏"学霸"中，最为突出的是祥道、旸道两兄弟，世称"兄弟双理学"，也即"礼乐二陈"。他们不仅是闽清历代名贤的杰出代表，也是中华文化史上的功臣。朱熹曾为他们撰写了"棣萼一门双理学，梅溪千古两先生"的楹联。

陈祥道，宋英宗治平四年（1067 年）进士，历任国子监直讲、太学博士、太常博士、秘书省正字兼馆阁校勘、宣义郎。他一生穷经著书，著述丰厚，成就斐然，著有《礼书》150卷、《仪礼注解》32卷、《周礼纂图》20卷、《礼记讲义》24卷、《论语全解》10卷。其中，《论语全解》曾成为当时的科举参考用书，风行60年，并且还是王安石学派（陈祥道为王安石门生）唯一存世之作，颇具学术价值。此外，其《礼书》《论语全解》被收入《四库全书》，《礼书》还被收入新中国成立后首批《国家珍贵古籍名录》。

陈旸，宋哲宗绍圣元年（1094 年）进士。历任顺昌军节度使推官、太学博士、驾部员外郎、讲义司参详礼乐官、宣德郎、礼部员外郎、礼部侍郎。他是中国古代著名的音乐理论家，著有《乐书》200卷，是中国也是世界上第一部音乐百科全书，同样被收入《四库全书》；新中国成立后被收入首批《国家珍贵古籍名录》，美国、日本、韩国等多国国立博物馆均有收藏。位于北京天坛公园的中国古代音乐博物馆内，塑有古代八大音乐家名人铜像，陈旸位列其一。

陈旸为官正直敢谏，《宋史·陈旸传》记载其"尝坐事夺，已而复之"。尤溪汤川陈氏族谱记载，其肇基始祖文华"因祖父旸公廷对，坐言盐铁利忤旨，防天威不测，避地入尤"，可见其不顾身家性命为民铮谏之实。家乡人以"陈贤良"称之，既因为他举于"贤良科"，更因为他当得起此二字内涵。陈旸被免职后回归漈上，兴修水利，造福一方，于宋高宗建炎二年（1128 年）去世并归葬故里。

【延伸阅读】

棣萼[dìè]

　　比喻兄弟。出处《晋书·孝友传序》。

万秀藏古村

在际上村，从梅邑陈氏祖祠出发，还有不少古迹可供观摩瞻仰。

村口公路边有一片山崖，其上有多处摩崖题刻，其中有陈祥道手书的"龙首岗"；还有到村中追寻"二陈"功业的南宋状元张孝祥，也在此题刻"起傅岩"。

祠堂右边有块镌刻"十八学士先兆"的石碑，记载着一个古老的传说。据传，当初陈柄为寻安家宝地，循着古驿道来到漈上。他见此山川风景，十分心仪，但一时难决奠基之处，只好时常徘徊此地察看地形。一日，他走累了在树下打盹，梦境中走进村西松林，坐于一处青石板上休憩。突然，从青石板下的洞里钻出一群白鹤，先后共有十八只。仙鹤是吉祥鸟，且"鹤"在闽清方言音同"学"，喻示科举功名有成。醒来后，陈柄急寻梦中青石板，最终由此线索找到了定居之所。为了记述梦境，并勉励子孙勤奋耕读，他在住宅门前竖起一块镌刻"十八学士先兆"的石碑。此碑被作为族宝，现移立祠堂近侧。

祠堂门前有一条1.5米宽、一直延伸至村口的石板条横铺古道，这便是陈氏子弟进京赶考走过的古驿道。村口处有一个落差很大的迭坎式瀑布，为全村的出水口，也是村名的由来。

横跨其上的是一座"千年石板桥"。相传当年这里倒伏着一根巨藤，充当沟通两岸的独木桥。少年陈旸经常在上面来回读书，一趟是120步。他据此发明了"120字学习法"，即每天记牢120字，不贪多，也不打折，日积月累，终成"博士"。

古石桥底下的河床石上，至今留有取石和人工开凿的洞穴残迹。这是宋时陈旸带领乡亲们就地取材兴建水利工程的"贤良陂"，村里至今流传着陈贤良穿官袍拜石开渠得水的美谈。

桃溪载梦——
永泰嵩口月洲张氏宗祠

张建设/文 林振寿/图

位于闽清县云龙乡际上村的梅邑陈氏祖祠，前身为千郎祠。祠堂始建于宋代，明初遭毁，清乾隆年间移建于旧址对面的中崙山下，"文革"时期再遭毁，1994年移建现址，2014年再度修缮，形成占地面积785平方米、建筑面积615平方米的混凝土仿古建筑，更名为"梅邑陈氏祖祠"。

发源于永泰县西北部千米高山的桃花溪左冲右突，急湍而下，来到嵩口镇月洲村，受到龙山的拦引和金鸡岩的回挡，在村中转了一个大湾，投西回东复南去，形成一个篆书月字外壳，隔出了一个沙洲。在此洲头，1000多年来一直矗立着一座古朴雄伟的建筑，门墙肃正，檐角飞扬，这就是八闽名祠——月洲张氏宗祠。

宗祠之倚为绵绵龙山，山脉秀美和缓，来龙悠远；宗祠近护为清澈婉转的桃花溪，深情环绕于左右；隔桃溪仁望，正前方为双重玉山麒麟岩，解意为"出"字。有人说，此地形寓意着，张家必出人才，张家的人才必定会走出去，走向世界。而左右远处虎狮象把口，祥龙腾飞，丹凤朝阳，文峰卓立，马港奔流，为宗祠周围大势也。

从状元桥过桃溪，沿桃溪左岸下游行200米许，初时只见左侧果树葱茏，圃蔬肥美，右侧则是桃溪潺潺，青碧可人。无几，石径回折，于李果林间倏然见到一座八柱门楼。此一小段路程，已经透出了一种"隐入桃花源"的意味。门楼前左侧矗立了一片旗杆林，数十通旗杆碣造型古朴，貌似简约，却和牌楼门第联"清河绵世泽，梁国振家声"一起记载了月洲张氏的一段历史荣耀：自王审知的部属、榷货大臣梁国公张睦的两个儿子迁徙月洲之后，其后裔考出了永泰县历史上第一位进士，在第七世至第九世更出现了父子六人六登科、祖孙三代十八条官带的辉煌。这些旗杆碣就是其中的部分记录，且是北宋时期留下来的古物，已经900多年了，是难得的历史文物。

过牌楼，有小广场，现为水泥铺筑。但奇怪的是，在前场中央留有一个不规则的大约1平方米的原始地面，中有怪石嶙峋。原来张氏始迁月洲的张膺张赓兄弟，初时不知在何处肇基为好，却发现带来的母鸡天天跑到一个荒草丛中的岩石上生蛋，遂在此建造了两座房子。兄居于前，弟居于后，遂有月洲前张后张之分。而此二座房屋与桃溪的轨迹结合就构成了"月"字。月字洲头，即月洲村名来历也。在膺赓二公去世后，他们的房屋改建成了宗祠。该祠曾于元代毁于元兵，1935年再毁于火，1936年再度重建，历年多次维修，总占地约1500平方米，其中建筑占地815.5平方米。

宗祠主座正面座丑向未兼艮向坤（坐西朝东），横宽18米，进深34米，高7.8米；三层翘脊，灰色墙面，不尚虚华，只显肃穆。中间大门进入后，是一个大天井，门厅和两廊构成两层回廊。底层回廊上以石

刻形式对历次维修宗祠的宗亲进行了表彰,二层现为月洲张氏历代英贤的事迹展示廊,以画像加文字形式表达了张氏后裔对先贤的景仰思慕之情。大天井左右分别立有凤池张始祖张睦功德碑和张元幹塑像。

经五级垂带踏跺登上宗祠正堂,会发现这处正堂非常有特色:开间、进深和高度均甚可观,立柱粗硕挺直,所有立柱均悬挂着黑漆金字的楹联覆轴,以联语叙述了张家的光荣史,并表达了对子孙后裔忠孝传家、仁义为怀的期望;举架高耸,为歇山顶四梁扛井;太师壁及梁架上悬挂着10多面匾额,金碧辉煌,匾额主文内容分别是:"唐太师梁国公""殿前都指挥使""御史中丞""虽无銮驾如朕亲行""十代同堂""状元""进士""博士"等;两边斗廊壁还镶嵌着大型瓷板《月洲张氏五十名进士名录榜单》,充分显示了月洲张氏的历史荣耀和家族的兴旺。

宗祠里的资料显示,月洲张氏于唐末从河南光州固始县举族追随王潮、王审知兄弟入闽,父子均在闽王国中担任重臣。张睦公官居榷货务、尚书右仆射,唐帝于乾宁四年封睦公为太师梁国公。睦公当

兵革抢攘之秋,能雍容下士,教民富足读书,并招四方蛮夷商贾,通货易财,是海丝事业的功臣;为政二十九年,民不加赋而富国裕民,逝世后配享王审知宗庙。因其官衙位于福州今仙塔街,衙前有池形如凤眼,后闽人感念其功绩,将该官衙改做祠庙祭祀之,称"榷货金华大王"庙,其后人遂被称为"凤池张"。

二世庞、膺、赓三公分别任王审知王朝的殿中侍御史、殿前都指挥使和御史中丞。王审知薨逝后,其子为争夺王位,大打出手,又各自任用奸恶,弄得政治腐败,民不聊生。时张睦公已逝,葬闽侯上街。张家兄弟仨见王事不可为,遂弃官隐居。庞公居侯官厚美守父陵,膺、赓别兄,携侄儿潩公(早逝的长兄廊公出)并带家眷,自郡之南而行,溯溪而上,至永福之汤泉、西林而留家焉。未及期年,兄弟因同梦神人昭示,遂溯溪而上五十里许,从溪口,现溪口村再溯小溪而入,果见桃花夹岸,洲形如月,山秀水灵,峰有文笔,岩有金鸡,湖有玉狗,潭有蛰龙。他们有感于此地四山环抱,远隔红尘,恰似心中的桃花源,遂名此溪为桃花溪,地名为月洲,时为公元934年。

这是月洲张氏族谱所载的第一个"梦"。但这个"梦"估计是掩人耳目的说法。膺、赓挂冠隐居,既是对当政者的不满,也是为逃避政敌的迫害,当然去的愈隐蔽愈好。而汤泉、西林紧邻大樟溪,容易走漏消息,为保存家族血胤和保证勋业重光,就不宜选择地盘广阔、交通方便的现梧桐、嵩口镇区和埔埕大坂等处,而选择相对封闭但也有肥沃地土的月洲了。

月洲张氏的第二个"梦",讲的是第七世张肩孟年轻时在自家阁楼上读书,一时疲倦睡去,于梦中与神人对诗,"神人"吟曰:"君看异日拿龙手,尽是寒光阁上人。"张肩孟忽然惊醒,以为是上天启示,遂命名读书的阁楼为"寒光阁",带领子侄及孙辈在此读书修业。果然,先是张肩孟本人在北宋皇祐五年中郑獬榜进士,而后五子及孙辈十二人俱登科仕宦。月洲张氏后裔更在整个封建时代里,走出了50位进士，其中出了一位状元、一位尚书。

月洲张氏的第三个"梦"，则指第九世的张元幹。他生活于两宋之间，从小见到国家经济繁荣和军事羸弱、屡受强敌侵凌并存的局面，长大后受正直的士大夫李纲、陈瓘、徐俯、杨时等人的教诲甚多，故而毕其终身，都具有强烈的爱国主义思想、强烈的抗击外敌侵略的决心和意志。其靖康之后的大量词作反映了广大人民要求驱逐金兵，收复失地、恢复河山的愿望。其中，有不少描写到梦的词，如《贺新郎·梦到神州路》等受到了毛主席、周恩来等老一辈革命家的高度赞赏。

这三个梦与中国梦是相通的：人民群众首先追求安居乐业，然后希望儿女子孙奋发有为；而作为正直有识之士，应该想到，个人的命运与国家民族的命运息息相关。

2018年，中国乡村复兴论坛·永泰庄寨峰会在月洲举行。族中贤者见宗祠略显颓败，内外貌与美丽月洲、与传统文化不太相称，遂号召重修，而应者云集，捐款踊跃。乃鸠工修缮，恢复了门楼和旗杆林，重铺了瓦屋面，整饰了外墙面，增设了文化走廊，面貌焕然一新。

月洲张氏发展到现代，已有近200万之众，且在世界各地、各行各业涌现了许多杰出人才。此宗祠也多次发挥了沟通海峡两岸民族情感、团结世界华人的作用。其祠名为时任中国国民党副主席连战题写，在台的高级警官张桂元多次到访宗祠。诞生于月洲的东南亚最大农业神张圣君崇拜，与我国台湾地区及新加坡等地的信众交流密切。2016年，代表近1亿张氏的世界张氏总会在此举行了隆重的省亲祭祖仪式，更彰显了月洲张氏宗祠的重要历史地位。

贻燕传芳——
仓山永盛梁氏宗祠

林丽丽 梁发平/文 林振寿/图

面三江,倚燕山,清流环古厝,福泽照宝祠。坐落于福州市仓山区城门镇梁厝村的永盛梁氏宗祠,堂号"贻燕堂",占地面积693平方米。梁氏宗祠曾多次修葺,至1919年,族人又募资重修;1987年,再次修葺。1999年,永盛梁氏宗祠被列入"福州十邑名祠",2005年被评为"福建名祠",2007年1月获评"仓山区第四批区级文物保护单位",2009年11月正式列为"福建省级文物保护单位"。

福泽宝祠 古今辉映

走近永盛梁氏宗祠,宗祠前铺陈着一方158平方米的大石埕。环顾四周,最先映入眼帘的就是石埕上两处平面的"福"字纹样。此处曾经矗立着代表科举功名的"荣誉丰碑"——两座三米见方的围石旗杆墩,这也是宗族文风兴盛、门庭兴旺的象征。永盛梁氏宗族历来重视人才培养,激励子孙发奋图

强、兴家报国。站在宗祠前，可仰见宗祠的女儿墙，几幅灰塑花鸟图惟妙惟肖，展现了宗祠精湛的装饰工艺。左右两个小门，分别悬挂"出悌""入孝"匾额。玛瑙红的宗祠门墙与朱红色大门交相辉映，门楣高挂镌刻"永盛梁氏宗祠"的大石匾，鎏金楷书，端正挺秀，彰显梁氏宗祠的威严肃穆。

最引人注目的当属玛瑙红门墙上嵌塑的一对大白瓷盏象。"太平有象"，这一嵌塑有着"久治平安吉祥"的寓意。每只瓷象高约3米，它们脚踏八宝，背驮象鞍以及插着画戟的花瓶、玉磬，意味"吉祥如意，吉庆平安"。象身镶嵌着千余个梁姓宗亲捐献的白瓷小酒盏。相传早先的瓷盏象，眼为夜明珠，牙为真象牙。抗战年间，这一嵌塑遭人破坏，象牙失窃。后原物整体又于20世纪60年代毁损。现在的这一对瓷盏象，是1991年宗祠整修时，由国家一级美术师梁桂元亲自设计放样，旅台宗亲捐资重塑。在宗祠的墙角处，立有一方石碑，上刻："违禁溺女　光绪十五年五月　上洲村"，以此警告溺女婴者，可见当时宗族重视保护女婴。

永盛梁氏宗祠由祠埕、门厅、戏台、天井、醮楼、祭厅组成。祭厅面阔五间，进深六间，主要为穿斗式木构架。走进宗祠，两侧朱红圆柱镌刻的"史馆词曹光州千古，茶洋石壁永里一祠"楹联，点出梁氏迁徙的历史。屏风墙高悬一方"进士"古匾。在大厅正中为"贻燕堂"堂号匾额,两侧悬挂着永盛梁姓近代著名的两位宗贤——梁章钜和梁鸣谦的巨幅炭精画像。堂号匾额上方高挂道光皇帝题笔亲赠梁章钜的三个"福"字。这红底金字的三个福字匾,在朱红宗祠内熠熠生辉。除此之外,宗祠内还有萨镇冰题写的"燕翼贻谋",徐世昌题写的"急公好义"等匾额。

宗祠屏风门后是一座精致古朴的大戏台。行过天井,登上石阶,眼前面阔五间、进深六柱,穿斗减柱大扛梁的建筑就是宗祠主厅。宗祠主厅后进分三间,正中为"公婆龛",供祀自始祖梁宗以来的历代宗亲的神主牌和禄主牌。主厅后进的南偏间为"抚嗣堂",堂壁上画有写着"各房系止神主"的供牌。两旁画着一对写有"纪念问题是共本源合配享,嗣绩主义保存血脉附宗传"的联框。

义姑善举　恩泽后代

义姑,佚其闺讳,为梁氏第十一世梁公成之女,生于南宋宝祐四年(1256年)。时值兵荒马乱,梁氏家道中落,义姑父母早逝,兄亡嫂逝,遗孤在抱,梁氏一线之脉岌岌欲绝。面对绝境,这位年仅15岁少女勇敢面对,为保梁氏一脉,矢志不嫁,焚香叩天,求乳哺孤,含辛茹苦,教养子侄。皇天不负,侄子梁安金榜题名。梁厝梁氏子孙为感义姑延嗣之恩,于宗祠内左侧,祀义姑神位。堂前画柱挂有"不字抚孤千秋颂烈女;矢志衍脉万代仰义姑"的楹联,正上方高悬沈葆桢提笔的"女中婴臼"蓝底金字匾额,堂中是一幅义姑怀抱婴儿慈祥端坐图。

朱熹题赠　贻燕留芳

主厅"公婆龛"前门楣横梁上,高悬红木镌刻、厚金贴饰的"贻燕堂"堂号祠匾。据史料记载,梁氏五世祖梁汝嘉,是南宋理学家朱熹挚友,两个人常切磋学问。一天两人游至祖地鼓岭,于山头远眺,发现闽江南岸有一座小山酷似矫燕展翅欲飞,便觉此处是一块风水宝地。梁汝嘉遂携弟梁汝熹从永泰石壁搬迁至此,并在燕山山麓创办"梅涧书院",时邀朱熹讲学。朱熹手书"贻燕堂"相赠,取意于遗留给后代子孙久安乐业,以谋幸福之意。这便是永盛梁氏宗祠的堂号"贻燕堂"的由来。

梁氏宗祠八百余载历经兴衰更替。曾因自然灾害及年久失修,近乎倾颓。到元至治二年(1322年),翰林学士梁恩观返乡祭祖,续写编修《梁氏族谱》,经宗亲合议扩建翻新梁氏宗祠,增建戏台、回廊、天井等。匾额加"永盛"两字,取意永远昌盛。1922年,宗祠再次扩建,经多次修葺整改,终成今日精巧端庄的"永盛梁氏宗祠"。

耕读世家 底蕴深厚

福州历史上曾有过"无梁不开榜"之说。梁厝自古以来地灵人杰、人才济济。从宋朝到清朝,这里共走出27名进士。由清至近现代,梁厝村仍是名人辈出,走出了两江总督梁章钜、鳌峰书院教授梁鸣谦、物理学院士梁敬魁、航天院士梁守槃等。梁厝女婿吴孙策在《新梁厝赋》中写道:"燕山乃天宝之地,梁厝为风雅之乡。地虽弹丸,名宦辈出。宋元明清,代有风骚。祖孙进士,叔侄同榜。无梁不开榜,开榜必有梁。科举佳话,盛况空前。翰林学士梁恩观,谏议大夫梁汝林,两江总督梁章钜,鳌峰掌教梁鸣谦,海军上将梁序绍,地下航

线梁宝通,马江英烈梁祖勋,二七烈士梁甘甘,物理学家梁敬魁,导弹之父梁守槃。一村两院士,八闽骄傲;夫妻两教授,榕城美谈。"

以血缘为基石,以亲情为纽带,永盛梁氏宗祠文化熏陶梁氏后代宗亲,连结梁氏后人,激励子孙传承延续宗族精神,生生不息。在这一文化熏陶之下,族人纵隔千里万里之遥,仍盼重归故土叶落归根。曾任国民党高级将领的梁孝煌,在横跨大半个世纪归乡时,亲书亭匾"思乡亭",表达对家乡的满怀热忱之情。

永盛梁氏宗祠,凝聚着梁氏宗族最浓厚的血脉亲缘,是海内外宗亲魂牵梦绕之所。永南里耕读世家,书香传世,文脉昌盛。作为承载乡村文明和优秀传统文化的基石,它展示了三江口的历史之源与文化之根。

人文府境——
仓山台屿陈氏宗祠

严鑫/文　林振寿/图

　　红墙绿瓦，阅尽几世风华；飞檐翘脊，弥漫英杰气息。这里，便是坐落在仓山区台山南麓的台屿陈氏宗祠。

八百余载　薪火相传

　　宋靖康年间，金兵侵犯中原，一批文人士子愤于朝廷腐败，回天无力，选择隐居与南渡。1126年，一名士人从河南辗转来到福建，先在福州城内钓鲈桥（今鼓楼区南营附近）落脚，后四处巡游，见台屿山清水秀、民风淳朴，是个读书作文、修身养性的好地方，于是选择台屿建房定居。这士人便是台屿陈氏始祖、时人称为高士的陈允元。

宋景炎元年(1276年),三世祖嘉言公筑"书隐草堂",明朝洪武初年改建为宗祠,明万历年间扩建,清嘉庆年间重修,规模逐渐壮观。

星移斗转,台屿陈氏宗祠经风雨侵蚀墙裂廊圮,返乡省亲的华侨、族人莫不惋惜。改革开放后,在旅外宗亲襄助下,宗祠再次大规模重修和部分扩建。2005年,台屿陈氏宗祠列入"中国名祠汇编",2009年列为福建省第七批文物保护单位。

古祠坐北朝南,共有五进,纵深125米,横宽18米,占地2100平方米,建筑面积2400平方米,由门墙、门楼、仪门、祠堂厅、祭厅、神主厅、台山阁等组成,为福州地区规模最大的古祠之一。

古祠巍峨 新旧交辉

依山势而建的古祠,无论古建还是新盖的建筑,都保持着明清时期的建筑风格,巍峨壮观。宗祠群落四面风火高墙,前围墙面街,正门口两侧分立衔球石狮。后护墙靠山,前后五座均有石阶层升。

从双开围墙大门走入,是丹桂丛立的祠埕,故称"桂花埕"。左右两墙是雕刻中国古代二十四孝图文故事的青石雕墙面。伫立祠埕,可直望至第五进"书隐楼"。

"桂花埕"正面登三级石阶至第一进"思亲楼",为仿宫殿式两层阁楼,系原"仪门厅"改建。"思亲楼"正门悬"世界冠军""博士生导师""院士"等金字匾额。右侧小院竖石碑"圣旨",这是明代英宗皇帝在1458年为表彰台屿先祖陈淮捐粮赈灾义举颁发的圣旨,里人立碑以纪。

自"思亲楼"步三米石埕,就到了第二进"丛桂堂"。清建筑风格的木结构大厅堂内雕梁画栋,除大厅正方高悬的明嘉靖皇帝御赐的"儒族"金字牌匾外,还有"词林名士""十二代同堂""靖粤功高"等匾额。

过九米深的大石埕,登五级石阶至第三进大厅。第三进有明显的明代建筑风格特征,左右陈列古代钟鼓、明代服饰、锡制銮驾和十八般仿古兵器,两盏大宫灯高悬于二、三进大厅中梁,古韵十足。

第四进为"魁星楼",楼前石埕中有"书隐古泉"遗址。井水清澈如镜,相传三世祖嘉言公隐居台屿筑堂读书时凿"书隐古井"供饮用洗涤,因年代久远已不复存在,后人凿井以作纪念。一至三层,依次是祭祀先祖的神主厅,褒扬先贤今哲的名人厅和赞誉为家乡公益事业贡献良多的海内外宗亲的荣誉厅。

自"魁星楼"二层后埕登30级石阶,抵第五进"台山阁",为2002年重建。原"台山阁"为陈氏三世祖陈嘉言的藏书楼,仅余遗址。重建后楼高五层,仿古方塔形建筑,雄伟高耸,成为台屿的地标建筑。正厅竖立着曾获福建省政府金质奖章表彰的爱国爱乡宗亲陈德善先生汉白玉半身塑像。楼中设有纪念近现代台屿陈氏革命先烈的纪念堂室,如陈更新纪念堂、陈任民纪念堂,以及纪念抗日战争、解放战争、抗美援朝等为国捐躯的陈氏先烈的英烈室等,供后人瞻仰。

儒族之光 名人辈出

"书隐先生裔,词林名士家",提到台屿,必离不开"书香"一词。

追根溯源,陈氏家族的文儒之风和辉煌气息从这座古祠中悠扬而来。

　　有数百年深厚积淀的台屿名人辈出,史称"风诰称儒族,麟经绍大家",史上出过8位进士。陈氏始祖陈允元博学多才,著有《高士堂集》等传世之作,还有宋代天文学家、历史学家、著有《书隐草堂》的陈嘉言,元代隐居高盖山桃花溪种桃读书的名士陈忆翁,明代辞官归来、修建福州名胜古迹"望北台"望北谢恩的名宦陈京,首倡并捐资修复永泰方广岩寺的著名诗人陈鸣鹤,出任琉球国左尚使(宰相)的陈克震,黄花岗七十二烈士之一的陈更新,共青团福建省委暨福州支部创始人陈任民,太极拳世界冠军、被誉为"太极王子"的陈思坦等等。到了现代,台屿还走出院士、博士生导师等一大批科教精英,如今更有大批各行业精英活跃在海内外。

　　台屿自古人杰地灵,人文内涵隽永。陈氏宗祠仿佛一座灯塔,以其闪耀的人文精神,指引世代,福泽社会。

中正仁和　一脉相承

　　"一介书生谏草足惊奸胆,千秋道法坑花犹恋忠魂。"宋代陈东死谏权奸,以谢天下,不惧安危,抗击金兵,遂被人所害。其忠烈之风为人敬仰,台屿陈氏先祖自中原入闽后,将陈东奉为陈氏主神,世代顶礼膜拜。

　　台屿人"忠、孝、廉、节"的传统千年传承。在第四进"魁星楼"三楼的"德善厅",就传颂着一位老先生爱国、爱乡的感人故事。

　　1927年生于台屿的陈德善早年丧父,12岁那年跟随乡亲漂洋过海到新加坡谋生,后凭借刻苦耐劳、坚韧不拔的品质领会经商要领,把握机遇,白手起家,自营咖啡店、开餐馆、购置房地产,事业蒸蒸日上。

　　成功后的陈德善不忘创业的艰辛,率先资助贫穷乡亲,虽定居新加坡却殷殷情系故土,心念祖国。1988年陈德善怀着赤子之心,返乡省亲拜祖,脚踏阔别五十春秋的台山,聆听乡亲建议,决定为家乡公益事业作贡献。

从1989年到1995年的七年间,陈德善先后慷慨解囊捐资131万元人民币,合资建台屿小学兴学大楼、文体馆、游泳池以及水泥桥、图书馆、教育商场等,并成立陈德善文教基金会。他还捐资修缮文物保护单位——台屿陈氏宗祠,重修宋始祖高士公陵园、元古墓、明代书院——文昌宫、古迹隆兴庵、饰宋陈东忠烈祠等,使得这些文物古迹重放光彩。

直到今天,"忠、孝、廉、节"的优良传统美德依旧熏陶着台屿后昆。族裔中捐建学校、修桥铺路的善举层出不穷,让此地弥漫着浓郁的人文气息。

钟灵福地——长乐青山江夏黄氏祠堂

黄延滔/文　林振寿/图

"董奉山下黄龙树,江夏祠中进士林",这是世人对长乐青山这座大祠的赞叹。黄龙是指有"贡果"之美誉的龙眼,青山龙眼历代远近驰名;而进士林自然是指名宦辈出的青山黄氏一门。

朱熹择址　钟灵福地

以"江夏堂"为堂号的黄氏祠堂,坐落在福州市长乐区古槐镇青山村。它位于董奉山下,坐西北,向东南,依山面海,是青山黄氏家族发祥之圣地。

祠堂始建于南宋,是朱熹挑选的钟灵福地。该祠扩建于明朝弘治年间,重修于清光绪十八年(1892年),1922年缮修前座。2002年春,黄氏家族又对祠堂进行重修，复制祠内匾额。2002年6月，它被列入长乐区级文物保护单位，2003年11月被授予"八闽名祠"称号。

祠堂为三进土木结构，占地面积2300平方米，建筑面积1200平方米。四周风火高墙，飞檐翘角，马头墙及檐口的壁画相映成趣，散发着古朴而典雅的气息。正门上方青石匾额书"江夏黄氏祠堂"，门口一对石狮雄踞两侧，栩栩如生。祠堂整体结构雄伟壮观，祠内雕梁画栋、富丽堂皇，体现出明清两代建筑的风格。

祠堂前有贡果公园，返乡祭祖的游子进入祠堂谒拜时，都会在这里驻足流连。正所谓十年树木百年树人，数百年间从青山黄氏走出的才俊遍布四方，黄氏家族犹如一株株遒劲的龙眼，长青不衰、硕果累累。

群星璀璨 匾联生辉

走进黄氏宗祠，一抬头就可见琳琅满目的各色牌匾。据统计，祠中前后厅堂共悬挂有牌匾136面，有令人钦羡的"文武状元""榜眼""探花"，更有"太师""少师""左右丞相""大学士""五部尚书""侍郎""翰林""御史"等。在诸多牌匾中，有两面引人关注：一是清康熙皇帝赐给黄榦的御书"道统斯托"；二是蒋中正书赠海军上将总司令黄钟

瑛的"砥柱中流"。

此外，祠内还有20副木制青漆贴金柱联，其内容展示了青山黄氏的光辉历史和高尚典范。"青山毓秀，出文武状元榜眼探花百进士；董奉钟灵，封左右双丞相尚书御史二贤人"，此联生动描绘了青山黄氏地灵人杰，名贤辈出的盛况。最可贵的是，祠内楹联几乎都由著名的书画大家书写，其中包括沈鹏、米南阳、刘炳森、刘正成、启骧、苏适、范迪安、吴末淳、王镛等大师。

在所有牌匾中，"黄龙"牌匾的由来最为传奇：相传南宋绍熙二年，著名理学家朱熹从福建启程，跋山涉水来到了南宋王朝的首都临安。在之后的几天里，朱熹被当时的皇帝光宗召入宫中讲经解义。临别时，朱熹从行囊中取出一捧龙眼献给光宗皇帝。皇帝品尝之后，问福建的哪一个地方有这么好的龙眼？朱熹回道：我的女婿黄幹在福建长乐，那里产有这样的龙眼。光宗皇帝顿时龙颜大悦，当即下旨嘉奖，特书"黄龙"赞许。而这御赐的"黄龙"二字如今就被刻上牌匾，悬挂在江夏黄氏祠堂中。

名门望族 六大房系

"江夏堂"龛中供奉入闽始祖黄膺公、二世祖茂材公和茂哲公等人塑像。

青山黄氏，源远流长。祠内神龛中供奉入闽始祖黄膺公，二世祖茂材公和茂哲公，三世祖黄宾公和十四世祖黄幹公。

黄膺公，字世铭，于唐末光启元年(885年)，自河南固始县随王审知入闽居邵武仁泽乡。膺公生二子：茂材公、茂哲公。茂材公官拜秘书丞，生四子：宾公、推公、惬公和鸣凤公。

黄宾公，字观光，后唐同光年间任古田县令，后又兼知长乐县事。他喜董奉山之灵气，爱万顷海滨之富饶，故择地青山下而居，后代发展形成望族，世称"青山黄氏"，寓意家族长青，青山永固。

宾公长子昶公之后有黄瑀为监察御史,称"监察房",后裔分衍长乐、闽侯、福州、连江、建阳、建瓯、广东的潮汕和化州等地。

宾公次子颙公之后有黄榆赠少师,称"少师房",后裔分衍古田、罗源、连江和浙江温州等地。

推公之后有黄履右丞相、黄伯思官秘书郎,称"秘书房",后裔分衍闽北、江西和浙江金华等地。

惓公之后有黄潜善官拜左右仆射,黄潜厚官拜户部尚书,称"仆射房",后裔分衍建瓯、古田以及全国各地和东南亚国家与地区,是大旺族。

鸣凤公儒学传家,后代称"鸣凤房"。鸣凤公之后黄彦臣及五子黄颙、黄硕、黄预、黄颎、黄颖、同登进士,皆有声誉,后裔分衍漳州、浦城、建阳等地。

茂哲公长子安公居邵武,因次子颇公官拜泉州刺史,迁长乐芳桂胪峰(今金峰),称"胪峰房"。颇公之孙黄程北宋天圣五年进士,由长乐移居古田,后游学入潮州,为闽黄姓入粤第一人,后裔播迁粤东各地。

以上六大房人口总计200多万,分布全国及世界各地,人才辈出,有从政、执教、经商等各界精英,家声远扬。

黄氏家风 古风今尚

江夏黄氏祠堂自2002年重修后,不断迸发出新活力。古老的祠堂不仅是祭祀祖宗、敦亲睦族之地,也发挥着教育、休闲、旅游及传承等多项文化功能。

近年来,长乐区有关部门以江夏黄氏祠堂为依托,开辟"家风家训馆"。展馆按照时间脉络,展示了"耕读家风""麦饭家风""廉洁家风""忠孝家风"和"红色家风"等优秀的家风家训,并与黄氏家族历代先贤黄瑀、黄榦父子、黄铜、黄钟瑛、黄见三等古今人物事迹相结合,成为一处有鲜明地域特色、人文特色的廉政文化教育示范点。

家风纯正,雨润万物;家风蔚然,国风浩荡。目前,江夏黄氏祠堂还结合黄勉斋特祠、贡果生态园、革命老区村,以"绿水青山就是金山银山"的理念,打造福州地区精品乡村旅游线路。

元代的礼制基本上依蒙古的风俗实行，政府对于设立家庙并不重视。这一时期宗族组织的发展状况，南北有着重大差异。

在北方，连绵的战乱迫使许多人弃家逃亡，族众星散，谱牒沦失。而南方因为处于较长时间的安定环境，宗族组织得到较快的发展，庶民阶层中出现很多自建祠堂的现象。

合敬同爱——
连江山堂陈氏宗祠

黄凤清/文 林振寿/图

"云山岱水"高度概括了连江县东岱镇山堂村的如画风景。位于山堂中心地带的陈氏宗祠乃明代建筑物，2005年12月被列为连江第五批县级文物保护单位，见证了此地陈氏的播迁与发展。宗祠顺山势而建，前依湖塘莲池，后枕云居山麓，文化底蕴深厚，整体大气典雅。

山堂陈氏出颍川

连江有句俗语：陈林半天下，黄郑满街摆。前半句说的就是陈姓在连江所占的族群之多。陈氏得姓始祖陈胡公，即妫满。周武王灭商建周后，将长女大姬嫁给舜帝之后妫满为妻，封于陈地，建立陈国。

陈氏郡望颍川为古代郡名，治所在阳翟（今河南省禹州市）。陈氏族人原本聚居于中原地区,随着历史的发展,逐渐由黄河流域向南方拓展繁衍。早在1800多年前,陈氏族人就已进入福建。

山堂陈氏又称桥南陈氏。北宋熙宁、元丰年间(1068—1085年),入闽开基祖陈文广从河南固始迁入连江蛎坞,其后裔分迁连江各地,今在连江已发祥12000余人。在山堂村,陈姓为该村的第一大姓。"蛎坞肇宏基溯分席曲台,共羡颍川孚物望;山堂恢世业既宣威柏府,更从鳌海振人风",描述了山堂陈氏的播迁历史。

祠前荷盛香远溢

山堂陈氏宗祠原先系邑人陈彦琛的家祠,始建于元至正十二年(1352年)。陈彦琛在他的遗嘱《砧基簿叙》中记载:"兵灾之后,斩木鼎架数椽,得成盖头之计。"此屋先是陈彦琛的住所,一度被其命名为"书隐堂"。后来子孙将祖屋献作家祠,逐步衍变为宗族的祠堂。宗祠历代屡修,明嘉靖三十三年(1554年)再次扩建。

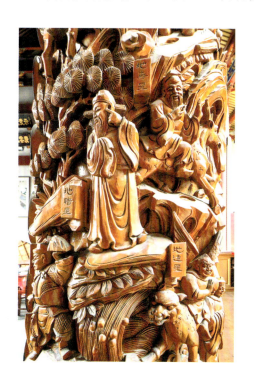

　　宗祠坐东南朝西北,面朝九龙山脉,后依奇石"鹰鹈岩",东扼岱江之水,西眺文笔峻峰。主体建筑依山就势,层叠而上,从下仰视之,尤显恢宏壮观。

　　走近祠堂,一口荷塘首先映入眼帘,方广两亩有余。池中芙蓉并蒂,菡萏摇曳,清香远溢。池中央有喷泉,一只展翅雄鹰矗立其上,与山后"鹰鹈岩"遥相呼应,寄寓陈氏族人鹰击长空,大展宏图。

　　大门前一对旗杆碣,彰显先祖功名荣耀,激励后昆勤奋读书。一对石狮镇守大门口。祠前有一双古井,人称"龙井",井栏边镌刻"陈氏宗祠重修""陈锦文喜捐""清嘉庆秋陈族水井"等字,迄今已有五六百年历史,虽历经岁月风霜,字迹依稀可辨。双井与这口大莲池形成一个"品"字格局,寓意子孙将科举联芳,能出一品大官。祠前盖有"学亭",供人读书论文。祠前高耸的华表,也彰显了山堂陈氏宗祠的豪华气派。宗祠前檐额枋上高悬的"陈氏宗祠"牌匾,为中国书法家协会原副主席陈永正所题。

相传明英宗曾下四道诰赠圣旨,特许陈氏宗祠仿造宫殿式大门。门楼旧时悬有明英宗诰赠圣旨的恩荣牌,现正门门楣上的描金恩荣牌为改建后重制。此处一副祠联唯美大气:"三千顷涛声莫非心地,五百年月色依旧荷塘。"

山堂陈氏宗祠牌匾楹联众多,有近百幅,且多为名人题咏,如明代宰相叶向高、工部侍郎董应举、南京兵部尚书吴文华等。琯头人、工部右侍郎兼户部侍郎董应举所题的"合敬同爱",更为陈氏宗祠增色不少。祠内尚存三块清代石碑,凝聚着山堂陈氏先祖的智慧。

宗祠依山而建,呈阶梯形,依次为门楼、前座、天井、正厅、后天井、后厅。布局为三进院落,俗称"三落透后",两侧马头墙高耸。进深100米,宽18米,占地面积2238平方米,建筑面积1800平方米。登上五级石阶进第一进大厅,两边是回廊。穿过天井,上七级石阶,再过天井,上三级中阶,方是宗祠大厅。大厅檐罩游廊,柱衬斗拱,金碧辉煌。

崇文重教多英才

在山堂,陈氏家族是当地的望族,自古崇文重教,人才辈出。从开基至民国,出仕为知县以上官员计有35名,邑庠生以上文人180余名,出过"陈氏七贤""十一学士"等,其中杰出的代表人物为陈玺、陈鉴等。

陈玺,字天瑞,明弘治二年(1489年)领乡荐,初授广西思恩府通判,任上"以德教化驯,寝就范。荐改桂林、廓棘围,建浮梁,士民德之"。后任眉州太守,因政绩卓著甚得民众拥护,眉州人将陈玺入祀"三苏祠"。他为宗祠所撰的一副对联"祖宗由勤俭而置家业,子孙承家业当思勤俭;祖宗由诗书而得富贵,子孙享富贵勿忘诗书",勉励儿孙发奋图强,后人亦可由此想见他的为人格调。

陈鋈于清顺治十五年(1658年)中进士,先是翰林院庶吉士、日讲起居注官、侍讲学士、侍读学士，后成为内阁学士，历任礼部侍郎、工部尚书、户部尚书、刑部尚书、吏部尚书，直至康熙四十二年，拜文渊阁大学士，还担任《佩文韵府》《康熙字典》的总阅官。

迨至清末，族裔陈鼎新与吴适等组织光复会，投身辛亥革命。同盟会会员陈清梅加入中国共产党，随彭湃参加南昌起义，后任井冈山红军加强团团长。

山堂陈氏宗祠古朴典雅，文化底蕴深厚，是连江县现存的保护比较完整的一个古祠堂。它先后入编《八闽祠堂大全》《中国名祠汇编》《中国宗祠文化博览》等书，闻名遐迩。

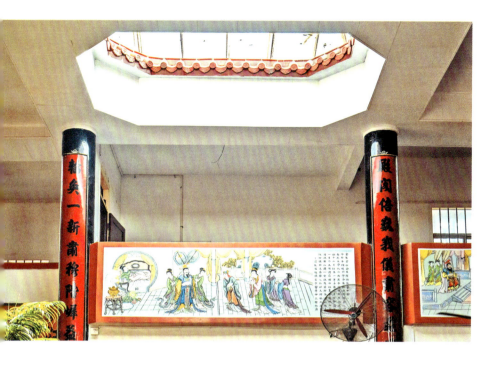

海丝遗存——福清三山瑟江翁氏宗祠

郑松波/文　林振寿/图

因海而生，因江而名。福清的三山镇瑟江村是闽都一处重要的海丝文化遗存地和信俗文化集聚地。村中望海而立的翁氏宗祠更是记载乡愁、传承文化，寄托无数侨亲思念的地理坐标。

漆林析居　瑟江钓翁

瑟江村位于三山镇东南部，相距镇区8公里，人口6000多人。瑟江村历史悠久，人文积淀深厚，男丁多姓翁，人称"瑟江翁"。

据传，瑟江翁氏是周昭王姬瑕之后。《姓氏考略》载：周昭王小儿子姬溢刚出生时双手握拳，别人都无法掰开，独周昭王能掰开，掰开后见儿子左手掌纹像篆书"公"字，右手掌纹像篆书的"羽"字，于是就赐之"翁"姓，后封官于山东青州盐官郡。

翁溢六十世孙翁轩，于唐贞观

闽都寻宗 念念有祠

年间考中甲榜进士,封为闽州刺史,为盐官翁姓入闽始祖。翁轩次子翁巨隅,唐会昌二年筑宅于福清漆林,为翁姓入融始祖。翁巨隅生三子。长子翁承赞,以进士第三名被选为探花使、唐谏议大夫,两次奉昭回闽册封王审知,曾被王审知授为闽国同平章事(闽相)。翁承赞的长子翁玄度迁福清江阴银坑底,称"琴江翁"。

翁巨隅次子翁承裕,字文馀,唐昭宗光化三年(900年)进士,授校业郎、水部员外郎,生二子翁正度、翁可度。翁正度生四子,其长子翁仁凯之三子翁禹琼,居三山镇坑边村东宅,其后裔分迁至今福清市阳下街道下坝,三山镇横坑、嘉儒、上魏、海瑶等地,这一脉1994年录于坑边翁氏族谱。翁仁凯四子翁禹玉,生二子翁仲雅、翁仲豫。翁仲雅生二子翁善、翁沂,翁沂迁居江阴,为玉屿始祖。

翁承裕的五世孙翁善,字若美,北宋嘉祐三年(1058年)考中明经科释褐进士,官拜著作郎。

熙宁七年(1074年),翁善由漆林析居平北里瑟江(今福清市三山镇瑟江村),时羡翁承赞致仕归乡后垂钓,号"螺江钓翁",小好垂钓游览。一日,翁善泛舟瑟江澳头,登岸观瞻,慕该地山水,遂移家于瑟江,自号"瑟江钓翁",为瑟江村翁氏肇基祖。

始建于元 历朝重修

瑟江翁氏宗祠,始建于元至正年间(1341—

1368年）。明嘉靖八年（1529年）、清顺治初年、清道光元年（1821年）屡历重修。光绪四年（1878年），祠中曾立碑详细记述了宗祠的修造过程。1939年，瑟江翁氏祠堂再度重修与扩建，最大笔捐款来自在海外经商有成的华侨。

瑟江村历代传承"崇德重教，耕读传家"的理念，人才辈出。历史上瑟江翁氏出过多位进士和高官。现代，瑟江籍翁氏华侨遍布世界各国，其中以东南亚居多。例如印尼"洁具大王"翁祖基，是印尼中华总商会名誉主席，他参与创办了厦门特区第一家外资企业——印华地砖公司。

瑟江翁氏宗祠已成为海外乡亲精神家园，去国再久也难以忘怀。改革开放后，当年沿着海上丝路远赴世界各国的华侨又陆续回到家乡，热心参与家乡建设，投入修桥铺路、奖教助学、扶贫帮困等公益事业，备受好评。

依山面海 遗存丰富

瑟江村随处可见海丝文化的遗迹。这里曾是翁氏及周边村民下南洋的出海口,历史上被誉为"瑟江港"。曾经,翁氏宗祠面朝大海,上船就能扬帆直下南洋,因此瑟江村也叫"瑟江埠"。天后宫古街附近即是当年的渡口。据该村古碑记载,这里的庙、观、祠,都是当时"瑟江埠合族"修建的。

1992年围垦之后,港口不复存在。但该村尚存10多座保存完好的明清古民居。斑驳的墙面,把红色瓦片衬得格外发亮,显示出古朴的美感。其中,三十六天井古厝最为有名,为远近居民、游人所津津乐道。

瑟江村还以"叶相国读书处"题刻闻名福清。明朝内阁首辅叶向高的父亲曾在瑟江设学,叶向高小时也曾在瑟江村读书,至今村中的城山寺后还保存有清代摩崖石刻"叶相国读书处"。此处经该村乡贤捐资建设后,已经成为一处地标式的旅游景点。

此外,该村的"舞板凳龙"习俗始于元至正年间,每年正月都会举行盛会。舞板凳龙是当地特色的海丝主题非物质文化遗产,据说该习俗由"舞龙求雨"的宗教活动演变而来。舞板凳龙习俗兴盛于龙高半岛,尤其以瑟江村最负盛名,如今已列入福州市非物质文化保护遗产名录。

近年来,瑟江村先后成立乡亲联谊会、宗祠和民间信仰协会。这些民间协会共同投身瑟江村文化志愿服务活动中。在瑟江村传统的

舞板凳龙等信俗活动、节日庆典、重大文化活动举办之际，总能看到文化志愿服务队忙碌的身影。瑟江村文化志愿服务队既丰富了乡村治理的方式，更增添了瑟江浓浓的人情味。

2019年初，瑟江村在翁氏宗祠旁挂牌成立瑟江乡贤促进会。乡贤馆成为举办会议、沙龙、论坛绝佳场所。三楼作为农家书屋，设立图书阅读角。乡贤们为农家书屋贡献图书500多册。其中包含《瑟江桑梓梦》《瑟江翁氏族谱》等记述当地独特侨乡文化及传统文化的众多刊物。

近年来，瑟江村确立"研学+文旅，带动乡村旅游"的发展路线，结合村内古建筑资源，在翁氏宗祠周边开展传统文化体验、亲子教育、农耕实践等活动。学员们在近距离体验自然的同时，走进书香弥漫的古村落，寓教于乐、知行合一。

明世宗采大学士夏言议，许民间皆得联宗立庙，于是宗祠遍天下。这一时期民间的祠堂大都根据朱熹《朱子家礼·祠堂》的设计，坐北朝南。祠堂大殿正中设一正龛，左右两边相对各设一配龛。

明中叶，福建社会的动荡纷乱以及地区商品经济的发展，更促使福建的家族组织发展跃升到了一个新的阶段，宗祠建造也日益兴盛。

明

正谊明道——
连江龙塘董氏宗祠

苏静/文图

"三友岩存，记陪二相历侍郎，芝嵌长留胜迹；千秋祠立，生惠群黎愦权宦，扮御共抱高风。"孟溪之畔，青芝山麓，坐落着一座八闽名祠——龙塘董氏宗祠，它始建于明洪武年间（1368—1398年），嘉靖年间（1522—1566年）董世道、董应举父子先后重修扩建，清代重修。2005年12月列为第五批县级文物保护单位。

陇原受姓承宗泽

塘头董姓的郡望为陇西郡，"陇原受姓承宗泽，闽峤分支荫国恩"，陇原即甘肃，这副楹联概括的就是董姓受姓之典故。在董姓众多的郡望中，陇西郡是最重要的一个。

魏晋南北朝时期，社会动荡，百姓四处流散，董氏一族也大举迁往南方。

殆至隋唐，则是董姓一大繁衍时期。唐贞观二年（628年），时任浙江金华府同知、陇西人董宁迁浙江兰溪，传至五世董念三、董四十时，又由兰溪迁入福州府。约在元末，董悦中由福州府迁闽县塘头堡(今琯头镇塘头村)，从此董氏族人在琯江地区耕山牧海，繁衍生息，迄今已有五百余载，现塘头董氏后裔共有1200余户、3000多人，遍布海内外。

祠接孟溪有灵气

塘头村旧称龙塘堡，今号龙城，为著名侨乡琯头镇的一个下辖村，龙塘董氏宗祠就坐落于塘头村北阙、孟溪之畔。孟溪是琯头的唯一溪流，旧有"孟溪一水流九塘"之说。

宗祠历代屡修。明嘉靖四十五年(1566年)董世道领衔首修，至董应举在朝为官有了名气之后，二次予以修建，并改祠门为"龙虎门"。清代再次重修。历经500多年的风霜雨雪，宗祠在倭患和战乱中备受摧残，迨至"文革"又遭破坏，牌匾、楹联等原物散失殆尽，宗祠陈旧不堪，宗祠活动也日渐式微。

1998年，塘头董姓耆宿倡议重修，一呼百应，居乡贤达竞献良策，海外族人闻风而动，慷慨解囊，共捐资200余万元，力留原有明清梁柱椽桁旧构建，保持原貌。历经三年修葺，现在的宗祠古色古香，占地800余平方米，建筑面积680平方米。

宗祠坐东朝西，雄踞芝山鹤峦，揽怀孟溪灵气，恢宏壮观，规模远胜于畴昔。

大门为左右龙虎门，门额各有一块"董氏宗祠"石匾，据说分别为明万历、天启间两度出任内阁辅臣的福清人叶向高和明万历状元、福州人翁正春所题。主体建筑砖木仿古结构，四周环以紫红色马鞍形封火墙，飞檐翘角，上盖琉璃碧瓦，画栋雕梁。

值得一提的是，一进天井里，挡风墙上左右各有一个西洋钟的泥塑，造型独特，令人注目。祠为三进六扇五间，共有两厅，前埕、天井、回廊占地200余平方米。其中，祠埕条石铺设，乃明代留存的石料。

正面立有一代名臣董应举全身塑像,鎏金溢彩。前有回廊,可遮风避雨,花隔、窗棂等亦为明清遗存。前院有九龙照壁,高 1.5 米,宽 12 米,24 面青石浮雕,背面精刻廿四孝立体图并附文字说明。

中堂祠壁上镶嵌 10 幅高 1.8 米、宽 1.4 米的青石影雕,图文并茂,从董姓始祖董父"酬劳绩豢龙封董氏"、春秋时晋国董狐"服权臣良史重千秋"到西汉董仲舒"上三策尊儒安天下"、三国时蜀汉名臣董和"嫉奸佞立朝慢宠幸"再到明工部侍郎董应举"弭寇患侍郎勤献策"……详述 10 位董氏前贤历史功绩。

据董氏族谱载:"始祖出自炎帝之后,父公始性好龙善畜之,舜帝嘉焉号豢龙氏,赐姓董封于陇西……"按音韵类书董、龙同韵,董氏为豢龙氏之说当有所据。中国人为龙之子孙,塘头村古称龙塘堡,今号龙城。照壁后小花园中建有半月形"豢龙池",池内蛰伏一条栩栩如生的石雕潜龙,正是来自始祖受姓之典故。

董氏一族堂号颇多,有陇西堂、正谊堂、明道堂、三策堂、大儒堂、

青帏堂、良史堂、繁露堂、广川堂、德星堂等。龙塘董氏宗祠堂号"三策堂","三策"的典故来自西汉名儒董仲舒的"上三策尊儒安天下"篇目。

此外,宗祠厅堂还拥有20副古朴的黑底镂金覆竹楹联,联语内涵丰富,多述董氏发源、迁徙历史、名人乡贤等。

贤能得气蔚人文

琯头镇地处闽江口,山海相拥,地灵人杰。塘头董氏作为琯头世家望族,董氏历代进士登科者众,曾出过侍郎、参将等良吏,今则有将军、厅长、博士、企业家,可谓人才济济。而令塘头董氏族人引以为傲的就是名闻八闽大地的名臣乡贤董应举。董应举(1557—1639年),乳名董信,字崇相,号见龙,闽县龙塘乡(今连江琯头镇塘头村)人。

明万历二十六年(1598年),董应举考中进士,初授广州府学教授。税监李风欲强古学宫闲地,遭其严词拒绝。万历三十三年(1605年),任南京国子监博士的董应举,见万历皇帝多年不理朝政,放纵奸佞,置个人安危于不顾,冒死直谏。是年冬,他在陕

● 【延伸阅读】

三策堂

意汉元光元年(公元前134年),武帝刘彻下诏征求治国方略,他在面试董仲舒时就天道、人世、治乱等问题,进行了三次策问,董仲舒逐一从容作答,提出了"天人感应""大一统"学说和"诸不在六艺之科、孔子之术者,皆绝其道,勿使并进""罢黜百家,独尊儒术"的主张,史称"天人三策"。"三策"不仅为汉武帝所接纳,并开此后2000多年封建社会以儒学一统天下的局面。后人即以"三策"作为董氏的堂号之一。

西主持粮仓行政管理工作，尽心尽职，利用仓库节余经费，对所辖仓廒进行整修，确保粮储不受损失。万历三十九年（1611年），应举上疏皇帝，直陈当时吏部存在的九大弊端，强调要保持官员任职的相对稳定性，简化铨选手续，以防营私舞弊。万历四十三年（1615年），满族在东北兴起，开始把矛头指向明朝。朝臣或讳而不言，或言而不尽。董应举力劝万历皇帝"勤修朝政，以消祸变"。

董应举酷爱名胜，受魏忠贤迫害落职返乡后，"晚于青芝山搜剔岩洞，爱八仙岩，筑庐居焉。"他率嗣子董鸣玮开辟青芝山，募修青芝寺，使之"众奇始出"。还常邀文人墨客同游，写下许多诗句刻在石壁上，为家乡山水"景"上添花，渐成一方名胜。

晚年居乡期间，他在乡筑造附城堡垒，兴修水利，置社仓义田，救穷济困，兴建学舍，滨海人民都十分拥戴他。也曾居武夷山八曲之涵翠洞讲学，培养后秀。他生平好学，能诗文，且知兵机，著有《崇相集》4部传世。崇祯十二年（1639年）病终，享年83岁，谥"忠介"，追赠工部尚书，葬于福州郊区东岐沙帽坛上方。

积厚流光——
罗源中房林家祖厅

梁发平 吴夏榕/文 林振寿/图

　　罗源县中房镇平均海拔达 500 米，境内重峦叠嶂，群山环绕，溪河如织，空气清新。坐落在这个风景胜地中的林家村，2019 年入选第五批中国传统村落名录。村中保存有福建省最完整、旗杆碣数量最多的旗杆林。目前，林家祖厅旗杆林已入列第八批省级文保单位。

旗杆林里文风鼎盛

　　沿着蜿蜒的山道走向林家村中心，从远处便可望见一片高高的旗杆林，这就是林家祖厅的坐落之处。

　　林家祖厅始建于明洪武六年（1373 年），分前中后三进，为砖木结构，占地面积 1763 平方米，建筑面积 463 平方米，保留了明清两代的建筑风格。林家祖厅前竖立的 18 对旗杆碣石，是家族为历代科举考中进士、举人者而立。

闽都寻宗 念念有祠

林家祖厅一进是由矮墙围成的庭院,外墙石板雕刻有林氏18位举人、进士的生平介绍。迎正门入内,庭院中展示了6个旗杆林原木桅杆的残余部分。祖厅前原有的旗杆经历风吹雨打,现大多腐化无存,只剩18对旗杆碣石。如今的旗杆林在2019年经历过一次修缮。

二进是水泥构建的戏台,装饰有两副楹联。大厅门廊正中挂着一面"林家祖厅"的黑底金字匾额。过天井,是祖厅建筑的第三进。主殿梁架皆为木构,装饰精美,挂有10

余面功名牌匾。大厅两侧墙上陈列林氏名人简介,厅中立有 4 个红漆栋柱,均刻有楹联。祭祀厅内,藻井华丽。

1999 年,林氏祖厅被评选为福州十邑名祠之一。2007 年 4 月入列罗源县重点文物保护单位。2000 年,村民集资重修祖厅。此后,村中婚庆、乔迁等喜事均在祖厅中举办宴席。2013 年 3 月,林氏祖厅旗杆林入列第八批省级文物保护单位。

多年来,林家祖厅和旗杆林吸引各地游客前来参观,已成为中房镇的知名旅游景点。它常年对外开放,向四方游客展示中房林氏的深厚人文底蕴。

林家村中英才辈出

据史料记载,林姓得姓始祖林坚是比干的遗腹子。因商纣王残暴无道,比干多次犯颜强谏,被剖心杀害。当时,比干夫人妫氏有孕在身,她逃到朝歌一带的长林石室避难,生下遗腹子起名为泉。周武王伐纣取胜,比干的夫人携子拜见周武王。周武王有感于比干之子于山林所生,及其父的坚贞不屈,赐姓为"林"名为"坚"。

中房林氏族谱记载,林家村旧称杨家墩。其祖先源于莆田八角井,为闽林十七世九牧迈公后裔。中房林氏祖肇基祖十公于宋哲宗元祐三年(1088 年)由宁德白鹤钓鱼岭迁入,历 935 载,今最大行第为 22 代"清"辈,最小行第 31 代"财"辈,可谓十代同堂。

中房林氏人才济济,贤能辈出,从祖厅的功名牌匾中便可见一斑:"举人""进士""文魁""武魁""拔贡"等数十面牌匾悬挂于门廊两侧。据介绍,"文武魁"即文武魁首,在清代乡试(省一级)中,第一名称解元,"拔贡"指科举制中从地方选拔贡入国子监的生员,优选者经过朝考合格,即可充任京官、知县或教职。

在祖厅正栋柱更有一副楹联上书"龙吟环宇三子十孙一门九顶带,凤鸣文笔乡试会试罗川第一名",讲述的是中房林氏的十三代廷

标公有十位孙子,其中九位在清朝廷中为官。族人介绍称,这"一门九顶带"中有一个为武解元,三个为文解元,一个为拔贡第一名。

中房林氏一直秉承"耕读传家"的祖训,激励族人求学奋进。明清时期,凡有子弟考中科举,消息一传回村里,族人便在祖厅大宴酒席,而后将旗杆立起,以此勉励后人。这一习俗延续至今,成为每年的"七月半"祭祖仪式的一部分:祖厅摆上酒席,旗杆林升旗,乡贤在旗杆林前宣读本村近年来考上名牌大学的子弟的学习情况,以及子弟取得硕士、博士学位后,对社会作贡献的情况,以此激励子孙秉承祖训、求学上进。

文物古居赋能乡村振兴

旗杆碣是我国古代家族彰显科举功名的一种建筑形式,只有族人读书中举、入朝为宦,才能享此殊荣。依照当时体例,中举者根据名次级别的不同，会得到中央或府、州所赐的一杆旗，供其扛回家乡光宗耀祖。而在家乡的族人自飞马得报后，便立即请来石匠打好花岗岩旗杆，或竖立于祠堂、祖居，或竖立于府第前埕，将所受旗帜插上，以此昭示科第和仕途的荣耀。

林家村这片见证了家族科举辉煌的18对旗杆碣，大小不一，排列紧凑有序，尤为壮观，让参观者不禁为此地的人文蔚起而感慨。细看每个旗杆碣，其上都凿有外圆内方的孔洞，并雕刻有龙凤等吉祥图案，一侧刻姓名、官衔，另一侧刻竖立的时间。

除了省级文物旗杆林，村中还有祖厅、东山宫等3处县级文物，以及牛石、龟石、雁石、千年古井、500年榉树、文昌阁、大王宫等14处名胜古迹。因中房林氏人才济济，林家村的文昌阁也成了远近学子争相朝拜的景点。此外，林家村内还保存有30余座明清时期的古民居。

拥有丰富名胜古迹的中房镇林家村，将依托乡村文化旅游带动农村发展，活化其文旅资源，为乡村振兴注入更强动力。

五马开基——
永泰大洋麟阳
鄢氏宗祠

鄢礼镜 鄢仁锦/文 林振寿/图

　　始建于明永乐二年(1404年)的麟阳鄢氏宗祠,坐落于永泰县大洋镇麟阳村卧牛山麓。宗祠坐东南朝西北,占地面积2000平方米,建筑面积1100平方米。祠屋瓦顶翘脊,四周回廊环通,土木结构,古色古香,具有典型的明代建筑风格与特色。上落正厅为半井扛梁大厅,宽敞明亮。下落有上下二石埕,上埕建有东西两书院,下埕面积约200平方米,至今还保留着旗杆石和练功石,同时建有围墙与门楼,结构十分完整。从远处看,整座宗祠四山环绕,气势恢宏。麒麟峰上古松修竹苍翠欲滴,卧牛山麓草木繁盛、郁郁葱葱。

历史悠久　源远流长

溯源寻根，麟阳鄢氏的先祖与西周王室同姓姬。根据江西《临川鄢氏宗谱》和建宁《绥安鄢氏宗谱》记载：武王灭商之后，分封诸侯。周文王姬昌之子武王姬发之弟召公姬奭封于燕，建都在蓟（今北京附近）。燕国被秦国灭后，燕孝王幼子姬乾逃难到赵地，在晋阳（今山西省太原）附近的汾河之滨隐居，易燕为鄢。

鄢姓始祖乾公，习周易、善兵法，于秦始皇执政时，先后出任陇西天嘉令甘州都尉等职，因抗击匈奴有功，升为将军。秦二世时出镇上谷、渔阳等燕国故地。秦末天下大乱，乾公弃职定居范阳。这就是麟阳鄢氏有太原、范阳的堂号由来。

东汉末，乾公十一世孙鄢锦文在朝中任谏议大夫。汉献帝建安二十五年（220年）曹丕篡汉时，他愤而弃官，携妻儿老小迁往豫章（今江西南昌）郊外的松门山隐居。三国吴永安五年（262年），锦文长子鄢秉忠转迁江右北乡桐林岭（今江西省抚州市临川区云山镇鄢坊村）定居，自魏晋南北朝到宋元明清的1700多年间，耕读传家，人丁繁盛，有"文、章、华、国、诗、礼、传、家"八大房，遂成江西望族。承续600多年至今的永泰麟阳鄢氏后裔，也是江西抚州的支系。

五马 三忠 世代传奇

宗祠正厅前廊柱的醒目楹联"五马家声远，三忠世泽长"，为鄢氏家族的门第联。其中"五马"是指麟阳鄢氏始祖鄢识（乾公后裔）。鄢识字知几，明洪武十七年（1384年）举人，曾任浙江金华同知，代理知府。他在金华为政期间，成绩卓著，被封为"奉议大夫"，也因此有了"金华公"之称谓。

鄢识后因倭寇侵扰辖区，一地失陷，被谪戍南平樟湖坂。明永乐二年（1404年），他奉红牌例到永福利阳（今永泰麟阳）屯田，麟阳鄢氏由此开基。又因古代人以"五马"（出行的车驾等级）来代指州郡长

官,所以麟阳鄢氏有"五马开基"之说。

"三忠"讲的是金华公后裔中有三位为民请命、为国尽忠的族人,被明、清两朝皇帝敕封与褒奖。其一,抗倭义士。麟阳鄢氏六世鄢俊,号东桥,为人急公好义,从小立志报国。明嘉靖四十一年(1562年)倭寇入侵永泰。作为一个小小里长的他,自己捐输粮饷支援抗倭官兵,后又发散家财招募勇士,自请上阵杀敌,在战斗中身先士卒,壮烈牺牲;其二,舍身保民。麟阳鄢氏九世鄢廷诲,明崇祯年间进士,任河南登封知县时遭遇灾荒与农民起义,他将李自成托其代修东岳庙的十万两银子分发给百姓买粮度荒。当李自成攻进登封城时,他只身面见闯王,尽揽罪责,为请求不要伤害登封民众而引剑自刎;其三,誓死抗清。麟阳鄢氏九世鄢正畿,任南明兵科给事中。在明朝灭亡后,他还多次组织义军开展反清复明斗争,矢志不渝。最后赋诗明志,在祖祠自缢尽忠。

麟阳鄢氏家族除以上"三忠"之外,从古至今还出现"戍边献身"授五品军功的鄢金秋,"中法马江海战"英烈鄢阿十,空军飞行员烈士鄢秉惠,在烈火中舍身救人的南平化肥厂厂长鄢承渠,还有近年为救落水儿童而献出年轻生命、被福州市评为"见义勇为先进分子"称号的邬剑平等一批英雄人物。他们用自己的鲜血与生命谱写了一曲曲感天动地的慷慨之歌。

科学名家邬茂炎、陈若仙夫妇，他们从厦门大学化学系毕业后，结为伉俪，共赴祖国大西北戈壁滩，参与我国第一颗原子弹研制工作，在大漠深处奋斗了大半辈子，先后获得二十几项科研成果与国际尖端科技奖，受到了周恩来总理的亲切接见。

牌匾丰富 楹联精彩

明正统十三年（1448年）麟阳邬氏被诬陷，家族惨遭族难，房屋也被焚毁。幸三世邬璇（字仲章）避难返回麟阳后，收拢部分幸存失散的邬氏子侄，复兴祖业，于明成化十年（1474年）重建屋宇。清康熙年间，十二世邬道羲带领族亲，增建东西八扇厢房及下落左右廊院。在纪念麟阳邬氏入闽迁樟600周年之际，邬氏族人又先后两次花巨资整修，才形成现在的规模。

辛亥革命后的第三年（1914年），曾任厦门大学教授的十六世邬耀枢在祠堂旁创办永泰西山第一所小学，以麟阳始祖名讳，起名为"知几学堂"（大洋中心小学的前身）。祠校合一，曾为西山地区培养了众多人才。

麟阳邬氏宗祠承载了厚重的宗族

历史和丰厚的人文景观,不仅为永邑西山之最,在整个永泰县境内也是不多见的古代建筑样板。

走进宗祠,在大厅的正面上,悬挂着两道圣旨筒,还有"五马开基""中兴祖业""文章节义"三块牌匾,彰显了麟阳鄢氏先祖过往的艰辛与荣耀;大厅两侧及廊院上方悬挂着的"忠义""节愍""进士""文魁""武魁""恩荣予养"等各类牌匾50余面,每一面都隐藏着一个生动的故事。

在宗祠的各处祠柱上挂有历代名人所撰写的楹联10余副,全用板材雕刻,黑底金字。这些楹联文字精练、寓意深远。其中大门口的一对楹联"麟峰毓秀绵旧德;卜水储英继流光"为清代名臣陈若琳所撰写,正厅内门柱联"义勇作干城逐寇安民一段英风弥百里;忠贞报王室整冠仗剑满腔正气贯千秋"和厅外官房柱联"先南唐以全一邑忘身奚翅忘家;后东桥而显两忠为民宁殊为国"两副联均为清代永福(今永泰)县令王纲撰写,厅门柱联"舍身成仁全万命登民长敬仰;感天动地济众生史志永流芳"为河南登封县令张埙(廷诲公后任)所撰。

传承家风 造福桑梓

古往今来，麟阳鄢氏族人秉承"耕读传家，忠义报国"和"奋发进取，崇德向善"的家风，家族人丁兴旺，英才辈出。

麟阳鄢氏家族肇迁至今，传26世，发祥5000多户，共18000多人。主要分布在永泰境内的大洋镇麟阳、大展、凤阳，梧桐镇的坵演等村落以及城关一带，还有族裔先后迁居闽清、福州、南平、厦门等地，一部分外迁到湖南新宁、台湾和港澳地区。每年农历七月初一为麟阳鄢氏祭祖活动日，分布在各地的鄢氏后裔都会怀着对祖先的缅怀之情，派代表参加祭祖活动。聚会人数少则三五百，多则上千人。

600多年来，麟阳鄢氏族人艰辛创业、奋力拼搏，经历了苦难与艰辛，迎来了今日的辉煌。这座宗祠不仅见证了一个家族的荣辱兴衰，更是时代变迁、社会发展的反映与缩影。它像一部历史教科书，对于传承和弘扬中华传统文化与优良祖训家风，推动社会和谐、文明进步具有积极意义。

暗泉红叶——
长乐江田南阳
陈氏祠堂

陈国勇/文 林振寿/图

在福州长乐的滨海新区，有一个叫"江田"的村庄，古时称十九都昌化乡良田里。村里有一座江田南阳陈氏祠堂，堂号"绎思堂"，祠堂奉祀始迁祖陈泰。陈泰于后唐闽国时（约935年）自福清南阳村来此肇基立本，这一支陈氏因此称"江田南阳陈氏"。

庙貌翼翼 云礽济济

江田南阳陈氏祠堂始建于明朝永乐十六年（1418年），迄今已有600多年历史。创建者陈仲完为洪武十七年（1384年）乡试中举人。永乐元年（1403年），陈仲完由翰林修撰王褒举荐，通过皇帝面试，廷对御擢第一，授翰林院编

修;后升左春坊左赞善仍兼翰林院编修,奉诏参修《永乐大典》,并在东宫任职,为皇孙讲授经书。

永乐十六年(1418年)陈仲完归省,捐俸薪资修建祠堂。祠堂建成之日,陈仲完写诗祝贺,诗曰:"祠堂前向石梁开,堂下云礽尽俊才。见说苍苔行满处,渊明终恐未归来。"后经族人不断修葺和扩建,祠堂现有建筑面积约1976平方米,蔚为壮观。

祠堂坐北朝南,面朝天池山峦叠翠,后枕东海碧波万顷。明翰林院修撰余鼎为江田祠堂作序曰:"江田名胜,前对千仞之崔嵬,后枕万顷之沧溟。苍梧翠竹掩映于旁,青山白沙环列于侧。而陈氏之祠堂实建于其中焉。庙貌翼翼,云礽济济,实东南之巨观也。"

祠堂为典型的三进两院、面阔五开间式明代建筑风格。前建有照壁,中轴线上为前后三进,一进为门厅,二进为中堂,三进为寝堂。大门与中堂之间设有天井花园,中堂与寝堂之间也是个天井花园,两侧为廊庑,整体建筑中轴对称。

祠堂大门采用当时流行的三山门,即祠堂的正门开有三门,中为中门,两旁的门略小,故称"三山门"。按照当时森严的宗族制度,一般建有"三山门"的祠堂,族中必须有科班出身而入仕的族人。中门楹联"颍水家声远,南阳世泽长",表明江田南阳陈氏,源自河南光州固始。一进门厅有楹联"暗泉阶下响,红叶望中明",这来自朱熹诗句。南宋理学大师朱熹,曾慕名到江田设庐教读,并留下《灵峰山与陈叔友夜话》诗一首:"吾道艰难日,山房梦寐清。暗泉阶下响,红叶望中明。岁月忘迁谪,朝廷苦甲兵。同居幽讨罢,叹息夜深生。"其中"暗泉阶下响,红叶望中明",预示江田南阳陈氏一族蓄势待发,前景灿烂。

中堂是举行祭祖仪式和宗族议事的主要处所。其建筑形式是全开敞的,只有柱子和屋顶,前后没有墙壁、门窗。屋顶形式与头门相同,采用硬山屋顶,因此宽敞明亮、庄严肃穆,给人以强烈的纵深感。

过去此处设有戏台，每逢佳节或重大节日，便在这里唱戏、招待宾客。如今此处悬挂着琳琅满目的牌匾，再现江田南阳陈氏先贤辉煌的过去，激励着后人奋发向上。正上方悬挂的"南阳世泽"牌匾，是十八世陈登为祠堂书写的。当时他官拜中书舍人，精于篆、籀书法，在《明史》中有他的传略。

最后一进是寝堂，又称后殿或寝殿，这是安放祖宗牌位的场所，也是神灵安寝之处。这是祠堂中最重要的主体建筑，体量高大、庄严隆重。寝堂正中设有神龛，端坐江田南阳陈氏始祖陈泰公和夫人洪氏的塑像。两旁按照宗祖、房祖、支祖顺序排列祖先的灵位，寝堂上方悬挂堂号"绎思堂"。

"绎思"出自先秦的《周颂·赉》："文王既勤止，我应受之。敷时绎思，我祖维求定。时周之命，於绎思。"这是先人希冀并告诫族人，要永远寻绎追念先祖，勿忘先人的功德，巩固和永葆家族昌盛。

寝堂前，明朝名相叶向高以"门生孙"身份题撰的楹联"团柏荫高台一气本枝乔木地，遗衣藏后寝累朝袍笏世忠祠"，尤为显眼。堂前长柱的"溯祖德二十四公崇祀忠义乡贤名宦，总家集100余种流芳道学文苑儒林"楹联，集中概括了江田南阳陈氏家族的文化成就。神龛前为明永乐皇帝御赐的"家传孝友，世笃忠贞"牌匾，格外醒目。这既是家族荣耀，又是世代相传的祖训。

底蕴深厚 瓜瓞绵延

江田南阳陈氏钟天地之灵秀，蕴山水之华英，代有俊才，名宦蝉联，历代进士60余人、名吏显宦378人。陈龟图是北宋端拱戊子（988年）进士，首开科名，授国子监丞，进阶朝散大夫，信州知府；陈公荣"一门三忠"（率兵抗元，子陈宗傅、侄陈老成等173名陈氏家丁战死）；陈仲完"御擢第一"，陈全"榜眼及第"；一门三翰林（陈仲完、陈全、陈登）参修《永乐大典》，七笏朝天阙（明初同朝七显宦）；父子两尚书（父陈瑞，南京刑部尚书、兵部尚书；子陈长祚，工部尚书），叔侄七

进士,指陈大用、陈大濩、陈省、陈瑞、陈长祚、陈云龙、陈翔叔侄先后中士。"分藩二十二爻,传胪三十三魁"是明末长乐知县夏允彝撰写的,形象概括了江田南阳陈氏一族在明朝一代的科举盛况。更有鸿儒名相陈宏谋,三元及第陈继昌,清代名医陈修园,甲午英烈陈景祺、陈勤臣,抗日司令陈亨源等。他们勋垂汗青、彪炳千秋,为历代贤臣雅士所景仰讴歌。

祠堂内文物丰富且珍贵。正厅、走廊、游廊挂满历代名人赠予的牌匾、楹联,有刑部侍郎郑世威的"世培忠厚",清代名臣萨镇冰题写的"十二代同堂",民国总统徐世昌的"敬宗收族"等匾额。祠堂还保存有诸多名士的诗文,如朱熹、杨荣、杨士奇、金幼孜、胡广、尤侗、叶向高、王世贞、黄道周、林则徐等人的题赠。明大学士、大书法家黄道周的诗句"双桂成林香自远,一经奕叶阴偏长";民族英雄林则徐的"一水高风留胜迹,三山灵气萃华堂";清大学士李光地的"丹青旷代忠臣大节昭垂不愧读书种子,朱紫同朝内翰渊源远溯允征积善家风"。还有由叶向高题撰、林森续撰并书写的《南阳世次表字》等墨宝,彰显了江田南阳陈氏一族"千年荣显、吴航甲族"的风貌。

江田陈氏600多年来先后五次修谱,人文底蕴深厚,世系瓜瓞完整。其后裔分布全省100多个乡村,衍发至浙江、河北、四川、广东、广西等地,人数近30万之众。明代时大批江田族人移居福州,曾在福州乌石山毗邻双骖园建有"南阳陈氏宗祠"。该祠由南京光禄寺卿陈洙(号一水)于明万历十三年(1585年)所建,初为"乌麓精庐",后改名"一水陈公祠"。清康熙二十年(1681年),陈洙曾孙陈希参改建成乌山南阳陈氏宗祠,崇祀江田南阳陈氏先祖,为当时福州一大名祠。明朝叶向高、清代林则徐、民国林森、徐世昌、萨镇冰等人都留有题匾或题赠。明代兵部侍郎陈省还在长乐司马里建有"南阳陈氏支祠",明代著名书画家周天球为其题写牌匾,现为长乐和平街历史文化街区的重要文化建筑。这些历史上著名的陈氏宗祠,构成了江田陈氏不可或缺的宗祠文化,记载着江田陈氏家族的血脉、迁徙与发展。

江田南阳陈氏祠堂于1995年被列为长乐市级文物保护单位;2001年1月,福建省人民政府公布其为第四批省级文物保护单位;2016年5月,被中共福建省委文明办确定为省级"五古丰登"活动示范点。2020年初,全国人大常委会原副主任陈至立为"江田南阳陈氏祠堂"题写匾额。

如今,漫步在江田这座古老的祠堂里,它深厚的历史积淀依旧熠熠生辉,向人们展示宗族文化的无穷魅力。

博雅茂正——
闽侯青口荣绣
陈氏祠堂

刘长锋/文 林振寿/图

　　闽侯县青口镇大义村是一个集自然和人文景观为一体的村落。唐朝开元年间，元帅卫总兵路过此地，看见男女有别，长幼有序，故称之为"大义"。大义荣绣陈氏祠堂，气派恢宏，蓝韵青漪，名闻闽侯七里，誉冠闽省榕城。祠中有联道出它的不俗形胜：面对吉山，文笔金奎罗列左右；背临石鼓，鳌峰虎岫拱立东西。

肇出固始　七里名门

　　大义荣绣陈氏始祖陈檄，出自河南固始世家。唐末，陈檄为避"广明之乱"，从河南固始随王潮三兄弟入闽。唐中和五年（885年），他因辅佐闽王有功，官至太尉大都督节度使，左武卫上将军等官职，封推臣奉国公，闽王把侄女赐配陈檄，封楚国夫人，赐第城南，食邑大义。陈檄长子陈令镕官至大中大夫，封颍川开国伯，肇迁大义，是大义陈氏迁入祖。明代，大义陈氏文风鼎盛，自陈叔刚兄弟开始,四世出九进士,个个官声显赫,世称"九条金带";之后,还出了陈价夫、陈荐夫两兄弟才子,被世人称为"八闽二才子",陈氏也因而成为七里名门望族。

大义荣绣陈氏世代繁衍,为闽侯七里一大家族。据族大义荣绣陈氏族谱记载:至今传至43世,居大义的有6000多人,八世同堂。

历经沧桑 盛世焕然

祠堂始建于明代永乐年间(1403—1424年)),明正统、成化、正德年间均有修建。明嘉靖年间,毁于入侵的倭寇,明万历年初重建。民国甲子年(1924年)乡人集资重修扩建,新中国成立初被征为粮食仓库,20世纪80年代归还。1992年列为闽侯县第二批文物保护单位。2013年6月,祠堂因年久失修,部分坍塌,闽侯县下拨专项资金,社会各界亦踊跃捐资,于2015年11月重修完成。

祠堂坐西朝东,正面宽13米,进深38米,总建筑面积约1000平方米。正面大门上方为楷书阴刻"荣绣陈氏祠堂"青石祠匾,系林则徐曾孙林炳章所书。外形保留青砖垒墙,四周风火墙。两尊雄雌石狮高踞中堂大门两边,栩栩如生。

前后三进,砖木结构。前两进相连,抬梁式木构架,歇山顶。后殿右侧的文昌阁为明代建筑,双层楼阁式全木结构,九脊顶。阁的前面为明代建的门亭,面阔三间,硬山顶。

祠堂首进为戏台,台顶保留九层圆形藻井,精镂飞禽走兽、奇花异草,壁板绘山描水,镏金着色,两侧设谯楼,楼栏面雕"二十四孝"故事图,形态逼真。二进双回廊,中心留天井,正堂两侧为厢房,大厅两侧悬挂始祖、氏族名宦名人等12幅画像。

荣哉此行 何殊往绣

这座祠堂门额题为"荣绣陈氏祠堂",金黄大字在阳光下显得格

外醒目。据说在宋宝庆中（1225—1227年），族人、显谟阁待制知福建路安抚使陈垲还乡祭祖，祭词有"荣哉此行，何殊昼绣"之句，乡人取上句首字和下句末字而名之，立"荣绣坊"于今福莆古道绿榕桥头。

因"荣绣"蕴意雅致，富有文化内涵，乡人极为自豪，曾一度将西集里改称荣绣里。因此在明代建祠时，族人取"荣绣"命祠名，以显殊荣。而今这里古榕遮阴，花木流绿，方时和春，只惜荣绣坊已圮，令人叹惋。

九条金带 声冠闽省

大义历史悠久，地灵人杰，山川竞秀，群山环绕；攀登山顶，锦绣风貌，款款入帘。传说有"石鼓响，金鸡鸣，应是乡中科第兴盛时"。

在大义荣绣陈氏祠堂大厅正中，上方悬挂名相张居正手书的"博雅茂正"匾额和"四世九登黄甲，一门八授豸冠"的楹联，昭示着这座祠堂不同凡响的身世。祠堂正堂厅内悬挂着"翰林""世御史""世进士""父子三进士""同宴琼林"等御赐古匾，其背后均流传一段段光宗耀祖的故事。祠堂内还保存着一块明正德六年由皇帝颁发的圣旨石碑。

名著闽中的"九条金带"，一门显贵，声冠闽省。在明朝从永乐辛丑至隆庆戊辰约150年，有陈叔刚、陈叔绍、陈炜、陈炷、陈墀、陈达、陈暹、陈朝鋆、陈朝铁等9位进士，其中8人官居四品以上。他们身着紫袍,腰束金带,世称"荣绣陈氏九条金带",曾有68道圣旨予以褒扬。

　　首条金带陈叔刚,忠厚孝义,母病逝,守墓三年。为官清正,操履尤洁。第二条金带陈叔绍,带胞侄登楼断梯,吊篮送食,苦读三年。为官清廉,卒于任上,灵车过处,民众哭送。第三条金带陈炜敢言仗义,秉公断案,开仓发粮,赈济灾民。抗洪救灾,以身殉职。第四条金带陈炷,断案如神,昭雪冤假案;严词拒贿,为民请命,史称"贤臣"。第五条金带陈墀,刚直不阿,严治贪官污吏,民众曾立生祠纪念。第六条金带陈达,断案如神,有"少年陈青天"之美誉。山西民众在太原府建生祠,感戴他的恩德。第七条金带陈暹,铲除黑恶势力,为民请命,减轻百姓负担,带领民众抗洪自救。第八条金带陈全之,率众修堤三十里,人称"陈公堤",任芦都转运使,当地盐业得到大发展。第九条金带陈严之,戍边三年,平息数次骚乱,带领兵民与贼寇搏斗200多次。

　　如今,大义陈氏将"九条金带"承载的孝义文化、清廉文化和德政文化,书写在祠堂中的家风家训馆、大义小学等处,传承优秀家风。

大家风范——
闽侯尚干林氏祠堂

刘长锋/文　林振寿/图

"旌旗驱驰由固始,箕裘克绍壮陶江。"五虎东望,山风岚气起伏跌宕,陶江水光荡漾。这水陆通达、祥和丰饶的一方沃土,就是古闽县七里之首——永庆里尚干古镇。在古镇鳞次栉比的楼群间,有一处建筑格外亮丽。它是后唐左朝奉大夫林穆后裔景仰的精神家园——尚干林氏祠堂。

十四世祖 迁居尚干

建祠旨在尊祖敬宗,教育子孙,谨守族训,修身立德,励志攻读,荣宗报国。尚干林氏十四世祖林维本于南宋德元年,从枕峰迁居尚干。林氏祭祖之所,也逐渐从家祠、宗祠演变到今天的祠堂。

明洪熙元年,十八世祖林昌达等族人在尚干中心位置建林氏家祠。而此前的一百五十年,祭祀均在自家神龛前举行,大型祭祖活动则借用大王宫。建祠处是四周环河的小岛,此景被称为"玉带环腰穿心河"。清康熙年间,二十四世祖林缵等拓家祠为宗祠。清咸丰五年(1855年),三十一世祖林道晃牵头扩建宗祠。清光绪三十二年(1906年),添建"义姑祠"(亦称"报功祠")于宗祠西侧。

时任民国国府主席的林森曾三次还乡,将宗祠改建为祠堂。大门上方悬挂的"尚干林氏祠堂"匾额系林森所题。20世纪60年代中期,祠堂被祥谦公社征用,拆建为祥谦影剧院及文化宫,1997年6月归还。2002年4月,族人重建祠堂,2005年10月告竣,2006年1月15日隆重举行落成典礼。新祠堂仿古创新,造型新颖,布局合理有序,颇具特色。外观金碧辉煌,肃穆庄严,轩昂大方。

古祠新彩 交相辉映

祠堂坐北朝南,前后三座相连,三层混凝土砖木结构,占地面积2000平方米,建筑面积2400平方米。祠堂两侧砌成国公帽、马头风火墙,门厅上竖两根高5米的青铜龙柱,埕坪两边屹立着一对花岗岩"华表",祠堂埕前修建"世德门",整体宏伟壮观。

首座三层圣门楼,门厅面积138平方米。周围十根山西进乌石大柱,上刻五副贴金楹联。在朱漆祠堂正门左右,东西是"入孝""出悌"仪门;正门上方镶着金字石匾的祖训"世德作求"。厅内墙青石浮雕龙头须弥座、麒麟、松鹤、梅鹊、八骏马、廿四孝、忠臣贤士诸图案。祖厅廊台阶左右矗立青铜龙盘柱。厅三层楼,高17米,窗扇层层镂空,木雕花鸟山水图案绘彩贴金,厅屋顶琉璃瓦面,重脊飞檐,六对翘角。

祠堂二座大戏台坐南朝北，后台中央四扇屏门，纯雕木质图案，上书"衍我列祖"四大金字。台前横梁嵌九个立体的"天官赐福"像，东西一合朱红漆大柱楹联："优孟衣冠，千秋龟鉴；春秋褒贬，一部麟经。"戏台设计独特，为福州南郡独一无二的新型大戏台。

祠堂内文物琳琅满目，有龙凤金柱、楹联、石雕、圣旨匣、汉白玉墓志等，还有科甲牌匾以及历史名人解缙、吴宽、叶向高、陈宝琛、孙中山、黄兴、胡汉民、蔡元培、于右任、萨镇冰等题撰的匾额、楹联。

第三座为大厅，以花岗石铺地，可容纳1500多人。厅内26根大柱，每柱均有楹联，记载了陶江林氏先祖源流、祖德、遗训。大厅左右开四扇太平门，厅顶五彩绘花，北横梁柱上共有十面大牌匾，中央大横匾上书"左朝奉大夫"五个金字，展示了始祖林穆随闽王入闽的功绩。

大厅北接连祖厅。祖厅廊矗四根镂空盘龙青石柱。龛前左右一副青石雕刻金字楹联曰："记比干忠烈，载林放问礼。"厅东西墙绘历代上祖名人贤士图像，厅正面建有两层神主龛。龛前排着三张卷书横案桌，中央大案桌前有一合高半米的铜铸"和合仙"烛台。烛台前有一尊五爪金龙大铜鼎。全座神主龛和三张横案桌无木不雕花，无木不贴金。

文风鼎盛 科甲花开

祠堂中有一祠联曰："介方山陶水而居，流崎雄深钟世德；有武达文通之盛，魁奇涵育应昌期。"此联由清宣统帝师陈宝琛所撰，赞美的正是尚干林氏这支名门望族。

尚干自古文风鼎盛，崇儒重教。明代嘉靖年间的淘江书院、清代光绪年间的陶南书院以及百六峰诗社，是文人士子进修互勉之所，诗书也融入了林氏族人的血脉。宋元明清族秀科甲联芳，英才辈出，其中不乏状元、探花等翘楚，尚干林氏因此成为声闻遐迩的名门望族。祠堂另有一副对联书曰："聚族数千家，东象冈，西虎岫，南鳌峰，北马

渎,看山川形胜重重,都向我乡钟福地;传世六百载,黔陈臬,粤开藩,
齐巡方,燕宿卫,溯文武科名济济,还期后起迪前光。"这既是尚干人
杰地灵的真实写照,又记载了尚干林氏一脉的千年荣光。

　　祠内墙上悬挂着历代进士、状元、探花、解元、亚元、文魁、亚魁及
"同胞同榜""父子兄弟三科甲"等牌匾。18位进士以及百余位举人的
功名科甲牌匾光亮醒目。细细阅览,人们会看到宋绍定神童科御射
状元林壮行、明浙江道监察御史林钺、"两平盐政"进士林应雷、清光
绪丁丑科武探花林培基……一个个名字构成了历史长河中这一家族
的辉煌。孝道美德名扬闽都祠堂西侧是义姑祠。义姑闺讳林五娘,
生于北宋景定二年。她在家兄等男丁不幸倾舟溺亡突遭大难时,以
弱女之躯,上侍祖母下抚孤侄,终身不嫁励志持家,牺牲自己的青春
年华,换来尚干林氏的复兴。

　　当年尚干林氏根脉悬于一线时,五娘在侄儿褓襁旁,密密护持的
关爱暖如春阳,系全家安危于己身三十年,温不增华、寒不改叶,换来
不改初心的释然:"吾今可卸责矣。"此后在吃斋念佛的平静中走完余
生。后裔感念林五娘恩义,尊称为"义姑",在林氏祠堂西侧建造义姑
报功祠。义姑无私奉献、自我牺牲的伟大精神和敦厚善良、深明大义

的高尚道德垂范千秋。

祠堂每年春秋两祭，成为尚干林氏后裔崇德报本的隆重礼仪。举办义姑文化节和"排暝"活动如今已成为尚干林氏的敬祖特俗，用以纪念义姑懿德。"排暝"是尚干文化中极富人文内涵与特色的乡俗活动。他们于每年农历正月十二日，同族共祭义姑，世代不辍。从正月十三日起，各宗支依次逐日"排暝"祭祖，持续到正月廿七。最有特色的是，家家户户在轮祭日制作"鐤边拧"，此时镇上四处烟烛氤氲，"鐤边拧"飘香。轮到"排暝日"的家庭，总要将自家的美味馈送世谊老人和旁支邻居，演绎一幕幕尊老睦邻的生动场景。

尚干林氏的"排暝"祭祀，已内化为族人的一种心理需要和感情依托的形式，也成为外迁族人乡愁的重要载体。

尚武精神 代有英烈

尚干林氏尚武名声在外，祠堂内也英烈满墙。清武探花林培基，在中法马江海战时丁忧在家，他与同乡联名向清政府呈"万民折"请战，选募300余名乡勇驻扎于马江海潮寺、胐头一带，表现出英勇反抗侵略的爱国精神。还有尚干勇士林狮狮，在福建水师战败的当晚，埋伏在道庆洲黄草地，伺机率十几人驾小舟用土炮夜袭法军旗舰，打伤其舰队司令孤拔，林狮狮等人全部壮烈牺牲。在辛亥革命中，尚干人、同盟会成员林志棠、林雨时，参加福州于山战役，表现勇猛受褒奖。之后革命烈士比比皆是，最引人注目的是林祥谦烈士，他是中共历史上第一名壮烈牺牲的烈士，中国工人阶级的杰出代表和中国工人运动的先驱。2009年，林祥谦当选为百位"为新中国成立作出突出贡献的英雄模范人物"之一。

（在该书编辑过程中，2023年2月尚干林氏祠堂遭遇火灾。林氏宗亲再度集资，于当年秋祭前完成了祠堂修复。）

浴火重生——
闽清东桥官圳
孙氏宗祠

池宜滚/文 许彬/图

官圳孙氏宗祠位于闽清东桥镇官圳村，选址于矮丘低坡处，坐东向西，山环水抱，既藏风聚气，又开阔舒展。宗祠始建于明朝前期(1416—1436年)。由于东桥孙家历代官商频出，底蕴深厚、家资丰裕，累世打造出了一座十分讲究风水格局的宗祠。历600余年风云变幻，宗祠数度毁立，但总体格局保持不变。

屡毁屡立 老祠依旧

宗祠最早倡建于官圳孙氏三世祖孙赵保，续建于四世祖孙毅庵，最终由后世孙师尧修缮而成。最初正座主楼与照楼均为纯木结构十扇三厅规制。包括天井及花园，占地总面积达7190平方米，建筑面积2237平方米。正堂大厅立金字祖神牌，两侧朱漆栋柱，石碌雕刻动物，细节处精雕细琢，精彩绝伦。整体形制完备，巍然大气。

明朝中期，官圳孙氏祠堂曾毁于悍匪之手。一伙悍匪在劫掠之后，一把火将整片孙家的建筑焚烧殆尽。虽然大火很快就被扑灭，孙家子孙在余烬中重建家祠，但遭遇大劫之后家底见弱，宗祠堂重建时，规模被迫缩减至八扇一大厅。

官圳孙氏八世孙孙本修，字汝洁，号肖壶，治诗经入邑痒生，援例南京国子监。万历年间选入北京光禄寺，任珍馐署监事。珍馐署监事，就是御膳管理者，因为亲近皇帝，民间又称其为"奉茶官"。孙本修在京理事九年，深得宫廷信任。有一次他回乡拜祖，见祖祠凋零，遂主持重修。这一次大修，使得祠堂重现金字祖神牌、朱漆栋柱，文魁、光禄第等钦赐牌匾也获重置，祠堂再度富丽堂皇，成为远近闻名的"名祠"。

民国二十年（1931年），这一古老祠堂又遭受古田悍匪魏香尧的抢掠，并再度被烧毁。但只要血脉传承不断，宗祠就能"屡废屡兴"。两年之后，孙氏后人第三度全面重修宗祠，只是祠堂形制再一次简化，成为六扇一大厅（大厅面积100多平方米）土木结构楼房，即现存的宗祠的规模。

祠内亦再度立起金字祖神牌,详细记录世代谱系和所有祖宗名字。可惜20世纪70年代时,祖神牌等宗祠历史文物又一次遭到毁损,仅有老祠建筑保存至今。

被形容建造在"凤凰地"之上的宗祠,历经几度涅槃重生,唯其后山的五株巨榕不受影响,走过500多个春秋,始终苍翠茂盛。其中最大的一株如今胸围已达9.3米,整体覆盖面积4700多平方米,成为当地奇观。

三门三向 纳尽风光

虽然屡经毁损,但官圳孙氏宗祠却始终保存下一个显著的建筑特色,令人过目难忘:它三门三向,构造特殊。其布局之考究,堪称一绝。

从建筑美学意义上说,官圳孙氏宗祠为人们充分展现了传统建筑别开生面的"曲径通幽"之美——老祠天井外筑两重围墙,转三个方向,立三道大门,建三个门庭,眺三座巅峰。建筑的每一转折处都会带人移步换景。而这一设计据称也是为契合五行八卦的要义,在"围"与"挡"之间,追求平衡,寄寓"好的都进来,不好的都让开"的美好愿望。

第一道大门向南,面眺梧溪巅峰,山形似笔架,土木结构门庭,两旁排列两大石狮,门前一口池,古

时养观赏鱼。有对联云："外眺梧峰为笔架;内存吉水凤凰池。"

第二道大门向西,全石板结构门亭,两旁排放两大石狮,眺望远处高峰"首人巅"。

第三道大门向北,砖石结构门亭,门前全石板铺设天井,眺望另一处高大山峰"鸭梅巅"。

170平方米的天井全石板铺设,围墙内三面通廊均设花圃,栽种各类奇花异草。屋后抵近山坡处,就依小山包态势,修建一座4800多平方米的花园,栽花植树,其中包括五株相连成林的红榕,如今已冠盖成荫。这一榕树群,本是为了视觉上加高后侧小山岗的高度,让逶迤而来但渐次趋低的龙山显得更加高大,如今却自成一道风景。

祠产族规 护佑传承

祠堂能传承数百年,甚至数毁数立不改宏伟,除了家族的血脉传承,还往往凭借有力的宗祠保障机制和严格的族规族训。东桥官圳孙氏第四世祖毅庵曾设立了祠堂公田,以五百担田租谷作为祠堂经费开支,这是其两遭火劫都能及时重建的物质支撑。孙氏还倚靠祠堂创立了族规,凡有不孝父母及偷盗等非礼行为的,由族长出面令其在祠堂跪香思过,勒令痛改前非。而族中能够读书上进的优秀学子,则补贴以助学金。这样的族规族风一直保持到了民国前期。

此外祠产还用于建设一些公共设施。如为防匪害,曾于民国二十年(1931年)建筑一座占地1580平方米,建筑面积1350平方米的土堡,为抵御匪患,保障族人生命财产安全。族人还曾在东桥下洋通往大箬的交通要道上建造桥头、龙舟、长桥等"三桥",以及下马亭、梅花隔亭、岭头亭、隔下亭等"四亭",为当地民众提供了"春夏雨洪行无阻,秋冬过溪不脱鞋"的便利。

德耀玉阳——
永泰大洋玉阳余氏宗祠

朱同/文 林振寿/图

　　永泰县大洋镇霄洋村,有座闻名遐迩的玉阳余氏宗祠。据史料记载,这座祠堂始建于明代宣德年间(1426—1435年),在明代万历、清代乾隆年间以及1988年、2004年经历四次重修,现仍保留有明代修建的主体,即坐西北朝东南、面阔七间、进深七柱的正屋。大埕外有一段完好的旧围墙,戴着石墙帽,这是当地古建筑中罕见的。祠前尚存六对旗杆石。整个建筑物占地面积663.7平方米、建筑面积268.9平方米,2013年9月被永泰县人民政府认定为县级文物保护单位。

　　这座六百年的古老建筑物,不仅留下了岁月的斑斓,更记载着玉阳余氏的祖德与荣光。

神主牌的古色传奇

正屋大门上方悬挂着"千七开基"大匾，以纪念始祖千七公。千七公字润敬，原籍江西建昌府南城县，在明朝统一大业中立下功勋，明太祖赐封怀远将军。永乐二年（1404年）奉旨入闽，屯垦于永福玉阳里（今永泰县大洋镇宵洋村），开基创业。其后人逐渐向邻近的珠洋村、荣兴村以及同安镇樟坂村开枝散叶，形成了"玉阳余氏"宗族群体。经过世代繁衍生息，现今群居在永泰县、闽清县，以及台湾省等地的族人数以万计，均成为当地的一门旺族。

走进大门，主殿神龛上有两尊古老的神主牌，引人注目。神主牌为实木制作，高约1米，宽20多厘米，顶部与两边均为镂空图案，中间阳刻老宋繁体字，十分精致。这是玉阳余氏宗祠的"镇祠之宝"。

左边一尊，明崇祯帝祀十一世祖国光公为"义士"，表彰其为施救族人而英勇献身的事迹。据族谱载：余国光，学皇彬，邑诸生，尚任侠。山贼黄土华抢劫村庄，抓了余氏一族许多老少，并威胁说，如国光一人出来，就放过你们全族人。国光挺身而出，大骂黄贼，被害。

其儿子名连、名应为父报仇不克，也死于山贼刀下，无愧为满门义士。乾隆版《永福县志》与民国版的《永泰县志》都记载着余国光的节义德行。

右边一尊，清咸丰帝赐予十六世祖潜士公"乡贤"，嘉奖其博学贤德的事迹。余潜士，号耕村，出生于辅弼樟坂（今永泰县同安镇樟坂村），晚清著名理学家、教育家，被誉为"闽道学之宗""理学之东南重镇"。余潜士在福州鳌峰书院、寿泉精舍等处执教30余年，参与编修《福建通志》，关注民生，重视社会教育。他人品端醇、学问渊博，遗作《耕邨全集》十五卷，刊印行世。朝廷彰其道学懿行，特赐予进士，授文林郎，身后入祀乡贤祠配祀孔庙，春秋官祭。

风风雨雨几百年，许多先祖的神主牌都已不复存在，唯独这两尊完好无缺，依旧矗立在今人面前。它们曾经遭遇大火，火熏黑了牌座，牌身却安然无恙。而今，虽然许多字迹已模糊，但先祖"节义"的君子气质、"俊贤"的儒士风范，已经成为这个宗族的文化基因，渗入子孙的精神血脉。现在每年农历七月初七，这里都举行隆重的祭祖活动，许多族人从百里之外，甚至千里之外驱车前来，敬一炷香，鞠一个躬，以表达对先祖的敬仰。

博士匾的古韵书香

宗祠大厅两边墙上，挂满了各种各样的牌匾，令人目不暇接。牌匾记述各个时期的杰出人物，如"安庆二尹"九世祖肖山公、"运思专一"余氏廿三世孙能通（1947年民国财政部部长孔祥熙所立）等。不难看出，玉阳余氏是一个尚文重教、人才辈出的书香门第。

宗祠内另有两块深红底色、金边金字的"博士"牌匾，显得格外鲜艳。一块是族人于2007年7月为余道春获中央财经大学博士学位所立，道春出生于闽清县刀霞村，为玉阳余氏二十世孙；另一块是2011年7月为余婷（女）获中国科学院博士学位所立，余婷出生于永泰县

同安镇樟坂村,为玉阳余氏二十二世孙。族人称他们为"现代进士"。

其实,玉阳余氏子弟获得博士学位的不止这两位。现在考上博士的学子越来越多,2022年,族内同时在读的博士生就有5人,创历史最高纪录。到2023年,获得博士学位的宗族学子共有10位之多,并出现了父子双博士、夫妻双博士的可喜现象。

2022年理事会决定,凡是获得博士学位的学子都要上牌匾,而且每五年举行一次隆重的挂匾仪式。族人还计划在2023年祠堂重新修葺后,专门设置"博士堂",展现书香玉阳情景,宣扬励学上进精神,以矜式后学。至2022年已有近一百位子弟获得宗族理事会助学奖学金,每年的喜报都张贴在祠堂里,族人常驻足观赏。

功德墙的古风今尚

祠堂中,有两处墙壁嵌上石铭,记载着百多名族人名字及捐款数目,大家称之为"功德墙"。这是沿用古时做法,凡捐款铺路、修桥、开渠等公益建设项目者,都为其立起"功德碑",以褒扬乐善好施之美德。

乐善好施，是玉阳余氏崇尚善福文化的优良传统。据族谱记载：十五世祖而师公，家境殷实，好做善事。有一年，他花重金购置坐落于溪柄的数十号山场，供族人生产生活使用，造福子孙。

前几年，同安镇三捷村出土了两件清代文物，记载着乾隆三十三年和道光二年两次重修安捷桥捐款人的石碑，玉阳余氏十三世祖允助、允桂榜上有名。十六世祖潜士公积极倡导"行善种福田"，动员富家出钱出粮救济灾民，多做利物爱民之好事。其儿子余善承及儿媳张瑞贞传承积善成福的家风，积极参加家乡的公益活动，被称为"余善人"。他们两度开仓放粮救灾，并捐银五百两应赴国难，张瑞贞被慈禧太后封赐为"太君"。

2021年，玉阳余氏二十一世孙余则镇、余宏各出资100万元，发起成立余潜士基金会。余潜士基金会在永泰县民政局注册成立，为民间慈善机构，从事奖学助学、保护与弘扬优秀传统文化、推动乡村文化建设等公益活动，得到乡亲们的踊跃响应。余灵文、余林通等宗亲慷慨解囊，台湾的玉阳余氏后裔也积极捐款。三年来，余潜士基金会已收到捐款1000多万元。这些资金大部分用于农村文化基础设施建设，如建设以耕村书院为核心的珠洋文化中心，改善农民的文化生活，推动乡村振兴。

源从固始——
福清龙田文峰
薛氏宗祠

上薛村薛氏宗祠理事会/文图

闽都寻宗 念念有祠

树高千尺必有其根，水流万派总有其源。位于福清龙田镇上薛村的薛氏宗祠，依山而建，坐北朝南，建筑庄严肃穆、巍峨壮观。它西邻村中广场，村道连接至村口文峰牌坊，周边民房似林环绕，充满生机。

文峰山麓因其交叉分布似"文"字而得名，文峰牌坊则为明朝南京户部主事薛世旸所立。文峰薛氏宗祠源远流长，1999 年曾获评"福州十邑名祠"，并于 2013 年正式列入福清市人民政府不可移动文物点，是当地珍贵的历史遗产。

地灵山秀钟福里

文峰薛氏的历史可追溯至宋朝末年。1276 年，始祖薛氏节翁公举家迁址，自晋经像入闽，长途跋涉，择居上薛，迄今已有 747 年。明正统年间（1436—1449 年），文峰薛氏宗祠始建，距今已近 600 年。怀先人之恩德，勉宗族之苗裔。宗祠旨在延续祥和之风，兴村旺族。

薛氏宗祠先建后落，初具雏形之后，后代续建终成规模。如今，祠深 38.5 米，宽为 23 米，祠堂建筑面积为 880 平方米，祠前埕深 21

米,总占地面积1359平方米。宗祠前后共三进,俗称"三落大六扇"。

古祠历经岁月沧桑磨砺,风雨侵蚀。1946年的首次重修,增建前落谯楼和戏台,谯楼东西两边天井的围栏中绘制彩画,东面讲述唐朝名将薛仁贵征东,西面讲述薛仁贵之子薛丁山征西。

1989年宗祠进行二次重修,祠埕前增立牌坊状门亭,门亭高3.46米、宽2.55米,飞檐翘角,琳琅夺目。

2020年,宗祠再度重修。祠前照壁以红砖加高,宗祠更添宏伟典雅。此次重修还包括祠埕左、右、前三个方向的围墙,内外新镶装了40余副大理石浮雕人物、山水以及花鸟彩画,构思奇朽、自然得体、栩栩如生。宗祠前三道埕内移立明朝薛廷宠公神道碑,并予以保护。

宗祠边墙为国公帽式红瓦翘脊,保持明代建筑风格。宗祠南正面底部用抛光大理石作座,上部由清水红砖勾缝砌造。宗祠正面辟三门,中间大门楣额石匾镌刻"薛氏宗祠",左右两旁仪门门额石匾分别镌刻"入孝""出悌"。大门前竖旗杆碣四对,一对石狮守护大门两旁,气势威严。

宗祠前埕分为三层,各层均用大理石铺面,整洁高雅。走进宗祠大门,从谯楼下廊道左右上台阶进入宗祠大厅,廊道两边立青石捐修碑,记载薛氏族亲爱心功名。中大厅迎面一对"金童玉女"分立左右,双手合抱恭迎四方来客,尽显文峰人好客襟怀。

宗祠内大小木柱共38对计76根,主柱3对6根。大厅高7.47米、宽12米(两侧厢房过道不计在内)、深11.6米,前沿方形柱6对12根,中间圆柱34根。它们以井字形构架,支撑大厅所有负载,整齐有序。

人杰物显文峰

祠埕前牌坊状门亭两边的对联正是文峰薛氏宗祠的写照:"地灵山秀钟福里,人杰物华显文峰。"

宗祠大厅戏台旁谯楼围板上东西两边各有15副木刻浮雕,人物形象逼真,令人叹为观止。两侧的壁画"盘古开天""女娲补天"为福建师范大学美术学院薛行彪教授所绘。厅中柱联"源从固始,派自河东",点明了文峰薛氏族源出处。"忠贞列明史,廉政刻权奸"和"金榜抡魁天下,甘棠遗爱江南"彰显薛氏先贤为官清廉、不畏权奸的忠贞风骨和为官爱民之本色。还有"继祖宗一脉真传惟忠与孝,教儿孙两行正路在读和耕"等族训,训导子孙后昆处世之道。

祠厅内悬挂牌匾10多面,其中传自古代的"临江知府""都给事中""户部主事""通奉大夫""奉政大夫""奉直大夫"等牌匾,是文峰薛氏先祖英才辈出的体现。"革命烈士""将军"等牌匾,则是纪念当代族裔中的杰出人物。

宗祠内有谯楼、回廊、天井、祠厅、厢房和院室。西厢房现用作珍藏名人名照和各地书法家画卷,东厢房现为接待室,墙上悬挂着数十幅各地宗亲送来的字画。

由大厅到神主厅会经过中厅。大厅与中厅中间由插屏门隔开,插屏门左右两旁各竖着两扇镂空的屏风,精美的屏风为宗祠增添光

闽都寻宗 念念甫祠

彩。神主厅前方的中厅正中高悬河东三凤开基祖堂匾，在中厅左右天井间排列着两条葡萄格背椅，使得进入神主厅通道更显神圣庄重。

　　神主厅是宗祠的核心。神龛内长明灯昼夜通明，神龛内供奉着开基始祖节翁公、二世祖冈公和三世祖大绍公、大综公及大勉公之神位。神龛镂刻的盘龙戏珠，云水翻腾，形态传神，其雕工精细，风格优雅古朴。神主厅两侧悬挂薛世眶、薛德统、薛天华和薛廷宠四位进士画像和事迹资料。

　　2020年的重修，在中厅左右两侧天井、东西侧墙上嵌镶了14块大理石。其上镌刻丰富全面的各类文史资料，包括宗族起源、迁徙简图、世系表、行第世序、人物传略等，为宗祠增添了浓厚的文史内涵。

　　往事越千年，数风流人物还看今朝。如今，文峰村薛氏衍发人丁1万之多，当代族裔中有厅处级干部多人，在政府部门任职的优秀基层干部更不计其数。文峰村还走出薛国强将军，可谓英才辈出、兴旺发达。

　　薛氏宗祠凝众志，尊祖敬宗传美德。为了恪守中华传统，呵护祖辈珍贵遗产，海内外宗亲乡贤为宗祠重修及维护慷慨解囊、踊跃捐资。焕发新彩的宗祠令海内外族亲寻根祭祖热忱倍增。

　　走进文峰村，参观古朴建筑，薛氏宗祠作为弘扬乡村文明和传统文化的根基点，将令四海宾客肃然起敬。

敦和百年——
闽清坂东凤池
五姓宗祠

池宜滚/文　刘玲艳/图

在闽清县坂东镇塘坂村，有一座非常特殊的，由五个姓氏族人共建共祀的宗祠——凤池五姓宗祠，当地人又称其为"塘边聚庆五姓祠堂"。这一"集体所有"的祠堂始建于明朝成化二十一年（1485年），已有500多年的历史。它坐落塘边，南朝梅水，背枕柯峰，占地面积1050平方米。建筑规模虽然并不算宏伟，却祀奉了此地黄、许、陈、卢、刘五个姓氏的祖先于一堂，见证着五姓子孙几百年来的真诚团结。

始建于明　塘边聚庆

"塘边聚庆五姓祠堂"是凤池五姓宗祠的古称，始建于明朝的这一祠堂原为土木结构，因年深日久，一度残破不堪。1996年，在地的黄、许、陈、卢、刘五姓子孙遂拆旧建新。新祠占地面积700平方米，砖木混凝土结构，为"一进两落一场"布局。

建筑的上落为大厅，在巨型牌匾"福星高照"下，正中一排为黄、许、陈、卢、刘五姓凤池一世祖的牌位，左右两侧整齐排布五姓裔孙进祀的禄位和长生牌；左右两边厅分别是老寿星、福禄寿禧等传统吉祥画。

下落为80平方米的天井回照和两厢的书院。书院均为两层建筑,共设有14个展厅,分给各姓氏族人摆放家族照片或供奉各族信奉的神祇。二楼砖砌栏板则镶嵌着中华传统二十四孝的瓷砖画。

从围墙正中的虎头门出来,便是祠堂的外场地。祠堂大门两侧各有一威武石狮踞守,门前为200平方米的铺设花岗岩石板的广场。围护广场的高墙,其上绘有精美的山水画,给肃穆的祠堂平添了一抹鲜艳的色彩。

派门凤池　五福骈臻

塘边是塘坂村的旧称,古时也称为"凤池陂",典出《增广贤文》"十年身到凤凰池"之句。所以,在此处发祥的五个姓氏的前头都冠有"凤池"二字。据称,最初卜居于此的各姓都是文人名宦后裔。

凤池的黄姓,乃虎丘三叶,宋代状元黄裳后裔;许姓,乃状元许将嫡系;陈姓,乃我国第一部"音乐大辞典"《乐书》作者,北宋进士,太常少卿礼部侍郎陈旸的裔孙;卢姓,乃明万历年间在御前讲述理学的"一承公"后人;刘姓,亦是凤岗延脉,鼎公肇迁,因族谱失传,仕宦无从考证,但从古宅居之回廊曲榭、旗杆石等遗迹推断,亦是显宦巨族。

"凤恋朝阳树,池潜化雨龙",这个小小的水边村庄确实是藏龙卧虎之地。在明朝,此地达官显贵频出。据陈氏宗谱记载:陈积,任浙江瑞安县令;陈懋元,奉直大夫;其弟良观、良雅、良节、良鼎之子陈存等皆有功名,陈光东曾任四川安州守等等。在清朝,有举人黄远兴,文坛奇才许位奎,有以刘孝灿为总教头的刘家"十八杖",有陈立礼、陈立梅、陈纲铨"一门三武举"。各类功名牌匾如群星一样缀满祠堂高处,相互映衬、熠熠生辉。

家学渊源深厚的五个姓氏同住一村,共建一祠,处处彰显着"和"的文化,"谐"的状态。祠堂门石刻楹联"五姓庆一祠;千年聚弟兄"直白地点出了这一祠堂的文化精髓。踏进大门,门口楹联"敦行教化风俗美,黾勉图强争业兴"传导着满是正能量的乡风与人文。全祠19副镏金楹联,字字句句歌颂团结、勉励勤奋进取。而厅堂上高悬着"五族共庆""五姓联芳""五福骈臻"等牌匾则展示着"美美与共"的淳朴而广阔的胸怀。

五姓同祠 敦和百年

几百年来,五个姓氏交错居住于塘坂的十个自然村,屋舍比邻,阡陌相接,婚娶嫁迎,亲若同宗。正如祠堂屏柱联所云:"同源因始衍蓄福地五姓千家亲兄弟,共建凤池开拓前程十村继代乐舜尧。"

紧连着五姓聚庆祠堂的是他们共有的汉闽越王庙,也称凤池境,是五姓共同信仰的神明和民俗活动的举办地。凤池境为村民举办公共活动,集中探讨解决公务提供了共同的场所。这些在五姓族人共同拟定的宗祠公约中也有体现。该公约以"协调五姓关系,促进五姓团结,树立团结楷模"为宗旨,约定管理委员会及成员的产生与职责,重要如活动经费筹集和开支安排,具体如祭神时物品的摆放,宗祠宴席菜品顺序等,都一一列出。既有文化理念,又有工作机制,还有具体的事务安排,十分全面科学。公约条款反映出高超的智慧水平和治理能力,堪称民间基层自治的经典。

其实,这一"共神共祠"的祠堂还密切关联着一个"第六姓"。据宗祠管理人员介绍,宗祠正门匾额上的第二字"池",以及正堂凤池一世祖香位所列的黄、陈、刘三姓始祖名下的"妣池氏",都透露了这一信息。

据传,塘边最早为池家居住地,因此称为"凤池"。当时池公欢迎五姓入住,并将三个女儿分别许配给黄氏应茂公、陈氏隆兴公、刘氏鼎公。如此,五姓中便有三姓始祖与池公为翁婿关系,而他们亦互为连襟关系。加之五姓后代多有通婚联姻,如此更加亲如兄弟同宗,"敦和百年"名副其实。只是当年池公有无男丁,或是后裔外迁,没有更多可考的物证,只能从后人口述中寻见当年的一些零碎的故事。但这些也与"五姓共祠"的塘坂村多姓亲如一家的乡风相符,和当地数姓在几百年来一直团结和谐的记载互相印证。这是血缘、亲缘、地缘、家风、乡风融合在一起的和谐文化的最好体现,也是五姓宗祠承载的一种人文精髓。

允循善道——
闽侯壶山施氏宗祠

施文铃/文　林振寿/图

闽侯县青口镇壶山、农光两村的施氏族人,远祖据传为孔子七十二弟子之一的施之常。施之常及后裔居山东临濮,为名门郡望。陕西、安徽、江西、江苏、浙江吴兴等地均有施氏分支。壶山、农光施氏的肇基祖于宋末入闽,开枝散叶。壶山施氏宗祠初建于明景泰年间,坐落梁山西麓。数百年来裔孙于此认祖归宗、祭祖瞻拜,每年正月都举行祭祀活动,感恩先人造化,福荫千秋万代。

宋末入闽　梁山肇基

宋德祐二年(1276年),元军大举南下,临安府失陷。益王赵昰、广王赵昺等南撤,从温州浮海抵福州,在闽县开化里邵岐一带登岸。浙江吴兴人施镇,是年追随宋末抗元军民入闽,初在福州城津门附近立足。元军继续南下,赵昰惊恐中再度往南逃遁。福州失守后,进驻城内的元军开始清算并缉拿抗元人士,施镇在通缉之列。他趁官府尚未澄清户籍之机，举家悄然登舟逃往邑南70里，在闽县崇善东乡还珠北里落脚，择葫芦山西麓，依山傍水而居。

据《闽书》记载："葫芦山，一名梁山，上有紫台，邦人胜游，为扈屿……"清郑祖庚《闽县乡土志》记载，葫芦山舛误壶芦山，民国时期葫芦山又淆讹为壶山。山前濑江，水行七里乡间，亦谓七濑。濑水派流施厝街前面一段河，曰施厝浦，与扈屿浦、上岐浦三流汇合河头浦湟（水面大）。

施镇公在葫芦山西麓买田购地筑庐安居，族人隐匿身世、固守祖训："允循善道弈世嘉珍，克遵至理永守纯仁。"先人云："自以为无患，与人无争也，诸事让三分，歇仔有复歇福（傻人有傻福）。"子孙后代皆处世低调内敛，做事谨小慎微。明代之后，勤劳的施氏族人财富不断累积，拥有诸多七里区良田，在梁山西南麓建筑30多座屋厝。

施氏祠堂建于明朝景泰年间，坐落梁山西麓，已有500多年历史。民国初，民主革命先驱施秉政宗亲，请时任南京国民政府主席的谭延闿题写了"壶山施氏宗祠"匾额。

几百年间施氏祠堂历经数次修缮扩建，面积达1000平方米。神主大堂一对青石镂空雕柱，精致秀丽。戏台宽敞明亮、富丽堂皇，祠堂内外雕梁画栋，蔚为壮观。

为富亦仁 任恤乡人

明朝义官施纶，字克端，闽县还珠里人。施纶三代单传，里人戏言"蜀条烛点呢敞敞光（点一根蜡烛亮堂堂）"。施纶幼年

时家境贫寒，其父一德公大年三十被人追债无肉下锅，无奈到菜园拔芥菜想凑合过年。拔菜时，他不慎碰倒了菜园的石头围篱。将围篱砌好后，他正转身要走，石头又倒下，如此反复了三次。为将围篱垒实，一德公在扒深地基时意外挖到了一陶罐的金子，就此发迹。

一德公之子施纶年轻机灵，经商几年赚得盆满钵满，又买了大片良田。据说峡南以内，近半水田归他所有，可谓富甲七里。施纶先后娶了一妻三妾，育十八子，后人谓之"十八主"。

据《福州府志》记载："施纶，性慷慨乐义。少善贾，累赀巨万，辄施亲故之贫者……"宗族中还流传着一个"有声没策担（稻筐）"的故事。据说施纶年迈时，将收田租大权赋予其妾季氏。是年歉收，乡人交租困难。佃农依歉交了四担租，还差一担，但他家里实在没有稻谷了。依歉空手到仓库大门口高喊："伊婆（对长辈妇女的尊称），我挑一担谷子到仓库了，请你来查验一下。"这喊声三落厝都能听得到，季氏连头都不抬便回应"阿使（可以）"。这其实也是施纶任恤乡人，默许"有声没策担"以减免田租。

施纶故居——施厝街8号古厝,也是新中国水利工程教育家、清华大学终身教授施嘉煬的祖屋,族人谓之"一德堂"。

施氏乐善好施的传统代代相传。清初,施元旸开仓赈灾并资助邑城军民抗敌,善举传为佳话。据《闽县乡土志》记载:"施元旸字赓白,顺治五年(1648年),福州饥,出已粟多赡族众。十三年(1656年),郑氏兵围城,居民分陴坚守,敌军寻退,皆其措饷之力。"

男耕女织 满闾书香

闽县七里区是濑江、西峡江泥沙冲积小平原,堪称小型的江南水乡,水土肥沃宜种水稻,是邑城粮仓。濑江回转三十六弯,有许多洲地长满黄草,是编织床席的天然原料。在农耕时代,施厝男人务农,女人拍(织)席,收入可观。

因为元初祖先曾被通缉,施厝人压抑了100多年的科举梦想,不敢踏进仕途。然而古语云:"养仔伓读书,不如伿养猪(养儿没读书,不如去养猪)。"明朝洪武年间,施厝乡间办起三处"人家斋(私塾)",此后施家子弟学经读史蔚然成风。

"男儿欲遂平生志,五经勤向窗前读。"明清两朝,施氏族人科举时有登榜,科举及第有20余人。据《福州府志》记载,明嘉靖四十四年,乙丑进士施爱,字欲周,授浙江归安知县。举人施可学,字欲行,广东仁化教谕。施得(德),景泰年间顺昌县丞。施禹行,建炎年间兴化知县事。文魁施闾游,成化年间长泰县主簿。洪武年间武举施敬,永乐年间施任,宣德年间施襄,正统年间施忠,四代世袭卫所百户。

施厝上岐127号为施霖古厝,也是民国时期保长施培镇的祖厝。此处门额上曾悬挂一块进士匾额,毁于20世纪60年代。据《福建通志》载:"施霖,字能继,康熙三十九年,庚辰进士,授平原知县,寻改西宁。持正不合上官意,或劝其稍委随,霖曰:'吾唯知理是非,与事当否,不为威怵也。'擢工部主事,以疾告归。霖,少聪慧过人,为诸生,才名震一时。家贫授徒以给。兄卒,遗孤幼稚,季弟治生不自给,霖皆力任之。族兄无嗣,为之置妾。有甥为诸生,抚而成之,人尤称焉。"此后还出了举人施登龙、施黎官(陈宝琛外甥),民国时期晋江县长施子榖(黎官子)等等。据施宝霖老先生回忆,20世纪60年代,施厝街40号的大门上方高悬"大夫第"匾额,古厝厅中悬挂一面进士和三四面文魁牌匾。施厝庵边路8号俗呼"大厝里"的古厝,其大厅旧曾悬挂五面举人牌匾。宗族风光,由此可见一斑。

自施镇公梁山肇基,700多年来壶山施氏人丁兴旺。现今闽侯县青口镇壶山、农光两村施氏族人七千余口,尚有族亲在不同历史时期迁居北京、上海、台湾等地及海外。明清两朝,科举及第进士、举人、武举、岁贡二十几人。晚清,这里还出了南洋水师舰长施辉蕃、马尾海战英烈施甘澍,少将施广植、施泰祯、施芳等。近现代,壶山施氏在教育科技艺术等各界也涌现不少人才,如水利工程教育家施嘉炀、寿山石雕艺术家施宝霖等。

济阳世家——
仓山藤山蔡氏宗祠

蔡林/文图

　　福州藤山蔡氏宗祠现位于仓山下藤路223号,奉祀着一世祖北宋名臣、书法家、文学家、茶学家蔡襄公以及本支派历代祖先。蔡襄(1012年3月7日—1067年9月27日),字君谟,谥号"忠惠"。蔡氏宗祠也称蔡忠惠公祠、蔡襄祠堂、蔡襄纪念馆。藤山蔡氏族谱载:蔡襄次子"旬",自莆阳迁入福州归仁里蔡埠(约今城门胪雷村一带)，传至六世孙蔡伯起时，蔡伯起领着家族从归仁里蔡埠迁居藤山(今下藤路一带)安居，蔡伯起即为"藤山蔡氏宗"的始祖。

蔡襄两度知福州，其间政绩卓著。他奏请仁宗减去州民丁口税之半。发动百姓兴修水利，修复古五塘，在侯官、闽县、怀安三县挖渠浦，灌溉大片农田。下令福州十二个县在大道旁空地，遍栽松柏，从福州市郊大义渡口一直栽至泉、漳。提倡医学，禁止民间蓄蛊害人，并撰写了《福州五戒》《戒山头斋会》《教民十六事》等文教化乡民。明成化年间，藤山蔡氏族人为纪念先祖蔡襄在福州的功绩，于藤山清泰境(今下藤路)修建了蔡氏宗祠。

宗祠历经500多年，于清代和民国两度重修。为了更好地保护这座宗祠，1988年藤山蔡氏宗亲将宗祠建筑捐给了政府，成为福州蔡襄纪念馆、仓山区博物馆。2003年在下藤路拆迁改造过程中，福州蔡襄纪念馆平行向南迁移60米(砖、石、木都编号，原样搭建)。原面积规模样式不变，加建了300平方米的展厅，现占地700多平方米。2009年藤山蔡氏宗祠列为第七批福建省文物保护单位。

宗祠坐东朝西，正面为牌楼式门墙，上嵌石额直匾，楷书"蔡忠惠公祠"，门额横匾"蔡氏宗祠"。正门有一对石鼓，两侧小门额石匾分别是"入孝""出悌"。主建筑分三进，每进都有回廊、天井，为穿斗式木构建筑，单檐双坡顶，石铺天井，斗底砖铺地。

第一进为祠堂厅，面阔三间，进深六柱，是为展厅，上嵌一通"庆历名臣"金字横匾，展厅陈列着仓山名人铜像。第二进天井有覆龟式拜亭，拜亭上为祭厅，祭厅面宽三间，进深七柱。以脱胎工艺塑就的襄公塑像安坐在殿台上，横梁上依次高悬"八闽名祠""忠君惠民""刚正廉明"等金字牌匾，昭示后人对襄公的崇敬；两旁的24幅精裱字画则书绘着襄公福州为官的政绩。第三进议事厅，正面襄公画像立轴两侧悬挂着祖训、族谱，横案上呈着宗祠的大印。

蔡氏宗族之"大树"植根于华夏文明的血脉，始于周文王第五子叔度。周武王建立周朝时，封其弟叔度于蔡（今河南上蔡）。公元前447年，蔡国被楚国灭，国人以国为氏逐步四散，其中不乏仁人志士。《史记·蔡泽传》就留下关于蔡泽因其善论，终在秦国拜相的记载。蔡襄公十世孙蔡戡首撰《蔡氏族谱世系序》，其中也记道："秦相蔡泽，卒葬陈留，子孙因家焉，故陈留（注今开封市祥符区）蔡氏为盛。"陈留蔡氏是个有文化修养的官宦世家，在汉朝以后有后裔代代为官的记载。历史上最具代表性的人物，当推东汉末年的陈留郡圉县人、著名学者、大书法家、经学家蔡邕。

晋惠帝时，分陈留郡考城置济阳郡（在今河南兰考县东北），东晋重臣陈留蔡谟立战功被封为济阳伯，奉为济阳蔡氏开山鼻祖。两晋中原战乱，兴盛的蔡谟一族举家南迁江苏丹阳（今镇江）。这一江南侨姓士族蔡氏，子孙开支散叶势力不断壮大，福建的莆阳、建阳蔡氏都是济阳南迁的重要分支。"济阳世家"是南迁蔡氏的身份认同，后裔始终不忘济阳为祖根地。

　　唐末，为避乱寻稳定之所居住，钱塘的屯田员外郎蔡彦礼之子蔡用元、蔡用明兄弟，由浙江钱塘入闽，辗转进入莆阳，择居仙游枫亭赤湖蕉溪（今枫亭）。蔡用元定居莆阳，为莆阳蔡氏一世祖；弟弟蔡用明又从莆阳迁往晋江青阳开族。

　　蔡用元之子蔡宗盛传有四子：长显皇、次文禾、三文轸、四文辙。宗盛公一支不仅子孙昌盛，而且家风良好，至宋发展成为莆阳的望族。长子显皇后四世出了名臣蔡襄，四子文辙后四世出了丞相蔡京。蔡襄与蔡京同属莆阳蔡氏一世祖蔡用元的六世孙。

　　蔡襄出生于仙游慈孝里赤湖蕉溪（今枫亭）一农家。他与弟弟蔡高的幼年教育，得益于有多年应考经验的外祖父、惠安涂岭的卢仁。母亲卢氏常以自家门外松树不畏腊月严寒，依然挺拔耸立，教育儿子要高风亮节、忠国惠民。家教的影响令蔡襄自幼便树立起奉母至孝、效国至忠的思想。他为官三十七载，留下"万安桥"、《荔枝谱》《茶录》以及宋书法四家等的功绩与美谈，更留下他刚直敢谏的正气、公正清廉的思想。蔡襄十分注重教子育孙和移风易俗，留有《论忠孝》《福州五戒》等讲伦理、针时弊。

蔡襄多年任北宋中央监察御史官职，他的监察思想以及丰富的监察实践，至今依然有着积极的意义。2016年出版的《福建官箴》一书选载了他短小精悍、隽永深刻的执政理念。同年，中央纪委国家监委网站和客户端推出的《中国传统中的家规》，蔡襄家训列为首选。蔡襄后裔各宗祠祖训大多选自蔡襄的诗文、箴言、政论，虽不尽相同，所渗透的蔡襄之精神，却同样通过祠堂、族谱、碑刻等载体在家族血脉中传承着。

《安静堂书示子》，是蔡襄写给小儿子的诗，藤山蔡氏宗祠以此为祖训，意在教育后代为人正派、超群拔俗、追求真理……

安静堂书示子

蔡襄

勿学异世人，过常不可深。

勿学慢世人，侧身随浮沉。

白日当中天，难破是非心。

不有拔俗器，安得太古音。

大暑苦烦浊，清泉流高岑。

烈士无恋嫪，至理须推寻。

时至今日，藤山蔡氏在福州已传近三十代。子孙后代中研习理学、孝养父母、友爱兄弟者有之，秉直正义、立志革命者有之，成为知名画家、专家学者、科学院士亦有之……这不能不归功于藤山蔡氏的家规祖训对其后人潜移默化的教养。

旸明之谷——
永泰同安张氏宗祠

张建设/文 林振寿/图

　　游玩永泰著名庄寨嘉禄庄的客人，从同安街的弄口转出去，就会见到斜对面山脚下有一座外观奇特的建筑：红墙黛瓦，重檐叠楼，翘脊飞扬。它就是与同安镇的发展历史有着千丝万缕联系，始建于明成化五年（1469年），重建于清道光二十四年（1844年）的同安张氏旸谷宗祠。

建筑风貌独特

　　所谓"旸谷"，就是"日所出处，名曰旸明之谷"，即"太阳升起的地方"。此宗祠所在位置正是同安镇区的东边，背倚卧狮山。远观"狮头"临近嘉禄庄，"尾部"垂于街尾边上的县级文保单位"明良墓"，宗祠则占据了狮子的"下腹部"也就是子宫的位置，寓意子孙繁盛。

　　宗祠采用双座向：主体建筑的正殿坐东北向西南，周以石砌围墙，整个大院占地2568平方米，建筑面积

868平方米。而前门门户则设在西向，朝着宽阔的辅弼洋。

宗祠的布局甚为别致：从入户门进去，迎面是横向的花台砭，形似照壁；通道折而向南，再折而向东，登上十一级坎阶，来到殿前外埕，再折而向北，登上五级如意踏跺就是宗祠的前殿。这恰好走了一个"斗"形路线。祠内还挖掘了七口水井，称作"七星下凡"。下埕开掘了一口半月池，寓意为学斋前的泮池。因此，整个布局又称"七星伴月"。北斗在传统文化里是定位之星，找到它，人生就有了正确的方向。由此可见张氏先人的良苦用心。

进入前殿，可见到三面廊庑围着天井，后壁有功德碑等。过天井踏上五级垂带踏跺是正殿，六扇五开间，中间三间明间宽10.8米，进深九柱，总深度17.3米；柱材粗壮，柱础规整如鼓，表面花纹简约；稍间两面为夯土墙，墙体厚近70厘米。据记载，这些柱、础、墙都是古物。明间前后分拜殿和宗祖神龛两部分。拜殿梁上悬挂着10多面牌匾，记录了历史上辅弼张家的荣耀。楹柱上用覆轴制作了18副楹联，记录了张家从清河辗转来到辅弼的路程。神龛则供奉着自梁国公以下、与旸谷支系相关的历代祖先的灵牌位。

宗祠主殿采用了双重厅三重楼屋的结构。据了解，在全国的宗

祠建筑中,建成三层楼的,极为罕见。底层拜殿的高度比日常的两层楼还要高一些,厅顶部做成硬山大檐,多条梁檩桁架既加强了结构的稳定性,也给牌匾悬挂留下了更多的位置。

　　楼厅太师壁上供奉着福州地区凤池张氏开辟者唐太师梁国公张睦的画像。厅前方有楼栏,倚栏远眺,辅弼洋风光尽收眼底——远山近峰彼此对称、列屏环绕,如日月相照、文武拱卫,正是古人眼中难得的左辅右弼的好山水格局。这或许是同安镇区旧名"辅弼"的由来吧?

明成化年间建祠

　　在国民政府时期,宗祠内驻扎过区公所;新中国成立后,此祠长期作为同安人民公社驻地。公社于20世纪70年代后期搬迁到新址后,宗祠还用作镇福利院数十年。可以说,此宗祠为地方管理和公益事业作出了重要的贡献。

旸谷张氏的祖先可以接续到两宋期间著名的爱国主义豪放词派的开山者张元幹。从张元幹的祖父张肩孟到曾孙张贡,连续六代都是进士出身,在朝为官。

张贡为嘉定十年吴潜榜进士,官朝奉郎、泌州通判。他忠于职守、勤政爱民,政绩颇佳。但朝中正值韩侂胄、史弥远相继当政,朝政紊乱,加上元兵大举侵犯,国势日蹙。贡公见回天无力,遂辞官归田,于绍定六年(1233年),带领妻儿寻觅得离老家月洲40多里地的现同安镇定居,至今将近八百年。明成化年间,本系十八世后裔在旸谷建成了宗祠。

从贡公开始,旸谷张氏一直保留了每一代人不管几个亲兄弟,都要外出创业,但只能一个回乡的传统。外出的有的扎根都市,有的走向更深的山林。发展到如今,留在同安镇的后裔约七千人,迁往本县他乡的后裔约八千人,迁居到福州、福安、福鼎以及海外的后裔也很多。

五大家风传承至今

在人丁发展的同时,旸谷张氏的良好家风也通过宗祠得以传承:

一是耕读传家的家风。这里的教子读书格言简明易懂:"须知孺子可教,勿谓童子何知。玉不琢不成器,幼不学老何为。教子读书,最好投资。子弟不读书,好比眼无珠。家有千金,不如藏书万卷。好学者如禾如稻,不学着如蒿如草。"宗祠至今坚持奖学金制度,每年农历正月的颁奖,成了族人的又一个隆重节日。凡是上年考上大学的本家学子,都能获得宗族教育基金会的奖学金。

二是教育子弟忠义为本。从古至今,张氏子弟均兢兢业业、为官清正。近代典型有参加过马江海战的昭涛,担任千总之职,在与侵略者的战斗中,能够身先士卒,以致负伤而牺牲。近代还出现了教育世家、医疗世家,他们所作的贡献,一直为乡人传颂。

三是孝友。张家一直讲究兄友弟恭,敦亲睦族。许多兄弟,不论发家与否,都能"食贫作苦,白首同居"。出现过连续四代人兄弟同心、妯娌情如姐妹的例子。堂上的"孝友"牌匾,就记载了清礼部题请、皇帝赐予表彰的典型事例。

四是家族女性不论娶进还是嫁出,都保有贞节懿行,善于持家。

五是大义大爱,慈悲为怀,乐善好施。家族主持开辟整修了辅弼岭古道,修建了安捷桥、惜字坛、无嗣坛等公益工程。

"镇祠之宝"引人瞩目

同安镇张氏旸谷宗祠历史悠久。作为"八闽名祠",它不仅建筑具有鲜明特色,内藏也十分丰富。

宗祠中保存有修撰于清咸丰年间的族谱原件,记录了张元幹、张圣君的出生与生平事迹,可以为一些历史公案解疑释惑。

另一件"镇祠之宝"是近代理学宗师、乡贤余潜士的著作雕版(剩18面)。余潜士的儿媳是同安镇张氏女,平生仁心善行、勤俭持家、孝慈兼具。在余潜士去世后,她与余潜士的弟子、友人一起整理出版了《耕村先生全集》。这些全木雕刻的雕版就是该著作的部分"母本",殊为珍贵。此外,张明恪中副榜举人后的"文魁"匾额也于2022年回归宗祠,引人观瞻。

忠孝节义——
永泰嵩口林氏宗祠

林宇/文 范玉惠/图

千年古镇嵩口，山峦起伏，双龙汇聚，传为"七星坠地"之福地。古镇三面环水，自有天然神韵。古朴的街道、淳厚的民风、秀丽的山水，让人流连，使人沉醉。从大樟溪畔的千年古渡拾级而上，经德星楼过匡门兜，入直街，转横街，寻访者将会遇见一座韵味悠长的古老建筑——嵩口林氏宗祠。

白壁朱柱 古意盎然

嵩口林氏宗祠坐落于古镇旧街街头，始建于明嘉靖乙酉年（1525年），是嵩口林氏族人接客会友、寻宗谒祖、共商公众事务的所在。这座宗祠历代有过多次修葺。民国时曾借用为嵩口警察所，但仍然允许族人来此寻宗谒祖。1950年，族人在此设立松茂小学。1952年，借作嵩口文化站。1998年4月收回，加以整修，同年8月竣工。

林氏宗祠建筑保留明清风格,祠宽15.74米,进深28米,建筑面积440.85平方米。二进四扇三开间,硬山顶。大门临街,上镶"林氏宗祠"石匾,门第联为:"九牧家声远;八闽世泽长。"左右设小拱门。左拱门横眉"出悌",门联为:"绳其祖武唯耕读;贻厥孙谋在俭勤。"右拱门横眉"入孝",门联为:"忠孝有声天地老;古今无数子孙贤。"

内堂白壁朱柱,朴素大方,梁上彩灯高挂,金碧辉煌。外观风火高墙翘角飞檐,泥塑彩绘古意盎然。堂上悬挂"进士""同宴琼林""同庆十代"匾额。廊柱镶有楹联:"乔木发万枝岂非一本;闽江分千派总是同源。"厅中悬挂宫灯、诰封箱。正堂上悬"忠孝堂"匾额,柱联曰:"东晋波平溯八姓,从壬石濑发祥七百载家声丕振;南明星聚喜九龙,作牧嵩山衍祚千余年祖德重光。"

乔木万枝 千派同源

林氏宗祠号"忠孝堂",缘起北宋林悦。林悦,1046年中进士,累官至光禄大夫,历五朝。宋嘉祐六年(1061年),林悦为仁宗侍御。一日,乞假回乡扫墓,仁宗问曰:"卿殷少师苗裔,家乘可得见乎?"悦取族谱呈上。御览,龙心大喜,有感于比干尽忠、悦卿见孝,遂御书"忠孝"二字于谱首,钤以御宝,并赐诗二章。敕曰:"卿珍重到家,可即回京。"堂号"忠孝"即缘于此。

嵩口雅称嵩阳,嵩阳林氏亦系闽林九牧派系。宋太平兴国年间(976—984年),林宝由莆田前棣迁永福(永泰旧称)石濑,其子林洁累舍石濑地建资国寺,再迁嵩阳梨头岭月阙,建蕉林居;遂于嵩阳各坊繁衍,渐成旺族,现有族人6000多人。

嵩山凝秀色,樟水毓精英。林氏后人秉承忠孝节义之祖德,耕读传家,千余年来志士贤人赓续迭出。林居美、林师稷、林拱星、林应琦是其忠烈孝悌之典范。

忠孝节义 耕读传家

明嘉靖十八年(1539年),千余名倭寇入侵永福县,林居美与其他乡绅一同协助知县周焕组织民众抗敌,死守县城,毙敌百余人。后城破,周焕战死。林居美与众人转入巷战,亦英勇牺牲。

明崇祯十七年(1644年)三月,明亡。林师稷与友人组义师抗清,收复福清、长乐、闽清、永泰等地,声震一时。后遭清军重兵反扑,兵败拒降,绝食自尽。其长子林拱星响应父亲召唤,在乡里组织义师赴福清抗清,途闻乃父兵败,悲怆欲绝,着"斩衰"("五服"中最重的丧服),北面叩首,饮药而亡。其后还有族裔林应琦于祖祠遭焚之际,冒死抢救祖先神位,孝行感人,知县马绍立为其立旌——"孝纯寿永"。

嵩阳林氏家风仁义,多有急公好义贤士。

林仕映,字国辉,号带溪,一生急公慕义,造福乡梓;倡建德星楼、林氏宗祠、嵩口古街,沿溪种榕,荫护乡里。他精堪舆,参与县治城垣改造,带领族人修造祖墓,创下"上修十代祖坟,下修五子寿房"的佳话。乡人感之,于林氏祠

堂对面建造福德祠,塑其坐像,挂"山映围屏溪映带;神称福德里称仁"楹联。

林师孟,字克浩,其祖即林带溪。林师孟亦热心公益,复建前亭祖祠、倡修族谱,是嵩口"张林世交"典故的主人公。其品德高尚,在乡间有威望。清康熙己巳年(1689年),邑侯旌奖其"望著撰仪"匾额和耆宾顶戴。

林天培,字贤书,号植庭,山东济南府布政司理问;捐修寿春寺、文昌阁、县治文庙。尤重读书,常无私助学,建述善堂。

林星皇,字兴荣,号耀秋。他重修寿春寺、德星楼,重建道南书院,集贤元社,襄理去毒社;于清光绪十四年(1888年)建乐善堂及藏书楼注月楼。

嵩阳林氏耕读传家,蟾宫折桂代有人。

林起岩,字济叔,南宋淳祐四年(1244年)进士及第,历任兴化县知县、邵武府通判,诰封通直郎。

林上砥,字吉仕,号梦石,清道光辛巳年进士,授山东东昌清平县知县,钦加知州衔。诰授奉直大夫,著有《梦石时文》《敦复堂文稿》。

林步瀛、林懋祉两兄弟,同为清同治七年进士,"同宴琼林"传佳话。

时至现当代,嵩阳林氏依然人文蔚起,走出了许多将领、专家及艺术家。

西井繁林——
闽侯青圃西井
林氏宗祠

林依光/文 林振寿/图

始建于明嘉靖六年(1527年)的闽侯县青圃西井林氏宗祠,位于福厦324国道距福州25公里处,坐落于青口镇青圃乡村中心。这座宗祠拥有丰富的文史内涵。2002年7月,它入编《八闽祠堂大全》;2003年5月,入列闽侯县级文物保护单位。

昌形建筑 古朴庄严

宗祠坐北朝南,一列三进,面积1333平方米。整座建筑呈"昌"字形,取子孙繁荣昌盛兴旺发达之寓意。

宗祠曾于清朝及民国经历两次重建,1990年再历大修。祖厅按原貌修建,建筑风格仿古,相比原来增高三米,形成"节节凸高"造型。宗祠正门额上方的石刻"西井林氏宗祠",系民国陆军上将、林纾入室弟子、著名书法家林之夏所题。

祠内戏台拱顶设圆形藻井，中心为"双凤戏牡丹"与蝙蝠簇拥造型，斗拱层层别致，雕刻工艺精湛。戏台两旁设谯楼，楼围设"二十四孝"图。宗祠门庭由一对雌雄狮"把守"，每只石狮重达1.5吨，威武庄严、栩栩如生。

青圃西井林氏自肇基始便崇文重教，宗祠内东墙上镌刻有青圃西井林氏族训族规——"学必勤、心必厚、气必正、事必公"，鞭

策族人追求上进、谨言慎行。宗祠戏台正面上方遥对的横梁上悬挂的牌匾"九牧生辉"，是由开国上将杨成武所题，另一面牌匾"西井繁林"则由另一位开国上将叶飞所题。

九牧生辉 源远流长

据清朝林枫《榕城考古略》中载：青布岭，在积善里，一名青铺（青圃），林氏居之。《青圃西井林氏源流族谱序》亦有相关记述。青圃林氏系"九牧林"二房嗣子林惠之后林苇后裔，14世纪初，十一世林震公率三子（德卿公）林真从福唐（福清）门楼外西井村肇迁闽县积善里。林真便是青圃西井林氏肇迁始祖。

祠中厅东柱有一副对联"玉井世臣祠；金鳌观德地"，出自明朝宰相叶向高之手。祖祠厅内石柱上的楹联"枝分玉井十德五常子孝孙贤；姓始长林三仁九牧祖思宗泽""派分西井子孙繁衍千秋万代永联

宗；源出荔城昆仲播远毗邻隔邻同拜祖"等，镌刻着西井林氏的源流。

据乾隆年间版《福建通志》记述：林真，字子纯，明洪武二十六年（1393年）举人出身，任濮州刺史。"靖难之乱"后，忠于建文帝的林真落败而殒命，子孙惧祸逃散，一部分仍得以在青圃繁衍生息，一部分迁往永福、上街侯官、横屿大义、长乐等地。至九世林处约、林芥奄兄弟返乡择地始建宗祠，是为"金鳌贯气建宗祠九牧三仁十德；锦鲤流溢玉林五世百子千孙"。

祠内祖厅还有一副行第世序联："维德以兴嘉仕正守常敬本宗世继其久，作述永延信义孝为善必庆显承孔厚。"青圃西井林氏发祥680多年，分枝发叶28世多，现为十代同堂，最年长者为"世"字辈，最小为"义"字辈之后。如今聚居本村的林氏约达1.8万人，浙江、广东、台湾乃至马来西亚、澳大利亚等均有分支。

积善里埠 地灵人杰

鳌峰山麓、青潭溪畔，积善里之地孕育的西井林氏族人相继登第。西井林氏不仅家族经济实力雄厚，还曾出现兄弟同登贤书、四世

相继登科的盛况。因此祠中高悬"父子双进士""兄弟登第"等匾额。其中,十九世林唐卿,进士出身,在贵州为官,他就是中国报界先驱林白水的祖父。

　　古往今来,西井林氏人才辈出。值得一提的是,受郁达夫赞誉"闽中名旦""福州梅(兰芳)博士"的林芝芳,被称为"小生状元"的林乌豹,都出自西井林氏。因此,在宗祠的厢墙上还挂有"闽班魁首 名旦无敌""文武小生 闽省第一"的匾额。创作了《红豆缘》《兰花赋》等,荣获国家级剧本大奖的著名闽剧编剧林芸生,也是从青圃乡村成长走出的。

报界先驱 白水丹心

　　西井林氏宗祠中厅悬挂有一面"博爱"牌匾,是孙中山亲题赠送给本族先贤(行第二十一世)、中国报界先驱林白水的。林白水早年

参加同盟会,投身民主革命活动,他崇拜孙中山先生,并得到了孙中山的赏识。

林白水(1874—1926年),原名獬,又名万里,字少泉,正名白水。他的祖父林唐卿为官清廉,并没有给子孙们留下多少财富。林白水早年留学,是中国历史上第一个出国攻读新闻学的人。他教过书,从过政,也曾短暂为官,但办报的职业生涯却长达25年。从1901年起,他先后在杭州、上海、北京等地创办报刊10余种,以笔为武器,以报为阵地,一生"铁骨铮铮写新闻,寸寸柔情论俗云"。因为积极宣传爱国思想,抨击时弊,惨遭军阀张宗昌杀害,以身殉报。1985年被民政部追认为革命烈士。

"博爱"牌匾的背后还可追溯林白水家的三位忠烈亲人:叔父林履中,曾任北洋水师"扬威"舰管带。他19岁考入马尾船政学堂第三期管驾班,留学英国高土堡学堂,深造航海、枪炮等学科。1894年,赴命参加中日甲午鏖战,带领处在劣势的"扬威"全舰官兵齐心协力,勇往直前。当舰身不幸被敌方炮中起火,他奋然蹈海,壮烈殉国。林白水胞妹林宗素,早年随兄留学日本,回国后在上海创办"爱国女校",她还发起成立全国第一个"女子放足会",主旨宣传解放妇女裹脚、破除封建社会的陋习,得到了蔡元培、黄宗仰的赞赏,受到孙中山亲切接见,是中国近代争取妇女权益的一位著名代表人物。林白水爱女林慰君,一生致力反抗社会邪恶黑暗,爱憎分明。林慰君为慰藉先父英灵,旅美后于20世纪80年代两度返乡,捐资并操办筹建林白水烈士纪念堂。如今,林白水烈士纪念堂已成为爱国主义教育示范基地。

十世同堂——
琅岐下岐村
董氏宗祠

林宇 杨成和/文 林振寿/图

闽都寻宗 念念有祠

【延伸阅读】

节钺

[jié yuè]

意思是符
节与斧钺。古
代授予将帅,
作为加重权力
的标志。

　　董氏宗祠坐落马尾区琅岐镇下岐村,始建于明嘉靖初叶,民国十年(1921年)扩建下座,1997年重修,1999年竣工,耗资300余万元。1995年4月,该祠被列为福州市郊区文物保护单位,现为马尾区文物保护单位,福州十邑名祠之一。宗祠占地面积约1380平方米,主体建筑面积600多平方米。

　　祠宇融古今建筑为一体,四周风火山墙,气势雄伟壮观。纵深为五进,建筑技术精湛。大门前六级石阶,边有石鼓。大门上方"董氏宗祠"四字楷书,苍劲有力;祠埕以大理石磨光砌就围墙,门亭楼四柱三间以黛青色大理石构建,二重檐歇山顶凌空翘角。一对2.8米高的石狮雄踞门前,青石双斗旗杆高达9米工艺精巧。门上方嵌"正谊堂"石额,前后两副门联分别为"仕宦历三朝光辉史册;诗文光四壁景仰宗风云""昔者起风前贤已矣;今之扬盛美后辈思乎"。

　　正面面墙镶嵌6幅先祖事迹石雕,青石圆柱二合突出墙体镌刻二联,中联为董氏门第"帝世豢龙氏;江都旋马家"。边联为"晋国大书昭直史;汉廷对策表醇儒"。门厅插屏门上悬挂"节钺传家"匾,联为明武英殿大学士、兵部尚书黄道周赠董廷钦子孙三代的原物"衣冠清节传三世;词赋声名著两都"。匾的边缘镶先祖传记碑文等四幅镏金雕,极具文物价值。前天井回廊排列先祖官衔执事板20副,上列历代先祖宦迹表和现代名贤题名录。

二进中厅宽敞轩昂、雕梁画栋、绘彩描金。藻井精雕细刻,斗拱迂回繁复。厅中间一对盘龙石柱,栩栩如生。墙壁镶嵌汉白玉雕刻的明代名臣叶向高、翁正春、余孟麟、董应举、黄周星、林鸿、陈亮等人的诗词手迹8幅。厅内共有石柱6对并镌刻楹联,如"父子孙三代贤良兰玉阶前挺秀;宋明清累朝科甲簪缨堂上生辉""凤屿扬波父子联科世进士;嵩山衍派弟兄同榜双孝廉"等。中天井两边回廊建有钟鼓楼,4对青石柱落地,上方全木结构,双檐歇山顶,飞檐凌空,角楼对峙,雕龙画凤,古色古香。

三进大厅为明代木构建筑,由22根大立柱落地,穿斗式抬梁,厅前上方大红杉木大梁尾径60厘米,长13.5米,实属罕见。厅内覆竹楹联13副,青漆镏金,琳琅满目。主联"夔龙传帝世溯范阳发族嵩山琅海喜联辉缵承先绪,旋马起家声自宋代登科名宦人才欣辈出不振宗风",由书法名家赵玉林书。厅两边镶嵌青石影雕10副,叙述琅岐董氏历代名贤事迹。神主龛威严肃穆,富丽堂皇,龛内奉祀琅岐董氏

列祖列宗，龛前上方悬挂明崇祯帝钦赐董养河的"帝座纶音"巨匾。大厅内还悬挂"父子双进士""通远军节度使""布政使""朝奉大夫""进士""文魁"等29面名贤牌匾。

第四进为"妥遗堂"，奉祀董氏历代先祖宗亲失修遗漏神主位。第五进为"怀贤阁"，陈列先祖遗像、传志、谱牒、诗词等族史资料，其中有明代叶向高、翁正春、林烃、董应举、黄和、黄道周等人的手迹，还有出土的明代"董程母宜人墓志铭"等文物。

琅岐董氏族史可溯至五代后汉随州刺史董宗本，其子董遵海由宁太祖赐授朝奉大夫、官至通远军节度使。南宋绍兴初年，九传董纯水迁徙琅岐岛，成为琅岐董氏始祖。自其始，董氏定居琅岐已800余年，英贤辈出、代有名人。宋代董光叙、黄惟玉父子均为南宋理宗年间进士，世称"父子世进士"；董汝庆以武阶授忠训郎。明代十八世裔董和为永乐十八年进士，官至山东、贵州布政司左参政；董宗道、董宗成于明成化七年同榜孝廉；董延钦以孝廉任司马，其长子董养斌万历年间官光禄寺署丞，三子董养泓崇祯年间官直隶宿州知州，四子董养河崇祯年间官工部员外郎兼兵科给事中，董养河儿子董谦吉官陕西按察司副使，其父子孙在明史有"祖孙五经博士、父子两广大夫"的美称。清代有董文驹登乾隆六年进士，赠文林郎。现代有县团级以上干部、高级工程师30余人。

琅岐下岐《董氏族谱》是一份宝贵文化遗产和文物珍品。始修于明弘治壬子（1492年），此后在明嘉靖癸卯年（1543年）、万历辛丑年（1601年）、清顺治庚寅年（1650年）、雍正壬子年（1732年）、乾隆乙卯年（1795年）、光绪二十七年（1901年）又历6次重修。族谱分为上下卷，载有谱序17篇，2万余言，多为名宦、文人墨家之手笔。族谱还载有先祖墓志铭10余篇，也多是达官显贵所书。族谱详载十一章，是一部董氏宗族的百科全书。2000年，琅岐董氏总谱再次重修，各房谱也已重修。董氏族人重视董延钦、董仲英等11台古墓葬的保护，董延钦墓于1995年列为马尾区文物保护单位。董延钦的罗溪"九龙洞"摩崖题刻也被列为马尾区文物保护单位。

琅岐董氏（第十九世至五十八世）行第世序：文宗的仲叔、德大世宜昌、道以君子有、学乃哲夫长、仁孝知礼义、用举声名扬、位列群英会、泽如周夏坊。现在世最大行第为三十二世"子"，最小行第为四十一世"知"，已十世同堂。琅岐董氏现居琅岐岛7000余人，迁居省内各地约2000人，旅居港澳台及美国等地约3000人。

帝师之乡——
仓山螺江陈氏宗祠

刘长锋/文 林振寿/图

"一夕轻雷落万丝，霏光浮瓦碧参差。"

在福州风景秀丽的临江小镇螺洲，迷宫般的胡同里，有一座庄严、古朴的祠堂——螺江陈氏宗祠。人们迈进祠堂的瞬间，仿佛就可以嗅闻到浓郁的书香，感受到一个簪缨家族的传世智慧。

闽都望族的精神家园

陈氏家族崇儒重教，人才济济，负有盛名。明清两代走出进士21人、翰林3人、举人108人，现当代各界名家数百人，堪称闽都名门望族。

螺江陈氏宗祖陈广，明洪武年间从长乐新宁乡陈店迁居这里，衍廿六世。陈氏宗祠原为家庙，系六世祖陈淮始建于明

嘉靖后期。清康熙年间由八世祖族长陈继熊组织各房族人将家庙改建为宗祠。清雍正五年，十二世祖进士陈芳楷和族弟进士陈衣德集资再行重修，扩建祖厅、东西厢房。清嘉庆二十四年，"三部尚书"、十四世祖陈若霖进行几次重建，同时将正大厅地面改铺棋盘石，意为后代子孙各自走好人生路。嗣后，十七世祖、曾任宣统帝溥仪师傅的陈宝琛主持对宗祠进行两次修缮，成为现貌。20世纪50年代，宗祠挪作他用，年久失修。到1990年，族人再集资对祠宇进行大修，1993年10月告竣。宗祠现被列为省级文物保护单位。

祠堂坐北朝南、栋宇巍峨、布局严谨、用材考究，尽显清代建筑风格。祠属木结构，为三进三天井单层布局，宽20米，深99米，高8.6米，建筑面积1980平方米，占地面积2200平方米。依中轴线渐次排列有照壁、祠堂埕、门楼、天井、重门、中天井、正大厅、后天井及后座大礼堂等建筑构成。

簪缨世家的耀眼荣光

祠内一副楹联正是这个簪缨世家的写照："卅秩登科，官至尚书一品；四代进士，名登翰苑三人。"上联说的是清代陈若霖虚30岁中进士，官至刑部尚书，属从一品官；下联说是陈家连续四代共出6名进士，其中3人供职翰林院。三进的墙上四周挂有各朝代名人牌匾60多面，还有国务院原副总理

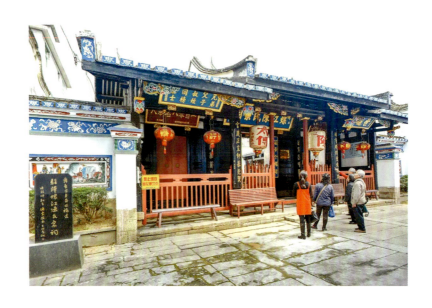

方毅为族秀陈篪题"陈篪精神永存"六字和福建省原省领导袁启彤、游德馨等人为陈氏宗祠的题词；还有不少当代名家联句，均书法精妙、意味隽永。

古香古色的宗祠埕前立有双斗旗杆碣，两边墙壁上是一对栩栩如生的浮雕大狮子，祠前的照壁上刻浮雕为麒麟脚踩八宝神器，照壁墙帽下的浮雕则讲述的是郭子仪七子八婿拜寿的故事。

第一进为牌楼式的门楼，穿斗式木构架，悬山屋顶，有四扇三间仪门。牌楼前置古朴的木栅栏，上面挂着一合古式大灯笼。中仪门上面挂着清朝名臣左宗棠题写的"螺江陈氏宗祠"匾额，名臣李鸿章撰楹联曰"冠带今螺渚，诗书古颍川"，名臣张之洞题写的楹联"世系昌鸣凤，仙居相钓螺"则悬于门楼柱上。最前门柱楹联上书"堂宇辉煌重光故里，官箴正直仰慕先贤"，在仪门墙上前后则高悬着"世进士""南元""馆元""解元""二十一进士""一百零八举人"等牌匾，令人景仰。

第二进由披榭、天井、重门、边厅组成。重门上墙匾刻有"百代羹墙"四个大字，两边为"入孝""出悌"石匾；前立有李先念、朱镕基、李岚清等为陈氏族秀陈岱孙书写的贺信和祝寿词的石刻碑。

第三进面积最大，四周是高达1.5米的国公帽风火墙，地上用正方形的块石铺就。台阶都是三层，寓意激励后代子孙依次从秀才、举人、进士步步努力高升。正中是祖殿，祖龛里面置放各世祖灵位牌1000多尊；左上方为始迁祖巨源公的遗像，右上方为本宗族字辈表牌；大厅两侧有厢房，左边为接待室，右边为陈氏资料陈列室。厅前中天井两侧是回廊，两边回廊墙头帽下浮雕，内容是古代二十四孝的故事；中间墙帽下浮雕，说的是福、禄、寿三星的故事。三进后厅是旧时演戏的后台小仓库。紧贴其后是现代扩建的礼堂，作为族人听戏、集聚议事、族事宴会厅的场所。整体结构保存较为完整，具有浓郁的福州地方特色。

【延伸阅读】

南元

清代乡试是省一级大规模的选拔性考试，是科举考试过程中竞争最为激烈、影响最为深远的一级考试。清代顺天府为京师畿地，地处全国的政治中心，所以其考试备受世人瞩目，也称作"北闱"，考生来源广，南北各省的秀才、贡生和监生均可参加。由于清初的顺天解元往往被南方人夺得，为了维护直隶考生的利益，遂规定北闱解元必取直隶籍，南方考生最高只能取中第二，习惯称作"南元"。

馆元

清代的庶吉士留馆后要学习三年，届期要举行考试，曰散馆。散馆考试名列第一，就称"馆元"。

解元

科举中乡试第一名称为解元。

书香门第的家风家训

螺江陈氏宗祠所在的店前村前山蕴秀色、水漾灵气,素有"仁儒之里"的美誉。明清以来,陈氏家族科举人才辈出,近现代精英比比皆是。这与当地优良的文化教育传统和浓厚的祠堂文化熏陶是分不开的。

祠内重门墙匾所书的"百代羹",既喻养育,又喻教育,意要子孙代代记住祖上的养育之恩,重视读书育人。还有许多祠联其实就是家训,如"务存厚道以培家运,勿因小愤而失至亲""道心精微雅望宏达,才猷通敏学术深纯"等等。

陈若霖任刑部尚书时曾写下"得一官不荣,失一官不辱;勿说一官易得,清白才算一官"。这段话既是他的治家之道,也是他的为官之道,更是他一生廉政爱民的写照。他的身后五代子孙是"世进士",还有"兄弟父子叔侄同榜进士""六子科甲",成为福州人传世佳话。浓厚的儒家文化氛围也让此地风气独特,如坐落在宗祠旁的陈氏族人建的奎光阁,还有不远处的孔庙,几处青瓦红墙相互映照了文脉威仪。

文化名镇的红色音符

螺洲是文化名镇,还曾是光芒四射的"农运中心"和"英烈故里"。在解放战争烽火岁月里,螺洲人民在地下党领导下,积极投入革命活动,农民运动空前高涨,减息减租斗争名闻遐迩,中共福建地下省委联络站和地下党江中水上交通站在这里活动频繁。

螺洲店前村更是红色之村,当年陈氏就有25人参加地下党闹革命,有8名优秀儿女为革命事业英勇献身。如今在陈氏宗祠内,专设了螺洲革命斗争纪念室,供后代瞻仰。陪笔者参观的陈天培先生,他的嗣父(叔父)陈本秋是革命烈士,伯父陈本湜是地下党南门区委书记,生父陈本铿和堂叔陈本锜也是地下党。从他那里了解到,陈氏宗祠当年就是地下党一个重要活动点,曾经激扬着热烈的红色音符。

峰秀千秋——
永泰东洋秀峰
张氏宗祠

张建设/文 张培奋/图

永泰县的张氏在东洋乡秀峰村有一个重要分支，于明末就立有宗祠。宗祠坐落于永泰西部远近闻名的秀峰山之东麓，宗祠背后山势巍峨高峻、莽莽苍苍，仰望其形，如同一只巨大的凤鸟。宗祠门前即为陡坡，难以驻足，唯有宗祠所在之地相对平坦。传说此处原来甘泉不断，水脉旺盛，宗祠依山势而建，有如凤浴莲池，十分吉祥。

河清万里 峰秀千秋

宗祠为土木结构的合院式单层建筑，正座五开间，进深七柱三间。除了后间，所有前部建筑均为明间大堂，穿斗式梁架。在神龛之前，另有两对立柱，形成四梁扛井的规格。神龛内有灵位承台，承台前的石制香炉为明代古物，高约50厘米，长约80厘米。香炉阴刻"张氏宗祠甞思堂"，两边对联为"甞千年俎豆;薦百代馨香"。"甞"即"时"，"甞"即"享"，"薦"即"荐"，均为楷体，甚是古朴。

堂下两厢各有二开间,亦作敞开式设计,方便裔孙举行活动。正堂用料精良,柱梁均为粗壮杉木。两侧山墙由数百年之前的精土夯筑,墙厚65厘米,至今未见变形、开裂。墙体为马鞍墙,中部随屋脊高高耸起,前后下落再翘起燕尾,造型十分灵动。

门墙为起伏连绵的横山,两边马头如意墙,中间为木制双重挑檐门楼,密密的米字型斗拱撑起雄张的门楼檐角,显得十分别致。门墙上开设三个门户,中为主大门,左右设双开拱券式小门"入孝""出悌",以及玲珑的整石花窗。主大门上方悬有门额"张氏宗祠",两侧石刻楹联"河清万里;峰秀千秋"。

正座之外,一道矮墙围出一片宽阔的场院。宗祠后有清泉汩汩,缘基础引到前埕。前埕上有两座石制旗杆,高4.8米,文笔造型柱顶,为历史遗存,代表了秀峰张氏祖上的荣耀。埕地内有几处裸露于地面的岩块,形如锣鼓和印石,令人称奇。

感念先祖 世代为善

族谱记载,秀峰张氏的肇基先祖张模从同安镇迁到东洋的初时,家贫如洗,放养的36只母鸭即为全部生计。一次雨天,他遇到匆匆赶路的堪舆师魏活波,热心邀他进入自家仅有的一间棚屋内避雨,并宰杀一只母鸭招待。

夜晚,张模夫妇让魏师睡在床上,二人却自己坐在灶前度过寒夜。大雨连下18天,张模就宰了18只鸭母款待。第十九日天气放晴,魏师启程,张模将18只鸭胗放在蒲包里,送给魏师作为路上午餐。魏师深感张模待人厚道诚恳,指点张模说:"小姑(秀峰旧名)山下有一无主荒地,是在葛藤结蔓成荫处。在此建屋,日后必定大发,实为开族吉地。"张模夫妇遂迁往该地。

此地面积有10多亩,泉眼四伏,泥烂水冷,并不宜耕作,却十分适宜养鸭。张模生计因而渐渐丰裕,并在明万历五年(1577年)建起

木构建筑数楹。数代之后,到了清顺治年间,秀峰张氏人丁大发,子孙遂将之改建为宗祠,命名"岂思堂",即"时刻思念祖宗"之意。后人感念于祖先善心善行,代代均谨记与人为善,也形成了见危难即倾力相助的传统。

秀峰张氏分为五房,现有在谱人口5000多人。秀峰村全部村民均为张姓,祠堂的凝聚力十分突出。其后裔中有担任过省内重点大学党委书记的,有在援藏工作中作出显著成绩并得到中宣部表彰、被央视称为"小人物、大英雄"的,有在振兴乡村工作中被授予"中国古村守护人"光荣称号的,有创办企业获得重大成就的。这些在各行各业的佼佼者,除了在各自岗位表现突出外,对家乡的公益事业更是倾注心力,贡献良多,也促进了秀峰的乡村振兴。

灯檠挂壁 改换新颜

秀峰村所处之地犹如"灯檠挂壁",山高路远,早年被形容为"交通靠攀爬,联络靠喊话,吃饱靠地瓜,穿衣靠绩麻……"为尽快改变乡村的落后面貌,张氏祠堂理事、顾问们与村两委积极配合,通过发动乐捐、利用社会力量等办法,多方筹措资金300多万元,修建了通往嵩口、长庆、东洋等乡镇的水泥化公路和连接各个自然村内部的水泥村道。村中的公用文化设施及建筑也陆续修缮完成，村容村貌焕然一新。

秀峰张氏宗祠曾在民国初年、1994年历经两次修缮。2018年再度重修时，族人坚持保留了原有的风格及格局，保存下山墙、柱体、梁架、神龛等原构件。重新订立规矩，将祭祀焚香烧纸等活动移到门外，增添了门楼、楹联，使宗祠更加庄严肃穆，成为全族思宗祭祖的最佳场所，也吸引了不少攀登秀峰山的游人前来游览。

宗祠重修了功德碑，还曾设了"礼义廉耻"宣传栏，让所有子弟不论从政经商为工为农，均要堂堂正正做人，规规矩矩做事。该宗祠还着力提高女性在家族中的地位，鼓励女性族裔参与公众事务，并在功德碑上表彰作出奉献的女性族裔。

在宗祠修复过程中，本堂子弟创作、书写了10余副楹联，回顾了秀峰张氏从清河、福州凤池到月洲，再到同安镇岚口村，复辗转到秀峰的迁徙历程，阐述祖先的筚路蓝缕及对子孙后代的殷切期望。大门口用字简洁的石刻楹联"河清万里；峰秀千秋"，包含了秀峰张氏的祖地"清河"，以及本支系的居住地"秀峰"，不仅寓意秀峰张氏源流悠长，也蕴含了对其后世的深远祝福。

敦煌世胄——
闽侯甘蔗洽浦
洪氏宗祠

洪松生/文　林振寿/图

走进闽侯县甘蔗街道洽浦村,一座明清建筑风格的洪氏宗祠便映入眼帘。高大的风火墙与门前埕上的大石碑、华表、纪念亭交相辉映,彰显其大气与厚重。

忠孝出敦煌

始建于明万历八年(1580年)的洪氏宗祠,历经了400多年风雨,虽极力整修维护,但由于水灾危害,仍损毁严重。为了修复古迹,弘扬宗祠姓氏文化,族亲们自筹资金,于2007年9月开工重建,2010年10月竣工。

新建成的洽浦村洪氏宗祠,坐东北朝西南,钢筋混凝土木瓦结构,占地面积1800平方米。洪氏祠堂前立有"敦煌世胄"的石质大牌坊,让人感受到了"洪"姓的久远历史和先祖非凡的功绩。

祠堂四周马鞍形风火墙,美丽、壮观。正面墙体上的"洪氏宗祠"四个大字,苍劲有力。大门两侧墙面上镶嵌着栩栩如生的"二十四孝"石雕图,颂扬了"百善孝为先"的传统美德。大门两旁的华表石雕,也为祠堂增添了古老的韵味。

祠堂前的左右两座纪念亭,又融入了现代的元素:一座是将军亭,是为出生在洽浦村的洪少虎将军而建造。另一座是德望亭,是纪念多年来捐款捐物、修路建校,热心于家乡建设的新加坡华侨洪可为。

走进祠堂,内部装饰精美,雕梁画栋,色彩斑斓。神龛前的两根石雕龙柱,龙态生动逼真,呼之欲出。祠堂大厅上方悬挂着的"忠孝垂青史"牌匾令人注目。据称,这是宋高宗赐予礼部尚书洪皓与其子洪适、洪遵、洪迈的。蓝底金字的"三瑞堂"牌匾高悬于前梁,这是洪氏的堂号。在厅堂左右两根主石柱上镌刻的一副楹联"忠孝出敦煌羡四相齐名科甲蝉联标宋室;箕裘传洽浦看三支衍庆人文鹊起重清时",道出了洪氏的历史渊源,表明洽浦村洪氏后人与宋朝名臣洪皓公之间一脉相承的宗亲关系和宗族重视文化教育、人才辈出的历史。在洽浦村老房子的厅堂里,亦能见到这副让洽浦村人感到自豪的长联。这里的洪姓人家,正是宋朝名臣洪皓、洪遵的后裔。

箕裘传洽浦

据传,洪姓始于共工而传五湖四海。其姓氏文化源远流长,内涵丰富,博大而精深。

洽浦村洪氏宗祠文化,承载着历史的荣耀,激励着后人。先祖洪皓、洪遵在宋朝的功绩,为洪姓家族增辉添彩。祠堂中的匾牌和对联,体现了洪姓后裔对先祖的缅怀和追思。

洪皓(1088—1155年),江西乐平(鄱阳)人,在宋朝,任徽猷阁直学

土等职,官居一品。宋高宗南迁时,他奉诏出使金国,被金人扣留。在危难时刻,他断然拒绝金国的诱惑,大义凛然。虽被流放十五载,备尝艰苦,却始终持节不变,赢得了"宋之苏武"之美誉。洪皓有八子,其中洪适、洪遵、洪迈都位居朝宰,勋业辉煌,被世人称为"三洪"。

后来,洪皓之子洪遵有一分支,辗转来到浙江龙泉定居。洪遵第十世孙朋五公,浙江龙泉人,于元朝英宗五年(1325年)始迁侯官(今闽侯)雪峰大池村,其四子伯增公又于元至正十九年(1359年)迁至洽浦村。从此,洽浦洪氏先祖在这里扎根创业、繁衍发展,至今已近700年历史,已传26代。

目前洽浦村洪氏使用的辈分序列为:

名派:奇文允登 示正可茂 鼎启安居 勤修期上 达执信履 中孚兰桂 馨香日乾 坤位育初

字派:孝子贤孙 常怀忠良 祖德克绍 尔其永昌 贻谋孔善 奕代有光 能知礼义 天赐健康

伯增公，即德公，是洽浦村洪氏一世祖，其后人已达万人之众，可谓是名门望族。今天，洪氏族人主要分布在甘蔗街道的洽浦、化龙、三英、山前四个村以及闽侯县荆溪镇的前园、新境，福州市区、长乐等地，后裔足迹遍布祖国各地包括港、澳、台地区。还有众多出自洽浦的洪氏华侨、华人生活在海外。

1950年和1987年，洽浦村先后两次重修族谱，延续了世代关系和族亲信息。1962年，甘蔗地区洪氏后裔共同重修了位于洽浦村下朋山的洪氏一世祖墓园。悠久的洪氏一世祖陵墓能够完整保留下来，足以说明洽浦村人对文化史迹保护工作的重视。保存下来的文献记载还原了洪氏先祖来到洽浦村创业、发展的历程。反映了洽浦村洪氏先人不畏艰难，为了家族兴旺发达而努力奋斗的拼搏精神。

后昆展宏图

"三瑞家声远；四贤世泽长"，这副对联表明了洪氏先祖勋业辉煌，润泽子孙后代，为族亲的创业发展提供强大动力。在先祖伟业的感召下，洽浦村洪氏族亲励精图治，人才辈出。我国近代杰出的教育家、史学家洪业，语言学家、福建师范大学教授洪心衡，武警少将洪少虎，著名闽剧表演艺术家洪深，杰出的路桥工程师洪绅，地理学家、清华大学教授洪绂，福建农林大学副校长、博士生导师洪伟等人都是洽浦村的骄傲。

“洽山毓秀先祖开伟业；浦水钟灵后昆展宏图”，对联道出了洽浦村洪氏族人承前启后，奋发进取，在现代化建设事业中大展宏图的雄心壮志。

近年来，洽浦村还在洪氏宗祠内设立了村文史馆、公共图书馆，添置了室内体育活动器材。其公共图书馆被评为首届“福建省示范农家书屋”。洽浦洪氏宗祠已成为弘扬姓氏文化、祭祀先祖、联系族亲、发展公共文化的绝佳场所。

光前裕后——
长乐玉田郑氏宗祠

郑艳玉/文图

在长乐宏阔的大地上，玉田村宛如隐世古村。它是当地最早的革命老区，尊贤重教，古有遗风。伫立村中的郑氏宗祠揽文韬武略，负朗朗乾坤，其耕读传家的祖训、坚毅顽强的家族风骨，以及澎湃着大爱的红色基因，都令后人为之景仰。1995年8月，玉田郑氏宗祠被列入长乐市（现长乐区）文物保护单位，成为红色旅游景区。

奉先思孝 古祠焕新生

郑氏宗祠始建于明万历年间（1573—1620年），最初规模较小，只有四扇三间，清乾隆年间得以扩建。嘉庆十七年（1812年）在乡绅郑子御的倡议下，时任族长郑孟庭授意由郑子御主持重建，当地富绅郑子栋等人纷纷慷慨解囊并积极出谋献策，至道光元年（1821年）终于竣工。后宗祠又经数次修缮，面貌焕然一新，但又流淌着古色古香的韵味。

它延续着清代南方建筑的独特风格,坐西北向东南,屋宇呈长方形状一字排列。面阔18.28米,深45米,青砖黛瓦,飞檐翘角,四面围以风火墙,颇具气派。主体建筑为杉木六扇五间,硬山屋顶,穿斗式结构,梁枋上雕刻花草,格调高雅。

大门正中间嵌一青石,题写着"郑氏宗祠"四个大字,笔力雄健。上边是"奉先思孝"的横匾,辅以二十四孝图灰塑;左右拱形门上方分别镌刻着"入孝""出悌"字样。

宗祠遵循中国传统的中轴线对称格局,建有门楼、插屏门、回廊,古朴雅致。前中后三天井,有序且庄严,寄天地气场相通、天人合一之意。它既是郑氏家族祭祀先人、崇仰贤德的场所,又承载着对后人"润物细无声"的教化作用。

追远思源 千枝归一本

郑氏源于姬姓,远祖为郑桓公。福建郑氏有来自荥阳,有来自固始。玉田的郑氏究竟繁衍自何支,有待确凿史料佐证。族谱上仅可知"自固始入闽,支分派别,由唐迄今"。但宗祠大厅的柱联"荥阳迁闽都繁衍千秋世泽;钟门移玉瀍(即今玉田)志振万代冠裳"又另有深意。都说天下郑氏出荥阳,周宣王分封的郑国,其王室灭国后以郑为姓。东晋永嘉年间,"中原版荡,衣冠南渡",郑桓公的第四十世子孙龙骧将军郑昭入闽,为郑姓入闽始祖,其后裔多居福州一带,故称"荥阳迁闽都"。

在郑氏宗祠的一进大厅,悬挂着"钟门世裔"巨匾,表明玉田郑氏源于平潭钟门澳。玉田郑氏的肇基祖叫郑遂良,生于元世祖至元二十四年(1287年)。遂良公父母早亡,有手足三人,遂良公居长,次弟名松林,三弟名松钦,因居地平潭钟门澳环境恶劣不宜耕种,生活穷困潦倒,便立志外迁以求重振家声。遂良公于元仁宗皇庆元年(1312年)迁至闽邑钦仁里玉瀍乡巷头南厅(今长乐区玉田镇玉田村),故称

"钟门移玉瀍"。后人于此定居繁衍至今已700多年,传有20多代,子孙3万余丁,诗礼传家,已成玉田望族。

现今玉田村一年有两次祭祖活动,分别是正月十六祭春、冬至日祭冬,有追远睦族之意。2016年的祭春典礼,400多位郑氏后人齐聚郑氏宗祠,其辈分从"子、希、文、永、孝、思、朝、邦、大、用"直至"允",最年长者83岁,最年幼者不过9岁。郑氏十一世同堂,枝繁叶茂,不仅长乐仅有,亦是世所罕见。

祥瑞满堂 宗德衍家声

步入宗祠,迎面"福"字屏门。前座厅堂为六扇五柱,回廊环绕,厅堂后中央有六扇镂花屏门,细木刻制影字"忠孝礼义""长发其祥"和"寿"。厅堂厢房前后八扇古门上雕刻"花开富贵""竹报平安"联句。大厅两边墙上彩绘郑恒公立国和郑康成带履见驾壁画以及四幅"荣华富贵"图案。厅后悬挂着"家风、家训、家规"的牌匾,告诫后人要遵循诗书礼仪,立志、修身、立德。厅后走廊两边墙上分别绘画"松鹤图"和"金鹿图",祥瑞满堂,古韵十足。

过天井上台阶,后座厅堂正面梁枋上挂着一面鎏金匾额,上书"十叶叙序"四个大字。这是光绪三十三年(1907年),内阁大学士、太子少保陈宝琛受姻眷兄郑子栋邀请,惠临郑氏宗祠参观时为祝贺郑家十代同堂的题赠。现存的这一匾额虽为仿品,但也意义非凡。

主祠厅正中三个神龛供奉着郑氏列祖列宗的神牌，庄严肃穆。神主龛上方悬挂"带草堂"匾额，左右神龛分别木刻"麒麟抱旗"和"双狮戏球"。龛前两侧六扇镂花门，刻"科甲连丁"和"蟠桃赴宴"。大厅堂左廊壁上镶立大理石碑志，上刻"本宗世系"和"宗祠简谱"，以及族贤献资名次。右廊壁上绘"玉田村全景图"画，游廊两边墙壁分别是"郑和下西洋""郑成功收复台湾"彩图。厅两侧厢房刻有花鸟图案，雕工精湛优美。

耕读传家 古今尽风流

宗祠里悬挂着进士、解元、文魁、武魁、会魁、选魁、法学士等牌匾有二十余面，尽显文韬武略，熠熠生辉。

据《长乐六里志》记载，原玉田郑氏祠堂内有联句曰："伟绩遍象、宾，三十载经纶，西粤仰清勤大尹；雄才冠曹、谢，数百篇著作，南闽推风雅名宗"，上联指的是郑日新，嘉靖乙卯举人，授严州寿昌知县，松江府通判，象州、宾州知府。《八闽通志》有传，按象、宾二州俱隶广西，故有"伟绩遍象、宾""西粤仰清勤大尹"之句。下联指的是郑邦祥，少年时博极群书,擅书画篆刻,诗稿甚多,与名士谢肇淛、曹学佺等交游,并娶谢肇淛胞妹为妻,其诗采入《十二代诗选》。联中"曹、谢"指的就是曹学佺、谢肇淛。

后座中柱有副楹联"玉田衍派先祖贻香字毓成兄弟侄三进士;带草名家后昆继武熏陶就姑姐妹九诗人",道出玉田郑氏文风之兴盛。郑善述是郑邦祥的孙子,康熙二十九年(1690年)中举人,康熙四十六年(1707年)出任河北固安县知县,著有《青毡集》《敬收堂诗文》。而郑善述的长子方城、三子方坤、长孙天锦,个个饱读诗书,著述不辍,有着"同胞三进士"之荣耀。郑氏闺秀巾帼不让须眉,知书达理,精通文墨,有诗作流传于世,享有美誉的"姑姐妹九诗人"之雅称。

郑氏后裔秉承耕读传家的祖训,英才辈出,据记载明清时期便有知府四名,知县六名,进士五名,举人十名,秀才一百一十名。在现代,郑氏家族依旧文脉赓续,生生不息。

红色摇篮 丹心谱春秋

光前裕后,郑氏宗祠既是玉田郑氏宗族子弟接受启蒙文化教育的场所,又是玉田地区农民革命的摇篮。1913年,郑应霖借用郑氏宗祠作校址,创办玉田中心小学的前身——"闽侯第八区私立第一国民学校",近百年来培养了大批人才。

1927年底,中共福州市委派郑乃之等人以教员身份作掩护,在此创办成人夜校,积极帮助农民学习文化知识的同时还耐心向他们宣传革命真理,并在农运培训班培训的骨干中发展共产党员,鼓励他们发动群众组织农民进行抗租反霸斗争。1928年4月,郑氏宗祠和桃源支祠同时成立了中共长乐第一支部,掀起了长乐第一次革命高潮。

现如今,玉田郑氏宗祠的红色文化及乡愁文化交相辉映。宗祠中习俗活动十分丰富,已经成为培育文明乡风、良好家风、淳朴民风的精神文化家园,是当地一张旅游新名片。

济阳梦笔——
马尾琅岐上岐
江氏宗祠

林宇/文　林振寿/图

上岐江氏宗祠位于福州马尾琅岐镇的上岐鳌山北麓，前临八一七街，背靠青山面朝闹市，红墙青瓦看尽百年沧桑，雕梁画壁历数千家繁盛。江氏宗祠始建于明万历年间，至今已有400多年。明清时期经历4次修缮，1932年第五次重修。现在的宗祠为1993年海内外族人聚资修复，保留民国时期建筑风格。1998年它被列为福州市马尾区文物保护单位，2000年入列福州十邑名祠。

自古双堂号

江氏宗祠宽16米，长40米，建筑面积640平方米。四面风火高墙，飞檐翘角，雄伟壮观。祠前有埕，祠埕三面围墙，面积256平方米。埕前有花岗岩门亭，亭门为三开，亭额以四个翘角凌空的凤头草尾为图案，中间仿明清斗拱建筑，横额为石刻"济阳堂"，表明宗族郡望。祠为二进院，厅堂面阔三间，进深七柱，古朴典雅。宗祠内角楼相望，雕梁画栋，美轮美奂，极具江海特色。

闽都寻宗 念念有祠

祠内存有民国二十一年（1932年）重建宗祠的碑记——"吾琅岐江氏宗祠自有明，迄今300多年，虽其间因圮而修，修而复，者数四……"说明古祠已有400多年历史。祠柱多为青石方角柱，镌有楹联，制作精美。柱联出自民国海军上将萨镇冰、杨树庄、陆军上将沈觐墨以及肖梦复、王元龙、洪亮、潘立兰、郑复初、锡元、沈觐寿、朱棠淙等人手笔。草、隶、篆，各呈异彩。妙语奇章，笔墨飘香；宿将名家，济济一堂，实为福州宗祠文化奇绝。

厅中设祠台神龛，横额上书"梦笔堂"。堂上悬"进士""文魁""博士""十代相见"等匾，足见江氏家族人才辈出，簪缨不替。

琅岐江氏宗祠又号"梦笔堂"，意在纪念先祖江淹。江淹（444—505年），济阳考城人，南朝时期著名政治家、文学家，历仕宋、齐、梁三代，官至光禄大夫，封赠醴陵侯。江淹早年曾在建平王刘景泰处任镇军参军，因事触犯主子，于南朝宋元徽四年（476年）贬为吴兴（今福建浦城）县令。吴兴县城西北有山名"孤山"，山畔有三方岩石如砚、如墨、如笔，江淹慕名来此探幽寻胜，流连忘返，夜宿于山间。睡梦中，仙人赠其五彩神笔一支。从此，江淹文思潮涌，下笔如有神，文章字字珠玑、文采出众，创作30多篇富有地方文化特色且脍炙人口的诗词歌赋，成为传世佳作。"梦笔生花"典出于此。"神授五彩笔"故事世代相传，而"孤山"也因之成为"梦笔山"。江淹文章一时誉满帝都，他也因此官运亨通，官至吏部尚书、相国右长史、左将军等。其富贵显赫后，五彩神笔也被神仙收走，他再也写不出好文章，"江郎才尽"说的就是他的事。"梦笔生花""江郎才尽"同出一人，江氏后人感念先祖江淹文章卓著、风采绝异，便将江淹故事奉为经典。因之，江氏宗祠又多以"梦笔堂"为号。

"八闽第一江"

上岐江氏族谱载："溯吾族之始祖，乃黄帝适长子，玄嚣，青阳也，其为诸侯，封邑江国，因而得姓。后子孙繁衍，历周、秦、两汉，陆续迁豫东之济阳郡，至六朝极盛，为最著望族。其后一支迁浙江金华府兰溪县白水井。元末明初，江君丽公从王征大元，从浙江入闽，辗转择定居琅岐，为吾江氏一族之始迁祖也。"

江氏开基始祖江君丽随朱元璋农民起义军南下福建，因征元有功，敕封都政使司。江丽君先是于连江祠台居住，祠台山地贫瘠，发展不易，遂率家口择闽江口的琅岐定居。琅岐位处闽江之畔，洲地较多，利于粮食生产，便于人口发展。江氏于明初入岛至今600多年，耕读传家，子孙兴旺。至目前，琅岐江氏已繁衍3000余家，15000多人，旅居海外者2000余众，已是"十代相见"，被誉为"八闽第一江"。

闽都寻宗 念念有祠

书田助耕读

上岐江氏名贤辈出。江氏宗祠门第联为"家声传梦笔；祖德著皇华""衡文悬玉镜；奉使架星槎"。前者指江淹，后者说的是江文沛。江文沛（1531—1583年），字良雨，号瞻明，上岐人，明嘉靖十年（1531年）生。少时就读于天竺寺，推究子史百家文章，善诗，"琅琅若出金石"。隆庆五年（1571年）登进士第，拜大行人，奉使楚府与营葬事。后升司副，又出使江右淮府，行册封礼，咸恭厥职，事毕拜司正，晋户部郎。文沛以墨妙诗豪著名于世。**冢宰**王疏庵说他"堪作文衡"。他为官清廉，大学士许公称其"廉史才士"。明万历十一年（1583年），

【延伸阅读】

冢宰[zhǒng zǎi]

1. 周官名。为六卿之首，亦称太宰。

2. 称吏部尚书为冢宰。

文沛病逝,贫甚无以为殓,朋友捐资归葬琅岐白云山。江文沛明深得皇帝赏识,曾代主郊王,人称"一日君"。

重视教育,培养人才,是琅岐江氏的良好传统。家族自古辟有专门的书田,以供江氏子孙读书之用,资助有志的学子上省进京考试。早年,上岐江氏族人在祠堂后文昌阁里创办梅岩书院,供村民子弟读书会文。民国时期,江氏族人在祠堂里办起国民小学,江氏后代可免费读书。为鼓励后代读书奋进,民国时期至土改前,江氏子孙只要考上大学,宗族都要奖励两亩田,供其使用至本人去世。重教传统代代相传,从而激励着江氏子孙读书成才,耕读之风兴盛,兴学奖学蔚成族风。

重裕后昆——
福清港头占阳
何氏宗祠

梁发平 吴夏榕/文 林振寿/图

福清市港头镇的占阳何氏历史悠久，是当地名副其实的望族。占阳何氏宗祠始建于明朝万历年间，2005年入选《八闽名祠大观》，获誉"八闽名祠"。

始建于明 重修于清

何氏宗祠始建于明朝万历年间，重修于清康熙三年（1664年）。在数百年历史长河里，它一度成为小学校舍，也曾改建为影剧院。2001年，海内外乡亲斥资200多万元予以重修。新祠仍在原址，为三进布局，歇山顶砖木结构，黄色琉璃瓦覆顶，光彩夺目，熠熠生辉。

祠堂大门前有石狮、石象各一对，寓意吉利、稳重。迈上石阶，一对龙柱立于檐下，游龙盘柱自下而上，栩栩如生。檐下有着寓意多子多福的葡萄木雕，左右辅以龙凤呈祥木雕，将祠堂装点得华美又不失肃穆。再往里走去，"何氏宗祠"鎏金石匾高悬大门上，匾下横列8幅石雕，分别是：福、禄、寿、喜，以及春、夏、秋、冬，大门两边分别是"八仙过海"的石雕。

宗祠前墙左右有"入孝""出悌"两个小门。据悉，占阳何氏有一习俗，族人六十岁时，都会由"入孝"门入祠，祭拜先祖后，由族长在头上盖上红布，从"出悌"门出宗祠。

打开大门便可看见戏台背面的"福"字，"福"字周边还环绕四只蝙蝠，寓意着五福临门。第一进建筑深4米，中为戏台，每逢春祀、秋祭便会上演剧目。戏台顶上有藻井，每层均画有山水花鸟人物，戏台两侧墙面绘孝、悌、忠、信、礼、义、廉、耻图画。

再往里走去，便可见第二进大厅，楼梁画有"郑成功收复台湾""林则徐虎门销烟"等故事。第三进为祭祀厅，屏门上木刻二十四孝图，雕工精湛。屏门前立有一对"风调""雨顺"龙柱，祭祀厅主体部分是"敬祖堂"，为三开间的樟木雕刻亭子，亭上六根镂雕龙柱，甚是精巧。

楹联也是何氏宗祠的一大亮点。祭祀厅的一对栋柱书有楹联"溯祖德于庐江源远流长百代典型崇孝让；绵世泽于玉融支分派衍千秋俎豆荐馨香"，概括了何氏渊源、迁徙路径的历程。环绕祠堂内部，楹联大大小小20余幅，牌匾、碑刻、书画、族规、祖训等更是比比皆是，皆训勉后人，修身立德。

韩何同祖 人才辈出

何氏宗祠的堂号为"庐江堂"，韩瑊为何姓始祖，据《浈阳水木记》："瑊公姜姚皆寿百龄，卒后葬于庐江东乡望淮岗，也称何坟冈，至宋犹存。"后来韩(何)瑊子孙就在庐江一带繁衍，发展成为望族，后代人就以"庐江"作为何姓堂号，称为"庐江堂"。

明朝内阁首辅叶向高曾作《豪山何氏族谱序》。明万历四十四年（1616年），"谢政归来"两年的叶向高因其"宗老来谋于余，图修阙事"，而亲自援笔为其作"序"。是年瞻阳何氏编修族谱，文中称"大明首辅姻眷侍教弟叶向高顿首拜"。

据记载，何氏入闽始祖为何安抚公，河南固始人氏，于唐僖宗二年随王审知兄弟入闽平乱，后定居闽南，由清漳（漳州闽南一带）到清

源（仙游县），再到莆田，最后来到玉融（福清），瞻阳何氏是何安抚公裔孙何大善为第一世，先祖们见到瞻阳物土丰饶，于是便择迁于此繁衍生息。现名"占阳"是1964年时取"瞻阳"谐音所改。

占阳人杰地灵，人才辈出，后裔们耕读为本，诗礼传家。辛亥革命元老、中华人民共和国成立后曾任华东军政委员会委员兼政法委员会副主任、司法部部长的何遂将军(1888—1968年)，以及他的儿子，历任国家农牧渔业部部长、农业部部长的何康，祖籍就是港头镇占阳村，也属占阳何氏派下。两人被誉为"父子两部长"，名重四海。在第三届全国人大会议，父子同登全国人大会堂被传为佳话。何康为中国的农业改革以及粮食生产取得重大成就，1993年被世界粮食基金会授予"世界粮食奖"。

除此之外，占阳何氏也出了不少的族贤名士，旅居海外的侨贤何鉥先，数年来为家乡的公益事业倾尽心血，1980年以来先后捐资达数百万元人民币。何银光、何渔基、何爱珠、何亦香等都是爱国爱乡的代表人物，为家乡的公益事业慷慨解囊，造福桑梓。

遗存丰富 文旅胜地

占阳村为宋代何氏所辟,保存着何氏宗祠、八扇厝、大王宫等众多海丝遗存。其中八扇厝的始建人是占阳第十五世何民寿,建于清康熙二十八年(1689年)。整体建筑错落有致,内集防火、防盗、防水、防暑等功能于一体,极为讲究。八扇厝有一大特点,楹联特别多,内容多为"劝学""行善",被远近村民称为"家风家训馆"。

为了庆祝明嘉靖年间戚继光抗倭胜利,何氏宗祠每年正月十一都传承习俗上演"舞板凳龙"。相传,为了抗倭,宗老会选挑三十岁以上男丁,白天田园劳作,夜间挑灯巡逻,直到戚继光平定倭寇。长年的"走街串巷,环山巡海,灯下踏火舞棒,防范倭仔"如今已化作习俗。每年正月,当地便会举行"巷龙灯"晚会,把原来的灯笼安在山榉木做的五尺木板上,将木板连接起来,做龙灯轨,巷龙灯在村中巡游四个夜晚,家家户户,张灯结彩,炮仗燃花,迄今已近五百年。

占阳何氏宗祠,既庄严古朴又生机盎然,如今与八扇厝一起成为了占阳引人注目的两颗"明珠"。

敦睦高风——
连江透堡杨氏宗祠

黄凤清/文 林振寿/图

连江县透堡镇是福建省首批历史文化名镇。风景秀丽的炉峰山下、飞凤桥边，坐落着一座古色古香的乡村家祠，那就是名闻十里八乡的县级文物保护单位——透堡杨氏宗祠。它始建于明万历三十八年（1610年），2006年依原貌如旧修葺。重修后的杨氏宗祠占地面积1760平方米，建筑面积980平方米，雕梁画栋、富丽堂皇，成为八闽名祠。

"四知堂"中天下杨

杨姓最早源于春秋时期的杨国（今山西洪洞县），为隋朝国姓，是一个典型的多民族、多源流的姓氏。杨伯侨为杨氏得姓始祖。

俗话说"天下杨，四知堂"。杨氏家族堂号"四知"，即"天知、地知、我知、子知"，源自东汉名士、杨氏始祖杨震"暮夜却金"的典故。全国各地杨氏宗祠多以"四知堂"为号。

　　透堡杨氏于南宋时迁入连江，繁衍生息，户丁日旺。据透堡《杨氏族谱》记载：透堡杨氏原籍河南固始。"宣和末避金乱入闽，迁建宁一带"。宋端平年间，杨氏元孙杨熙"以览胜之游入连东阳（透堡），因税驾焉，羡山水之奇观，乐风土之醇美，乃携三子徙居安德里陇柄村为迁透始祖"。

　　杨氏在透堡陇柄村原有一祖厅，由宋代杨氏二世祖杨均所建，面积165平方米，迄今保存完好。因人丁繁衍兴旺，明万历三十八年（1610年），族裔又在透堡杨厝街（今透堡南街）建杨氏宗祠。

　　杨氏宗祠坐北朝南，砖木结构框架，封闭式轴心布局，三面风火高墙，为典型的明代建筑风格。三进式六扇五间院落，两个天井，前后有回廊，可避风雨。顺着中轴线，依序为门厅、天井、主厅、后天井、神楼，建筑肃穆庄重，构架严谨，古色古香。

　　走进宗祠大门，即可见主厅高挂着的"进士""文魁"等御匾。其中中堂之上的"敦睦高风"匾尤为显眼。它出自明代首辅叶向高，题字时间为明万历三十八年（1610年）。工部右侍郎、珙头人董应举也为插屏门题写了"教义堂"匾额。祠堂正厅的楹联亦多出自名人之手，如叶向高的"孝友家声光日月；胶庠祀典并乾坤"，陈第的"祖宗从昔以来,聚族敦伦,春露秋霜在令德;孙子继今而后,明经讲义,云龙风虎应昌期"等等。

红色祠堂扬英名

杨氏宗祠不仅是"八闽名祠",也是邓子恢指导下的连江秋收减租斗争的遗址,可以说是一座红色祠堂。扬名八闽大地的革命烈士——杨而菖就出自透堡杨氏。

杨而菖幼年失怙,母亲靠打工坚持供其读书。年少的杨而菖在读书识字中,内心就萌生了革命思想。1929年,杨而菖回到透堡杨厝街,以教书身份为掩护,开办农民夜校,传播革命思想。1929年2月,杨而菖加入中国共产党,成为土地革命时期连(江)罗(源)乃至闽东苏区党组织、苏维埃政权和红军的主要创建人之一。

1930年端午节,连江县第一个党支部在杨氏祠堂成立,杨而菖任支部书记。32名骨干在他带领下于透堡庐峰寺秘密成立"农夫会"。同年10月,中共连江县委成立,杨而菖被推选为县委书记。在陶铸和邓子恢的指导下,杨而菖领导农民开展了减租减息斗争,"二五减租"打响了闽东第一枪。在敌人的镇压下,透堡农民暴动虽然最终失败,但透堡的土地革命轰动了整个闽东,各地运动也随之风起云涌。

1933年2月,杨而菖率部接连攻占透堡、晓澳、筱埕等地,开辟了拥有20多万人口的连罗红色革命根据地。随后,部队扩编为闽东工农游击第十三总队,杨而菖亲任总队长兼政委。

1934年1月1日深夜,杨而菖率领工农群众万余人向马鼻镇进攻,在战斗中壮烈牺牲,年仅21岁。

杨家一门忠烈。新中国成立后,杨而菖和他的胞兄杨与可、胞弟杨与福均被追认为县团级以上烈士。他的母亲王水莲(杨母)被人民群众尊称为"红心铁骨的革命老妈妈",曾三次晋京受到毛泽东等中央领导的接见。

"六世同堂"续佳风

杨氏一族在透堡能够根深叶茂,清名远扬,也与闽族"六世同堂"的传统及和睦亲善的家风密不可分。

元初,透堡杨氏第七代裔孙宗连,崇德尚义,办事公道,对族人不分亲疏一视同仁。杨宗连的伯父杨佑去世,遗下两个幼儿。杨宗连视如己出,抚养爱护有加。其孝友义行,得到妻室陈氏的鼎力支持,更得到族人的充分认可。杨宗连还以身作则,财不私蓄,事事为先,力不吝存。家族亦以之为楷模,各尽所能、勤俭持家,满庭祥和义气。"饮食不分爨"成为家族的共识,进而奠定了"六世同堂"的家族传统。

第十一代杨崇,尊重长辈,友爱至亲,慈心善意,正人正己。家人外出经营,寸布粒米的收益,杨崇全部予以归公并记录在册;外出做客,他一律要求衣帽整洁、形象优雅,并订立规矩:礼服不得私用,厅堂衣架挂各型号服饰,族人均可轮流穿着。家族中"妇人有子者,互相哺乳"。这种家风,使杨氏家族保持着六世同堂的生活传统且"门内井然",令人称羡。

透堡杨氏还有"群鸡待啄"的神奇传说。民国版《连江县志》卷二十九"孝友"记载,杨氏满门和睦之风,甚至感化了鸡鸭禽类,"家畜鸡每饮啄群呼,一鸡不至,群鸡不食。"

透堡杨氏人丁兴旺、健康长寿,"初年(元初)七十余口,季年(明初)倍之"。杨氏家族还流传下"四十八年无丧事,三十六年无哭声"的佳话。高尚的家族精神与和美家风,在当地影响深远。

叶茂根深——
福清港头云山
叶氏宗祠

吴鸿鑫 陈锐 梁发平/文 林振寿/图

叶氏宗祠位于福清市港头镇后叶村,其始建者是明朝大名鼎鼎的三朝元老、一品宰相——叶向高。该宗祠建筑亦如这位明朝重臣的行事风格,端庄大气。1987年,叶氏宗祠即入列福清县级重点文物保护单位,之后还被收录在《八闽名祠大观》《福州十邑名祠大观》中。

祠临山海"八仙"呈祥

叶氏宗祠始建于明朝万历四十三年(1615年),宗祠面向浩瀚大海,背靠耸翠山脉,风景十分优美。祠堂建筑样式为"三落八扇一后院",南北宽23米,东西深43.8米,建筑面积达1008平方米。宗祠外部由砖石结构组成,祠内以木质结构为主,是一座古典大气的宫式斗拱建筑。

据资料记载，叶氏宗祠曾在清朝顺治年间被毁，后经多次修缮，于康熙、乾隆年间补齐了后院，重修了戏台、回廊。1985年，叶氏后裔、旅外华侨出资大规模修缮，叶氏宗祠得以恢复全貌。

2008年，时逢盛世，叶氏族人心怀祖恩，在宗祠外建造了一座宽敞的"向高广场"。此广场面积约为4700平方米，为村民活动提供了一个充裕的场所。现在后叶村每有盛大活动，如每年正月初十的游神和跑灯塔，都会在这一广场举行。

广场正中立着叶向高石雕像，石雕像下有碑文介绍其生平。从广场拾级而上便至叶氏宗祠的大门，门楣处有镌刻金字的匾额"叶氏宗祠"。大门两侧旗杆高耸，并各有一尊石刻"龙头"。这两尊"龙头"常年吐水不绝，寓意吉祥。

叶氏宗祠保持了古老的风貌，墙体上的古石块，足有400多年历史。除此之外，这些石块的构筑还暗藏"玄机"：它们铺就的纹路分别组成了"八仙"法器的形状，据说也代表了"八卦"的方位，寄寓着叶氏族人对美好生活的向往。

叶氏宗祠为三进院落。步入一进大门，可见二重门的门楣上镌刻着明朝天启帝亲赐的"元辅乡"。踏入二重门内，映入眼帘的是一

闽都寻宗 念念有祠

个古色古香的红漆戏台。据宗祠负责人介绍,此戏台为折叠式,举办活动时可将戏台展开,平常则折叠安放,大大提高了宗祠场地的使用率。

第三进则为宗祠大殿,殿内悬挂着琳琅满目的叶氏历代名人荣耀牌匾。其中特别珍贵的有万历帝钦赐给叶向高的"天恩存问"竖匾和"黄阁师臣"横匾。祠堂内还有三副御赐楹联。一联曰"天子享无疆之庆;相臣树不朽之功",歌颂叶向高的斐然政绩。一联曰"八载独持魁柄;万方共奠安磐",传扬的是叶氏史上人才辈出之盛况。除此之外,正堂中心还高挂着明崇祯帝钦赐的"恩荣"牌匾、诰赠"向高"及父"朝荣"、祖父"光彬"、曾祖"仕严"四代恩荣。祠堂内还有金字牌匾"三朝元辅",意为叶向高经历"万历、泰昌、天启"三朝,并且都任宰相。万历皇帝还赐予叶氏宗祠行第联,表为"向成益进、积善有庆、传世弥永、立诚存敬",字为"卿汝君子、惟德是昌、能志文上、宗支耀光"。这些匾额与楹联,均彰显着历代叶氏的殊荣与佳誉。

颛顼后裔 叶茂枝繁

追根溯源,叶姓历史源远流长。据资料,叶氏来源于颛顼帝后裔陆终,陆终的第六子被赐芈姓。其后人鬻熊曾任周文王之师,被赐封荆(楚)国,楚之后人称芈姓熊氏。楚人筚路蓝缕、披荆斩棘于荆楚开创基业,楚庄王的曾孙"尹戌"因治理沈县又被称为"沈尹戌"。他的儿子得到昭王封赐叶邑称叶公。从叶公开始,他的后人都以封邑为姓,叶公就成了叶氏的得姓始祖。秦灭楚后,叶氏族人大举南迁,在浙江、安徽等地落户;至晋室南迁,叶氏族人已遍布福建、江西等地了。

东晋末年时,叶氏始祖湛公居住在雍州。因为兵乱,他的后人从雍州进入光州,迁往浙江丽水,后来又到了三山(福州府)。宋末元初时,又从三山(福州府)迁往云山(福清孝义乡化南里云山境,今港头镇后叶村)肇基。云山叶氏始祖"宜兴公"就是雍州"谌公"的十四世孙。

云山叶氏从始祖"宜兴公"到现在,已经繁衍了33代。现在后叶村叶氏宗亲共有700余户2000余人,迁移到外地的族裔有1万多人。

云山叶氏自古英才辈出,政绩斐然、精通弈技的明朝大臣叶向高,尤为世人所熟知。他是云山叶氏始祖"宜兴公"的第十四世孙。史料记载,叶向高于万历十一年(1583年)考中进士后被选为庶吉士(庶吉士亦称庶常,是中国明、清两朝时翰林院内的短期职位)。万历二十六年(1598年),朝廷任命叶向高为左庶子,充任皇长子的侍班官。万历三十五年(1607年)被提拔为礼部尚书兼东阁大学士。次年,刚入阁不久的叶向高成了万历朝的唯一辅臣,时间长达七年之久,因而被称为"独相"。叶向高任首辅期间一直兢兢业业,在《东林点将录》中高居首位,获得了"天魁星及时雨"之称。在政绩之外,据说叶向高也十分精通书法、棋艺,是士大夫中的一流高手。

为纪念叶向高,如今港头镇后叶村小学每年组织学生朗诵"叶向高家训"和"叶向高诗集",以表达对先贤名士的怀念。2023年4月,叶氏宗祠内还举办了"叶向高杯"首届福厦围棋对抗赛以及福清围棋文化溯源活动,希望以此代代传承叶氏"严谨治家,诗书传家"的精神品质。

枕山襟海——
连江黄岐魏氏宗祠

梁发平 吴鸿鑫/文 林振寿/图

驻足连江黄岐镇沿海主干道，面朝的是碧海，背后则是生意火热的商铺。穿入干净整洁的社区，喧嚣渐渐隐去，只留脚步声回荡。随着曲折的青石窄巷，不消片刻，一幢气派华美的建筑便撞入眼帘，它就是隐匿在古巷间的瑰宝——黄岐魏氏宗祠。

街巷阡陌　内有乾坤

黄岐魏氏宗祠位于福建省福州市连江县黄岐镇，依山朝海，始建于明朝天启元年（1621 年），后风雨沧桑，屡经兵燹，数历兴废。2010 年翻修重建，建筑面积约 480 平方米，总建资约 280 万元，是黄岐宝地上熠熠生辉的明珠。初见此宗祠,门面檐牙高啄,气势恢宏,"如鸟斯革,如翚斯飞"。一面精美的姓氏牌匾悬于正中,朱红大门两旁石壁上,雕画各种历史典故,更有六只威风凛凛的石狮缀于祠埕前。在古巷矮房的映衬下,魏氏宗祠的威严扑面而来。

纵眼望去,内里建筑皆浮翠流丹,宛如有人执一方精心调配的明艳色盘,四处涂抹着浓厚的中国风。大厅富丽堂皇,屏风朱红描鎏金,盆栽绿意浮春光。宗祠三开二进上下两层,十七对方圆石柱威立,楹联上墨底浮金光,字字丹心传家风。中门边一对石鼓名功德,上方一扇天窗瑞气映环廊,下方一口天井生辉共日月。拾梯上二楼,享堂里流光溢彩。庄严肃穆的神龛前,烛光闪烁、香火缭绕。

流连细看,魏氏宗祠令人印象深刻的除了色彩,还有美轮美奂的雕刻与绘画。石阶正中一尊神龙吐珠尽显威仪。游览者每走一步,皆有精美雕画相伴左右。裙壁环廊的大理石上,山水鸟兽、人物典故、祖宗遗容,无处不彰显族人建祠的赤诚之心。二楼神龛堂下浮雕

闽都寻宗 念念有祠

莲花仙鹤,堂前一对石柱上雕龙盘曲昂首,正对一扇"帝王人镜"屏风,上面刻的是唐太宗李世民对大唐名相魏征的赞誉及褒奖。

钜鹿堂前 百世流芳

自古魏氏名人将相辈出。"房魏辅贞观,汗淖空流浆。"唐代贞观之治盛景的出现,魏征功不可没。魏征乃钜鹿郡人,因敢犯颜进谏,危言谠论而名垂青史。为纪念良相魏征,黄岐魏氏宗祠以钜鹿堂为堂号。

魏氏得姓始祖可追溯至春秋时期的毕万,其二十世孙无知从汉高祖取天下有功而封为高梁侯,是为魏氏一世祖。至北齐,无知十九世孙晋爵郑国公,成为安阳魏氏一世祖,其生有二子,次子便是唐初良相魏征。安阳魏氏第十四世裔孙魏鸿系凤岐魏氏开闽祖,其八世孙递公之子以兴公迁黄岐,至此诗礼传家,渔耕为业,居乡者已发祥400余户,1800余丁。后有迁至他乡海外者,子孙后代枝叶硕茂,俨然已成一方旺族。

宗功浩大想水源,祖德流芳思本木。魏氏族人数百年来一直慎终追远,不忘根本,从祠宇初建以慰先灵,后到乱世变充公产,族人艰辛奔波将其赎回,只为先祖功德能千秋永照,后世铭记以续家族辉煌。而今白云苍狗,魏氏饮水思源之心未曾改变,现任族长魏红红崇先报本,是乃亢宗之子,对内与族人坚志负薪修葺宗祠,对外赴身世界魏氏宗亲会,加强四海血脉的连接,十年如一日,亲手经办宗族大小事宜。

"夫以铜为镜,可以正衣冠;以史为镜,可以知兴替;以人为镜,可以明得失。"族长魏红红的桌面上摆有一个立牌,这句名言俨然刻于牌上,相信这也同样刻在了每一个魏氏族人的骨子里。历史兴替如斯,而祖宗家风不会泯灭,家族历史的鸿篇伟章将在这金碧辉煌的宗祠里继续书写。

福泽子孙 弘扬新风

黄岐魏氏宗祠的美，不仅美在它的画栋飞甍、丹楹刻桷，更美在它的尊宗敬祖，家风绵绵。"敬老慈幼、耕读传家、勤劳志坚、吐故纳新"是黄岐魏氏家风之精神内核。

自古百善孝为先，魏氏尊儒家孝道，将"二十四孝"刻画于石壁之上，在石柱上刻楹联"要好儿孙需从尊祖敬宗起"，谆谆教诲以承孝道文化。魏氏同样重视教育，自古不乏才子进士出自本族。近年来，黄岐魏氏还集资创建家族助学奖学金，为考上重点大学的学子提供奖励与资助。

黄岐魏氏宗祠自于新时代翻新修葺后，不断注入新的生机。如今，古老的宗祠不再是终年落锁之地，而成为公共文化活动频繁开展的场所，发挥着教育、休闲、娱乐及传承等多项文化功能。该宗祠的收支管理报告定期公告，事项陈列清晰，金额精确至小数点，可谓是公开透明。宗祠的清洁卫生也每周都有专人打扫，只为祖宗英灵栖居之地能窗明几净、不染纤尘。

黄岐魏氏宗祠既有肃穆庄严的时刻，也有喧嚣热闹的场景。每逢正月十五，宗祠内便会举办闹元宵活动，其时张灯结彩，热闹非凡。魏氏子孙欢聚于此，共度佳节，让古老沉静的宗祠呈现出更具活力的姿态。除此之外，魏氏族人也常相聚于此喝茶谈天。在他们心中，宗祠不仅仅是一个具象的建筑，也是一代代魏氏族人心之归处。

走出魏氏宗祠，回望时，仍让人有惊鸿一瞥之感。一是为它无处不绽放着的传统宗祠建筑之美；二是为它承载着五百多年历史，身影依然挺拔。作为黄岐魏氏血脉根源，宗祠牵着数代子孙的亲族之情，系着莘莘海外游子的千岁鹤归，成为代代黄岐魏氏不可磨灭的心头印记。

俭德流芳——
闽侯玉山叶氏宗祠

叶育新/文　林振寿/图

　　每年从正月初十开始，闽侯县玉山叶氏家族都会在位于青口镇沪屿村的宗祠里举行隆重热闹的"排暝"活动，各房裔孙按照不同日期轮次到宗祠祭祖、上香。在酬神的社戏结束后，人们把祖厅供桌上写有自己名字的蜡烛请回家。从宗祠出来，一路鞭炮齐鸣、烛光摇曳，蜿蜒的队伍像火龙般穿越村庄的大街小巷。在此起彼伏的喝彩声中，人们小心呵护着手中的蜡烛走向自己的家，祈愿新年顺利兴旺。因此，"排暝"也被称为"请烛"。

　　正月十五那一天，叶氏宗祠还会举行当地特有的"排公"活动，这个习俗已有300多年历史。排公，即当年新添丁的家庭到宗祠供奉祭品、烧香，隆重告慰祖先，并由当年晋"新公"的族人共同宴请本族"旧公"，只有当了"依公"的族人才具备排公的登席资格。有的家庭四代同堂，"大公"和"依公"同登宴席；有的家庭五代同堂，自高祖父而下，父子孙三代均登宴席，风光无限，喜气洋洋。

年长有福的族人欢聚一堂,举杯共贺族运昌盛、人丁兴旺。

十邑名祠底蕴深

走进闽侯县青口镇叶厝,沿着长长的扈屿古街,经过沪屿村村委会,在古街的尽头就可以看到玉山叶氏宗祠。宗祠坐东向西,正门上方青石匾中"玉山叶氏宗祠"六个大字为清代帝师陈宝琛所题写。玉山叶氏宗祠历史悠久。南宋时期,十世祖叶子亨在首山门建叶氏家庙,绘其兄大理寺评事叶子高神像于墙内。明崇祯七年(1634年),十九世祖叶朝宦等择址榄下山,兴建玉山叶氏宗祠。1924年,三十一世祖叶乐民率族人在扈屿村西择地新建宗祠。

现宗祠为1996年玉山叶氏宗祠理事会在民国原址上重修,占地面积800平方米,建筑面积1200平方米。全祠布局严谨,分祀祖厅、天井、悬亭、观众厅、戏台等区域。祠内悬挂有"南海清风""陆军中将"等20多面族贤横匾,还有21对石柱联和脱胎描金楹联,多为本族宗亲自撰并由本族书法家书写,彰显玉山叶氏人才辈出、家族繁盛。宗祠用料考究、精致典雅,石栏、木刻、影雕、彩塑等造型生动,展示了深厚的文化底蕴。

玉山叶氏宗祠久负盛名,曾入选《八闽祠堂大全》《福州十邑名祠

闽都寻宗 念念有祠

大观》，是福州地区富沙叶氏的代表性宗祠。

富沙一脉逾千年

"始祖勤王复国矢志丹心定楚土勋名垂史；先君御寇保疆捐躯碧血染富沙烈绩流芳。"这是宗祠祖厅的一副对联，上联说的是叶姓得姓始祖叶公平叛楚国之乱的典故，下联说的是福建富沙叶氏始祖叶灏御寇保疆的典故。叶灏也作叶颢，字商辅，金陵（今南京市）人。武德四年（621年），叶灏奉旨入闽任首任建州（今建瓯市）刺史，不久就遭遇叛乱。明《八闽通志》记载："武德初，郡妖贼武遇作乱，（叶）颢婴城捍贼，城陷，不屈而死。郡人立庙祀之。"唐贞观年间，建州老百姓感念叶灏的忠勇英烈，在古富沙地立祠祭祀，当地人称"富沙庙"。叶灏后裔便自称为富沙叶氏。

唐末乾符年间（874—879年），叶灏后裔叶四翁因避乱自建州徙居侯官甘洲（今闽侯县荆溪镇白石村附近的江岸沙洲)，为甘洲叶氏始祖。后汉天福元年（947年），甘洲四世叶克承遗孀林氏因避洪灾，漂流至闽县还珠里扈屿之东（今青口镇镜上村），生遗腹子叶延为扈屿叶氏始祖。数代后辗转定居扈屿之东，因扈屿境内有山石色白如玉，故扈屿叶氏又称玉山叶氏。叶克承的另一支后裔则迁居琅岐云龙村，称云龙叶氏。扈屿玉山叶氏源于甘洲叶氏，甘洲叶氏源于富沙叶氏。自叶延开基扈屿，已有1076年历史，发祥37世，后裔聚居附近六个村落，分为十房派，计2000多户，一万多人口。

俭德流芳家声传

"俭德堂"是福州地区甘洲叶氏的共同堂号。在祖厅前额上方正中悬挂有省政协原副主席兼秘书长叶家松题写的"俭德流芳"匾额，与祖厅后壁上方正中原福建省委书记项南题写的"俭德堂"匾额交相辉映。在宗祠后壁，整面石墙刻一幅巨幅行草书法，是由当代本族书

法家叶兴松书写的先乡贤叶乐民自勉诗："吾家俭德祖风存,平地楼台待子孙。监理军糈逾十亿,敢私一介辱清门。"

叶乐民(1877—1944年)原名叶兴清,清末福建武备学堂毕业,官费留学日本,回国后任北洋政府陆军军需总监,授陆军中将军衔。他清廉自守,不愿与当局同流合污,多次拒绝军火商和下属行贿,拒绝接收不合格的军火武器。有一次,叶乐民在北京寓所过生日,很多人登门祝贺。等众人散去后,叶乐民发现众人送来贺寿的十几个花盆底下都是白花花的银圆。第二天一早,叶乐民就让人把银圆如数退回,并作诗自勉。这首自勉诗流传至今,犹如黄钟大吕,警钟长鸣,激励后人谨守祖训,廉洁奉公,清白做人。

1924年是甲子年,叶乐民回乡主持重修宗祠,并请陈宝琛为宗祠题写匾额。祖厅的两副对联:"甲子一元新庙貌,玉山七濑旧家声""馨香俎豆祭如在,肃穆冠裳神格思"均为叶乐民自撰并手书。

循良诒穀佑子孙

祖厅神龛后墙上镶有一古代石刻"循良诒穀"。《诗经·有駜》:"君子有穀,诒孙子。于胥乐兮!""循良诒穀"的大意是说奉公守法官吏,留下美好政绩和美德,不仅给当地造福,还给子孙留下遗泽。在叶氏族谱里,循良公是十四世祖叶光的尊称。

叶光(1379—1452年),字仕晦,一字仕谦,号忘适居士,曾任职广东南海县,为官清廉有声,砥砺名节。《广东通志》记载:"叶光,闽县人。永乐初为南海簿。摄邑廉明,吏不敢欺。"民歌之曰:"南海簿,性不贪。百鸟凤,人中难。"明清两代《福州府志》均列叶光传。叶光所任官职并不显赫,品阶不高,却因为官廉明能在闽粤两省的省市方志中位列名宦,可谓循良。

叶光有诗名,曾筑后山亭,与文化名流交游。生男四人,婚配皆名族。明洪熙元年(1425年),叶光首纂玉山叶氏族谱,邀请林志等名士作序,随后多次增修。明崇祯年间,21世祖叶其郁辑录上代古谱,抄录成《扈屿叶氏世谱》八卷,现收藏于福建省图书馆,为国家二级珍贵文物,善本。

宗祠东侧墙面刻有玉山叶氏字辈诗:"伯景仕克茂,孟德世钦崇,云礽怀敬义,介福自宏隆,起家惟孝让,立国尚贤良,允绍宗周武,功高锡庆长。"玉山叶氏在世十代同堂,最高辈分为"福"字辈,最低辈分为"立"字辈。

紫阳世泽——
永泰长庆中洋
朱氏宗祠

朱理明/文 池建辉/图

永泰县长庆镇的中洋朱氏宗祠，始建于明万历十一年（1583年），位于洙汾洋（即现中洋村）之西溪畔，坐南朝北，面向海拔1000多米的莲花山峰，左临大樟溪支流长潭溪坂，时称"土地堂"。

莲花吐翠 庆水奔流

宗祠始建时规模不大，清光绪二十三年（1897年）扩建为三落，土木结构，四周有围墙，正前方是一宽敞平埕。宗祠有正大门，东西两华门，大门门额正中以楷书写有"朱氏宗祠"四字，大门楹联为："沛国家声远；紫阳世泽长。"东西华门门额上各书"出孝""入悌"。

进入大门后，上方有一戏台，左右各有廊楼。第一落为神殿，塑有土地公神像,第二落为大殿,正中堂屏设有列祖神位。1991年夏和2004年秋,族人对其进行两次整修,加固红色外墙,琉璃瓦盖顶,内墙粉刷一新。

祠内悬有木制楹联九副。正中堂屏横匾为"神光永照",楹联为"祖德巍峨垂万古;宗功浩荡炳千秋"。大堂前正柱联为"茱山兴祖众志成城开洙域;福地旺宗百花齐放发中洋",两旁柱联为"莲花吐翠茱山家道千秋旺;庆水奔流宝地院庭万古昌"。大堂正屏两旁楹联为"家道守前贤沛国衣冠绵世绎;科名开后进茱山景色蔚人文"。整个宗祠显得雄伟肃穆。

左营先锋 转战浙闽

元末,浙江省湖州府长兴县朱仁二(系朱熹八世裔孙)受命总旗都指挥所都统各处军务,随耿再成元帅南征北战,平余姚、湖州等地。后又随汤和元帅挥军入闽破陈友谅,直下数十余城,攻克福州、延平、兴化、泉州等地,战功显赫,被赐以"铁卷"并封为"州百户"。后朱仁二因年老回浙江原籍。

朱仁二的三个儿子,长子朱庚乙、次子朱官弟、三子朱小长继续追随汤和元帅殿闽邦。朱庚乙功最多,擢升为福州左卫百户。后裔随总制姚启圣征台湾有功,擢居武职,任职陕西安家。朱庚乙年老带儿子回浙江。朱小长授小旗,住福州后曹,其后裔定居福州西门。朱官弟率军住福州万宜境,充总旗都指挥所,平定福建后于永乐二年(1404年)奉命率本部军113名于永阳(永泰古称)三十二都嵩口三峰洋边屯田。之后,朱官弟年老亦回归浙江原籍。

朱官弟之子朱亚春袭父职,充左营先锋,随耿再成元帅转战余姚、湖州等处,立下许多战功。之后又随汤和元帅入闽,任镇海左卫,战事平定后,率本部军112名到永阳嵩口三峰洋边屯种。皇上欲加封其职,朱亚春不迷恋军旅武弁,解甲归田。他于明宣德九年(1434年)在长庆茱山(后称洙洋,1978年改称中洋),择地建宅(称上厝堂)定居,为长庆中洋朱氏开基先祖,从此在长庆茱山开荒辟地,安家创业。

侠肝义胆 代有传奇

朱亚春之六世孙朱一六,好学经书,琴棋书画皆通,继承朱子家风家训,平生慷慨好义,崇德向善,凡乡间邻里遇到婚丧困难向其求助者,他均慷慨解囊资助,从而受到民众称赞,被人尊称为"永阳太老"。不久,祖厝上厝堂遭受兵燹,朱一六偕同叔父朱珍鼎力重建,使祖业得以恢复继承。

朱一六之子朱廷用(又名朱冰台),承继父志,饱读诗书,为人正直仗义。明隆庆年间(约1570年)居福州。有一天,中亭街有一群恶痞招摇过市并当街抢劫,众人见之纷纷躲避,唯有朱廷用飞步上前擒住首恶。群痞见其只身一人,即欲合围攻之,却被朱廷用一一击退,慌恐逃窜,街上民众无不拍手称快。后人把这个故事编成闽剧《朱冰台大闹中亭街》,直至民国亦长演不衰。

明天启三年(1623年),朱廷用还带头倡议在长庆尾洋修建三层六角形文昌阁,成为长庆地标性建筑物。文昌阁于20世纪70年代末倾毁,现长庆乡人正着手重建。

朱廷用之子朱之屏继承祖辈家风,亦侠肝义胆。时值清初,永泰、尤溪、仙游交界处阔亭一带经常有土匪出没危害百姓,周边群众惶惶不安。朱之屏闻之,设计捕诛其首恶,余匪惊散。匪患得除,百姓过上安宁生活,仙游、尤溪两县民众自筹资金在阔亭立碑以颂其德。

朱亚春第七世孙朱廷魁,曾是国子监太学生,生平正直好义,不惧权贵。明天启年间(约1625年)永泰县大尹张朝阳被诬陷入狱,朱廷魁鼎力为其申冤,终使张朝阳解冤获释。他还带头捐献屯田并倡议修建规模雄伟的"长庆洙汾宫"(现长庆小学处,于20世纪80年代被拆除建学舍),祀奉大王公,让长庆六姓人家共同祭祀。

谨守祖训 躬耕乐道

中洋朱氏始祖朱亚春自定居中洋上厝堂,已传世24代,繁衍子孙2000多人。他们遵祖训、守祖德、承家风、躬耕乐道。在人民公社时期,朱氏族人积极参加农业生产劳动,由3个生产队合并组成"长庆公社农科所",成为长庆公社集体生产科学种田的样板。由于男女老少团结协作,当地粮食生产连年跃居全公社甚至全县前茅,生产队长还被评为省劳动模范,受到当时省委书记叶飞的接见。

改革开放以后,中洋朱氏中的年轻人也纷纷到外地打拼,留守在家中的族人仍坚持种地,并栽种李果、油茶等经济作物,当地的红皮花生闻名遐迩,收益颇丰。现在,中洋村道路宽敞整洁,水、电、信息网络全覆盖,新建的溪河栈道景色优美,村民邻里相望、和睦相处,一派蒸蒸日上、文明和谐的新气象。

迪彝流芳——
仓山阳岐江山
陈氏宗祠

陈露晗/文 林振寿/图

仓山区盖山镇阳岐村是省级历史文化名村,位于乌龙江北岸、南台岛中段,是古代进出福州的古驿道的必经之处。这片钟灵毓秀的土地上诞生了近代启蒙思想家、教育家严复,藏书家叶大庄。村内还保存有北宋午桥、尚书祖庙、玉屏山庄等文物古迹。

鲜为人知的是,阳岐村还有一处值得品读的明代古建筑——江山陈氏宗祠。它宏伟壮观、古朴典雅,有着悠久的历史与深厚的文化,目前已被列入仓山区级文物保护单位。

江山毓秀 开基立业

"此地好江山,带水环门鼓峰拱座;我宗储柱石,海滨作砥国祭安磐。"这是江山陈氏宗祠进门石柱上的一副对联。

江山陈氏宗祠有着悠久的历史,其始建时间为明崇祯丙子年(1636年)。380多年来,江山陈氏宗祠经历了多次重建与扩建,现已是阳岐区域规模最大的祠堂之一。宗祠为整体木构架,对称均衡的布局,精致严谨的梁架结构,粉墙黛瓦,隔扇花窗,充分展示出明式木构建筑的艺术美。

值得一提的是,两方砖柱上的古老灰塑技艺精湛、手法细腻,其上雕刻的祥云仙鹤、梅竹松木,为粉黛白墙缀上明丽的色彩,更有范仲淹、黄庭坚诗词墨宝塑于其上,墨香芬芳。

进入宗祠,主厅上悬挂着"迪彝堂"三字,熠熠生辉,左右粉墙上分别写着"忠孝廉节"四个蓝书大字。整座祠堂新旧对联牌匾众多,飞檐翘角,极具特色。

江山陈氏代代英杰辈出,史上更有"九世簪缨"之美誉。从古至今,文痒及第者载有三十四人,其中著名者有陈继思、陈学麟、陈学伊等。学伊公,系天启举人,崇祯进士,曾任山东道巡按、南京河南按察司。他是江山陈氏宗祠建祠人,堂号"迪彝堂"便是他所取。"迪彝"取自《大雅》,寓意遵循、继承、开导,有着尊宗敬祖之教育意义。

理学大儒　明德惟馨

说起江山陈氏的由来,不能不提起在宋代与陈襄、郑穆、周希孟合称"海滨四先生"的理学大儒陈烈。陈烈(1012—1087年),字季慈,号季甫。海滨四先生"以古道鸣于海隅,人初惊笑,其后相率而从之"(宋李纲《梁谿集·古灵陈述古文集序》),为后世"性理之学"起了开先作用,堪为理学之嚆矢。

陈烈曾因题写"题灯诗"悬于鼓楼前,力劝官府体恤民情而名噪一时。"富家一盏灯,太仓一粒粟;贫家一盏灯,父子相聚哭。风流太守知不知?犹恨笙歌无妙曲。"据说此诗一夜之间传遍福州城。最终,太守刘瑾慑于陈烈的名望和这首诗的影响力,灰溜溜地取消了元宵节每

【延伸阅读】

嚆矢[hāo shǐ]

响箭。因发射时声先于箭而到,故常用以比喻事物的开端。犹言先声。

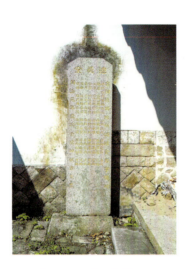

户装点十盏花灯的要求。

现有诸多资料中都提到陈烈寓居三坊七巷郎官巷。据考证，今天的郎官巷陈氏宗祠的前身应为"江山陈氏宗祠旧业"。史载，陈烈无意仕途，好教书育人，终身追求内心之"明德"。与当时名仕欧阳修、司马光等皆为好友，与郡守丁谏、沈绅常游鼓山，曾合作《鼓山铭》，现在鼓山绝顶峰上还留有一幅他所书的摩崖石刻，有《孝报经》三卷遗世。

民间传言，一次皇帝在朝宴之后问陈烈："卿家族兴旺发达，多有贤能志士，故乡必有好风水？"陈烈答道："吾家只是屋前有江河，屋后有山丘而已。"皇帝听罢，随口道："那卿家族可称为江山陈氏。"陈烈当即拜谢皇恩。从此，其族世代传为"江山陈氏"了。

燕翼贻谋　重教兴学

江山陈氏宗祠静卧于文风鼎盛的仓山乌龙江畔阳岐村中，位于福州中轴线之南，周边紧邻"中国历史文化名村"林浦、古称"百花仙洲"的螺洲镇，风光优美，名胜众多。据说，阳岐曾盛行"私塾"，阳岐的状元境，即是阳歧塾学的承载地和发祥地，塾师陈锡鹗、陈炳奎更是声名远扬，留下了"天福状元境，私塾读书声"的美谈。

1953年，因阳岐村无教育场所，江山陈氏宗祠便无偿借用给阳岐小学作为教育场所。"我们的祖先是做教育的，他们最重视的东西也是教育，所以我们宗祠才会数十年如一日地坚持帮助社会办学。"这是江山陈氏人代代相传的责任与担当。资料记载，江山陈氏宗祠原有三列，如今仅有中间一列作为主体保存完好。现在，阳岐小学新校区紧傍宗祠，祠堂成了莘莘学子学习优良传统的教育基地，也是传播书法、绘画、诗词等中华传统艺术的场所。江山陈氏宗祠于时代变迁中完成了新旧空间的切换，在传统和现代的交汇里，再度激荡出新的生机与活力。

游览者如果进入江山陈氏宗祠，可以看到祠堂内摆放着一排排书案，墙上展览着多幅学生书画作品。祠堂内对联横幅的内容与旁边学校的"尚礼、身健、思进、善学"的教育理念相一致。

对于从学堂走出去的学子与从祠堂走出去的游子来说，只要宗祠这个物理空间一直存在下去，他们对于家族与故乡之归属感也就能得以长久托放。

人文荟萃——
福清龙山玉塘
吴氏宗祠

梁发平 吴夏榕/文 林振寿/图

面朝砚池文笔，背靠卧牛山，左傍龙江环带，右望玉屏高峰，远眺众山环抱，近视五马来朝，福清龙山玉塘吴氏宗祠坐落于风景如画的福建省福清市玉塘村西，迄今已380余年。

三度重修
百年古祠焕新生

玉塘吴氏宗祠始建于明崇祯十一年（1638年），是一座三进二厅双附廊的明末风格建筑，深57.4米、宽39.4米，总建筑面积2262平方米，迄今已有380余年。古祠在历史上曾历三次重修，时间分别是在1686年、1948年、2003年。

1998年春，在政府的支持下，省市考古专家到玉塘吴氏宗祠现场进行了考察论证。1999年2月,玉塘吴氏宗祠被公布为福清第三批县级文物保护单位。2003年秋天,古祠动工修复,但当时的吴氏宗祠除了大门顶上一块"吴氏宗祠"的牌匾以外,其余建筑构件几乎遭毁坏殆尽。第三次修祠的图样是根据老一辈的回忆及石塘族谱所记载资料翻制而成。在侨贤的捐资下,重修耗资人民币420余万元,历时3年方圆满竣工。

如今的玉塘吴氏宗祠是在原祠旧墙的基础上建成的,走近仍清晰可见原墙的花岗岩砌体,古朴的气息扑面而来。新修建的祠堂内部以原木色为主,外部红砖黛瓦、飞檐翘角,整体古朴又华美。一进的天井规划成为非遗图片、改革开放前古物件收藏、节日祭拜活动的展示区,向人们展示玉塘吴氏宗祠的历史由来以及本地的风俗习惯。

两侧的连廊则被规划为共谋乡村振兴的乡贤组织活动办公所在地。宗祠内的众多牌匾,让人感受到玉塘吴氏的家族精神和凝聚力。

山莆入融 玉塘村名记本始

在玉塘吴氏宗祠的一进大厅,悬挂着一面"三让高风"的巨匾。匾文源于吴姓开氏始祖吴太伯三让天下的历史典故。孔子在《论语·泰伯》中有云:"泰伯,其可谓至德也已矣。三以天下让,民无得而称

焉。"其中的泰伯,即吴太伯,吴国第一代君主。泰伯三让天下和开发江南的功德,受到后世敬仰。"三让高风"也成为吴氏文化中尚德崇文品行的标杆。

吴氏入闽始祖是吴祭,而入融始祖则是吴祭的第十四代孙吴元益。吴元益于宋代由莆田黄石迁居至福清莲塘。为铭记这一历程,他从"黄石""莲塘"各取一个字,合成"石塘"二字作为村名,以示不忘黄石、莲塘之本始。据原石塘吴氏族谱记载,第九世孙进士都谏公吴从义于明嘉靖十八年(公元1539年)着手重修元公墓,认为"石"字不雅,因玉是石出,故把"石"字改为"玉"字,从此石塘下之称改为玉塘村,沿用至今。

再往里走,便来到主祠厅。厅正中公婆龛上方悬挂"延陵堂"匾额,龛前内楣上下22肚,上刻"海棠花"和"梅兰竹菊",下刻"五福报喜"和"万字抱牡丹"。龛门十扇肚,上肚刻"八宝物",中刻格子,下肚刻"十二属肖"。外楣上下26肚,雕刻花鸟山水,雕工精美,栩栩如生。

历朝历代,吴氏后裔人才辈出,文臣武将、巨商侨贤层出不穷。新加坡前总理吴作栋便是该宗第二十代孙,足以见吴氏子孙贤达辈出。现宗祠内,悬挂有记述玉塘吴氏曾祖子孙四代"登闻院御史"匾一面、"布政"匾一面、"总理"匾一面、"将军"匾两面、"进士"匾八面、"历代名人录"两面、"文物专家、教授、学者"词匾两面。宗祠内还有中国国民党原主席吴伯雄题的"经济合作手携手 文化心连心"书法作品展示。

岁月峥嵘 红色血脉永赓续

革命战争时期,玉塘村就是福清众多革命老区村之一。据史料记载,在解放福清时,玉塘吴氏宗祠就曾作为人民解放军攻打瑞云塔国民党守敌的攻击据点。解放军从祠堂里用机枪压住瑞云塔的守军,发起进攻,塔上的守敌前后受攻,最终弃塔逃跑。玉塘吴氏宗祠作为据点发挥的作者,在解放福清的过程中功不可没。

还有众多吴氏宗亲也为福清的解放事业作出了巨大贡献。吴氏子弟中走出的第一位中国共产党人,就是吴源生。吴源生1917年生,1934年考入复旦大学新闻系,1936年加入中国共产党,后赴香港中共南方工委工作,任新四军参谋长张云逸的秘书。1941年,吴源生被国民党逮捕,在威逼利诱下,他仍坚守气节,革命意志毫不动摇,宁死不叛党,于1941年9月英勇就义。新中国成立后,吴源生被追认为革命烈士。

据介绍,未来玉塘吴氏宗祠将以红色文化、非遗习俗、吴氏名人为主题,打造青少年教育基地,以静态展示为主,吸引周边县市学校的学生前来参观学习。吴氏宗祠还将与周边的瑞云塔、叶相坊、利桥等省市重点文物保护单位串点成面,结合周边革命老区村整体发展乡村旅游。

现如今,玉塘吴氏宗祠以其荟萃的人文,与周边文物保护单位相互映衬,共同成为当地的一张旅游新名片。

侨乡风韵——
长乐高楼陈氏宗祠

黄延滔/文 林振寿/图

　　乡愁,是一壶老酒,是一缕炊烟,也是伫立故乡土地上的那座亘古长存的宗祠。位于福州市长乐区古槐镇高楼村的陈氏宗祠,承载了高楼陈氏海内外游子对故乡的思念,是他们永远的精神家园。

独具风采 尽显辉煌

　　高楼陈氏宗祠坐西朝东,前临大海,后枕群山。它始建于明代,修葺于清初,1937年重修并建前座,2000年族人又集资再次重建。重建后的宗祠焕然一新,集古今建筑为一体,分前后二进。前座为礼堂式的环楼混合结构,后座为原祠基础上的四扇三间土木结构,中隔天井,建筑总面积800平方米。整座宗祠宏伟庄重、古朴大方。

宗祠正门上方镶嵌墨石阳字的"高楼陈氏宗祠"门额,门口青石双狮雄峙,左右边门有石刻"入孝""出悌",墙顶"双龙戏珠"生动异常,粉红色瓷砖墙面映日生辉。大门两侧还有六幅青石浮雕的三国人物典故,配合荷花、菊花、梅雀争春斗艳,左右则有松鹤图、鹿竹图等吉祥的图案,生动逼真。

进入宗祠,中间扉门屏风,两边墙上是"功德芳名碑"。屏风后是戏台。戏台沿用旧祠做法,在底部斜侧45度放置着六口大水缸,顶部木雕六层八角藻井,起到聚声扩音的作用。戏台正面及两侧均有青石浮雕。大厅屋顶木构油漆,雕刻凤凰花鸟。两侧看台有石刻浮雕"二十四孝"与"八仙过海"交相辉映、栩栩如生。

二进为祭祀厅,正中梁上悬挂"十二代同堂"大匾,后堂是神主龛,雕龙画凤,金碧辉煌,内供奉历代列祖列宗神主牌。神龛前横摆着描金画彩的大理石雕花供桌,顶端悬挂"广至堂"大匾,两侧是"高楼陈"大红灯笼。祠厅内挂有许多牌匾,有"进士""按察司副使""知州""知县"等等。两边门上左挂大鼓,右挂大铜钟,寓意子孙满堂、钟鼓齐鸣。

【延伸阅读】

戏台

明清时期宗族对神灵的祭祀,除呈献一般的祭品外,还供奉演剧。祠堂内的戏台一般正对享堂和寝堂祖宗牌位。之所以要在祠堂内建筑戏台,并使之与享堂相呼应,其目的是在族人娱乐的同时,还能够与供奉的祖宗们同乐。这些戏台以"布局之工、结构之巧、装饰之美、营造之精"为世人所瞩目。

祠内还有十几副楹联,文字佳妙、意义深远,多是出自书法名家。"高楼朝东海六龙呈麟趾;宗祠接西峃五凤现簪花""敦邻睦里发扬正气成世代家风;敬老爱幼提倡文明乃古今美德""赤子拳拳饮水思源为故国公益;乡情眷眷梦萦桑梓建家庙宗功"。这些联句抒写了高楼陈氏家族继往开来、爱国爱乡的文明新风尚。

耕读传家 瓜瓞绵延

据记载,高楼陈姓源出河南固始。唐末中原离乱纷生,唐观察处置使陈闻偕长子陈显、次子陈勋入闽,其子孙仕于王审知,多显达,居福州石井巷、上渡、侯官古灵等地,后又陆续分迁长乐。

至天复二年(902年),显公孙仁盛,自侯官县古灵(今南通古城村)辗转长邑(长乐),开基蓝田(今金峰兰田),以耕读传家,为蓝田陈氏始祖。

仁盛公第十五世孙汝谦公,元至正年间由金峰蓝田下村迁至古槐附近,后又迁到古槐之南里(高楼)重建家园,意在高楼平地起,故称"高楼陈氏"。

据传始祖汝谦公以养鸭为生,有一次他用长竹竿赶鸭子在田间上觅食,顺着道来到现在宗祠所在地附近。在一块岩石的田边,竹竿插入田中竟然被牢牢吸住,他认为这是天意,所以就定居在这个地方,繁衍生息。

汝谦公生四子,长子则壹迁建阳、二子则武迁泉州、四子则寿迁连江浦口,三子则文留守故园高楼,现已传二十七世,至今约有670年。分东西两房,后裔有播迁福建省内、广东、浙江及世界各地。目前在本村300多户,1500多人口。

桑梓情深 赤子侨心

作为著名侨乡,高楼陈氏旅居海外的侨胞众多,早在抗日战争前后,就有100多人前往"南洋"谋生。据统计,目前有海外侨胞乡亲近两千人,主要分布在美国、加拿大、澳大利亚、英国、新加坡、泗水、日本、荷兰、西班牙等国家和香港等地区。其中以旅居美国和香港的人数居多。

这些旅居在海外侨亲不乏学界泰斗、商界精英、科研专家,他们心系故里,热心家乡文化及公益事业,倾力造福桑梓。每年祭祖日、

游神日、端午节，四散各地的高楼陈姓族人都会不辞舟车劳顿，纷纷回到故乡。宗祠内一时人潮涌动，老老少少欢聚一堂。

不少华侨在海外已经繁衍生息几代人，但乡土情怀和宗族血脉依然将他们与故土紧密连接在一起。近年来，除了老一辈华侨，越来越多的新生代华侨也回乡祭祖，高楼陈氏宗祠成为侨亲们感受乡情的聚集场所。

高楼米线　重回宗祠

高楼陈氏有一种民间手工技艺叫"米线"。它不是食品，而是一种用米粒缀连成的艺术品，在全省以至全国都独具特色。高楼米线的起源可追溯至清朝末年，于民国时期最为鼎盛，迄今已有百余年历史。

在20世纪50年代，高楼陈氏家族几乎家家户户都会制作米线，并将米线制品在农历正月十二晚敬祖活动时展示。族人们从年前就开始设计主题，然后挑选米粒并染色，精心制作、反复修饰，最后把成品放在特定的木盘上端出。

正月十二这天，每家每户都把自家的米线作品送到宗祠，放置在长案上，以此祈求风调雨顺、五谷丰登。米线展品包罗万象，制作工艺也各有千秋，有动物、花卉或亭台、楼阁，形象逼真。到了晚上，高悬的汽灯照得祠堂里一片通亮，四乡八里的群众都赶来参观，十分热闹。

制作米线的技艺因各种因素，其传承曾断档近70年时间。近年，80后青年陈国锐将这项民间技艺重拾并恢复，成为高楼米线的代表性传承人。

如今，高楼米线制品已经连续在数届海峡两岸民俗文化节上展出，其技艺也被列入了福建省非物质文化遗产名录。

画荻高风——
马尾琅岐欧阳氏宗祠

林宇/文 林振寿/图

在闽江奔流向东的入海口，有一个小镇宛如一颗绿色的宝石镶嵌在山海之间。这颗"宝石"就是琅岐。千百年来，它于江海交汇处，演绎着人文与自然交织的美丽。在闽都文化和经济一度都达到巅峰的宋代，欧阳氏始迁入琅岐，择闽江侧畔岐山定居。

明代始建 画荻高风

岐山，东岐旧称。欧阳氏宗祠坐落于琅岐镇云龙村东岐自然村。它始建于明代，在清道光己亥年（1839年）经历重修，现存有石碑为记。1998年，族人重建宗祠，现祠为二进、四扇三开间，宽19.5米，长23.5米，建筑面积458平方米。2002年7月，琅岐东岐欧阳氏宗祠入选《八

闽祠堂大全》。

琅岐东岐欧阳氏宗祠,其堂号"画荻堂"。画荻,即"画荻教子",典出《宋史·欧阳修传》:"家贫,致以荻画地学书。"东岐欧阳氏奉欧阳修为叔祖,取"画荻堂"为号,以纪念之。

欧阳修,宋代大文豪,开一代文风。他主修了《新唐书》,并独撰《新五代史》,今有诗词文集《欧阳文忠公集》《六一词》等传世。他是北宋诗文革新运动的领袖,为文以韩愈为宗,大力反对浮靡的时文,以文章负一代盛名,名列"唐宋八大家"和"千古文章四大家"中。欧阳修平生喜好奖掖后进,曾巩、王安石、苏洵父子等都受到他的提携和栽培,对北宋文学的发展作出了巨大的贡献。其文迂徐委曲,明白易晓,擅长抒情,说理畅达,影响了宋朝一代的文风。诗风雄健清丽,词风婉约有致,在经学、史学、金石学等方面亦有卓著的成就,苏轼称他"事业三朝之望,文章百世之师"。

郡望渤海 岐山世泽

东岐,旧称东峰境、岐山。东岐欧阳氏其郡望为渤海。宋治平年间,欧阳雅由江西吉水庐陵入闽,后迁琅岐东岐,是为东岐欧阳开基之祖。欧阳氏入岛较早,900多年间,衍传三十三世,现有400余户,1600多人。其支脉分布福州周边琯头、螺洲、竹岐、长乐、亭江以及浙江、台湾等地。琅岐镇的上岐、海屿、衙前、下岐、上岐均有欧阳族人定居。

重修后的宗祠营造古朴,仿明清风格。正门上书"欧阳氏宗祠",门第联"渤海吉水家声远;庐陵岐山世泽长"。内堂悬挂"父子双博士""进士"" 昆仲两将军"等匾。

东岐欧阳氏人才辈出,多有书香人家。历史上出过欧阳肇迹、欧阳公赐、欧阳公旦三进士以及宋代府学教授欧阳月林、明洪武初年河间令欧阳枢等。近代以来,这里还走出了欧阳晋、欧阳良兄弟两位将军,以及曾任闽侯县县长、陕西省专员、陕西省保安司令的欧阳英等。

欧阳枢,善识人,于明洪武辛酉年(1381年)春,力荐年已53岁的陈文肃(琅岐王埔人),以其孝悌力田、文武全才,促其赴京取仕。陈文肃经殿试,得授淮安知府。文肃善治理,兴水利,拯民于水火,大有政声。擢升四川提刑按察使。入川后,依法治蜀,善断案、除贪官、废杂税,为民除害,整肃地方。文肃治蜀两年,社会安定,经济发展,百姓丰衣足食。后升南京礼部尚书。欧阳枢举荐贤能,堪称伯乐。

欧阳英,祖出东岐,生于清光绪乙酉年(1885年),1928年3月至1930年5月,任闽侯县县长。在省政府主席杨树庄支持下,于闽侯县西内外西湖设立模范村,进行乡村建设实验。欧阳英师从近代文学家、方志学家陈衍,福建公立法政学校毕业。在闽侯县县长任内,整修西湖、改善交通、重视教育,在社会事业方面多有作为。史载,民国十九年(1930年),著名文人施景琛与陈衍发起组织"闽侯县名胜古迹保存会",县长欧阳英及地方名士陈培锟、刘通、于君彦、董藻翔等人参加,他们重浚欧阳池,修复欧阳亭、喜雨堂、剑池院等古迹。

"昆仲两将军"——欧阳晋、欧阳良,均出自马尾海军学校。欧阳晋1917年重阳节出生,少小聪明好学,14岁入马尾海军学校航海班学习,成绩优秀。1936年,在"通济号"实习,1937年奉派德国学习潜艇技术。后入民国海军。抗战时期，奉命沿长江布雷，任第五大队布雷官。江阴布雷时，遭敌攻击，九死一生突围。参加武汉保卫战，与日军浴血奋战，多次立功。1943年调往英国皇家海军编入英国远东舰队在东南亚与日军作战。回国后任职海军部，1948年调任"重庆"号巡洋航少校通讯官。1949年提任海军第二舰队中校参谋长，协助林遵筹划起义，起义成功后，欧阳晋随队加入中国人民海军。1955年授中校，1985年入党，1987年以副军级离休。参与《中国大百科全书》军事卷条目编写。

欧阳良是欧阳晋堂弟，1928年出生，少小离家，曾就读梁厝小学、省立福州初级中学。1943年考入马尾海军学校，随校迁桐梓，后毕业于海军军官学校。曾在国民党海军参谋大学、国防大学战争学院进修。随国民党入台，历任舰长、舰队长、军区司令、金门防卫部副司令官，"国防部"常务次长等要职，授海军中将。

东岐欧阳氏族谱，始修于元文宗天历年间，欧阳月林主编。明代、清代、民国历有重修，存族序10多篇，为官宦名人撰写。欧阳氏族源流、世系在谱中记载清晰。

毯山龙津——
仓山潘墩潘氏宗祠

林国清/文　林振寿/图

从福州仓山的三叉街驱车南下不过两三公里，就会到达黄山村，向东折，扑入眼帘的是潘墩村的一座大牌坊。西面匾曰：龙津胜境。东面匾曰：潘墩溢福。西东两面皆有石刻楹联，曰："毯山衍望族，地灵人杰，名扬左海；龙津毓秀气，英才俊士，誉播八闽""一脉续忠魂，尚武亮节，日月可鉴；百族重家风，崇文树人，世代相传""丹心赓承扬正气；汗青赓续弘祖德"。牌坊上的这些文字，就是潘墩村潘氏宗祠的特点和潘氏家族的光辉历史。

豸石龙岗　箕裘百代

潘墩潘氏宗祠于明代后期建成，它坐落在大牌坊的后面，坐西南朝东北。这里有一座不高的"毯山"，山形如毯，十分可爱。祠堂就坐落在山的东麓，前面隔闽江与鼓山相望，所以又有"毯山衍望族""坐毯山向鼓岫俎豆千秋"等的牌匾楹联。

闽都寻宗 念念咱祠

此外还有"由豸石迁龙岗箕裘百代"
的说法。"豸石"即豸石山,在长乐江田镇
的三溪村。"龙岗"即潘墩村所处的"龙津
境"。据传,福州潘墩村的"潘"姓原由长
乐三溪村的"潘"姓迁来。《福州姓氏志》
说:"潘清保自怀安洪塘(今仓山建新镇
洪塘)迁居闽县安仁乡开化里龙津境山
前(今仓山区城门镇潘墩村)。""山前",
便是现在的"毯山"罢了。又"潘兴贤由
三溪地房迁闽县白石头(今闽侯荆溪镇
浦口村白石头)。"还有"三溪潘氏二十四
世潘图迁闽县高湖(今仓山盖山镇高湖
村),后转徙闽县安仁乡开化里龙津境姚
墩(今仓山城门镇潘墩村)。"总之,如今
潘墩的潘姓,大概分为三支源流:一是潘
清保后裔;二是潘图后裔;三是潘兴贤后

【延伸阅读】

箕裘[jī qiú]

　　原指由易而难、有次序的学习方式,后多用来比喻祖先的事业。

裔。但三支都先后分别自长乐三溪迁来。潘墩二十世孙潘添元在《潘墩潘氏族谱序》里记载道："吾潘墩潘氏一族,世世延三溪血脉,奉三溪字辈谱,以明世系,以辨昭穆。"

潘氏的得姓的历史十分悠久。据传:舜生于姚墟,故姓姚,建都潘(今北京延庆区东北)。后舜部落南迁山西永济,商时,其后裔在潘地建立潘子国,商末被周所灭,子孙以故国为姓。"姚"氏遂改为"潘"氏。东汉时,潘崇的后裔潘乾为溧阳长,出居荥阳,为荥阳潘氏先祖。

另有传说称,"潘"原为"水""田""米"组成。潘乾以有"水",有"田",有"米"的"三有"自居,夸耀于人。皇帝听之,以为有"欺君"之嫌,遂持朱笔,在头上加了一撇。皇帝御笔亲点,谁敢异议?自此后人称"有盖潘氏"。但也有不尊"圣命"的仍然用旧字为姓,如福州仓山区盖山镇义序、山边、西井、洋下等村的潘姓,都不加一撇,俗称"无盖潘",其实是一样的"潘"姓。

镇祠之宝 令人称奇

潘墩潘姓宗祠距离大牌坊仅有一箭之地,规模很大,占地约1200平方米,主建筑纵深38.3米、宽17米、高10.3米,土木结构。它的风火墙、歇山顶、黛瓦翘檐等均古朴又壮丽,墙头灰塑雕上的"花开富贵""梅雀争春""锦绣前程"和"十供"等图案,美轮美奂。

比起雄伟又精巧的建

筑外观，宗祠内景亦让人惊叹流连，百看不厌。跨入宗祠大门，人们会觉得满眼辉煌，各种既美观又实用的设计让人目不暇接。

游览者首先遭遇的会是宗祠自带的戏台。戏台的上方是192套斗拱叠成的藻井。它不用一根铁钉，仅靠着精致的卯榫，结成一体，既精巧美观，又有舞台声学回声祛杂的神奇效用，不禁令人感慨先人的智慧。

戏台的后屏风，是两块大彩绘。据传画于明代，但不知其作者。曾有由上海慕名而来的考古专家，对其大为惊叹，认为是属于"国宝级"的文物，并再三嘱咐潘氏族人要好好保护。

戏台前面为第一天井，天井两侧的走廊上另有许多的古代壁画和浮雕，如《二十四孝》等。过天井跨5级石阶便是祠厅，特别的宽大磅礴，气势恢宏。祠厅中的"敕封世袭云骑尉"的圣旨牌大有讲究。《龙津潘氏族谱》中记有一则潘贞明的故事。潘贞明武举人，出缺厦门守备，1786年，他奉命出征台湾，不幸阵亡。嘉靖皇帝闻报，封其为"世袭云骑尉"，特赐御牌，彰其忠勇。

同样罕见的还有祠厅的上方高横着的一根用铁抄木制成的横

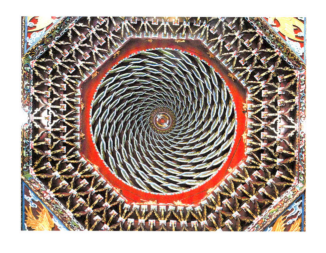

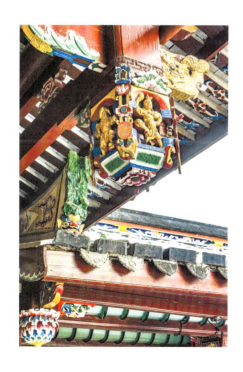

梁。它长17米,径约50厘米,首尾匀称,用黑色的生漆刷面,熠熠闪光,堪为"镇祠之宝"。据说,建祠时,适有外国的轮船废弃在马尾港,中有桅杆拔云,为在挪威国采伐的铁抄木,被潘墩祠堂购买作为横梁。"铁抄木",顾名思义,其木质紧密如铁,硬度异常,重量非凡,水火不入,想用刨刀稍以加工,却也难动其分毫。这根铁抄木傲然跨于祠厅的上方,已有100多载,可谓阅尽人间烟火。

作清代，「凡有族者，类皆有祠」。祠堂大小规模不一，各宗族还往往多次修复祠堂，使其尽善尽美。有些宗族既有宗祠，又有支祠，或先建支祠，再建合祠。这一时期，甚至有宗族筹建涵盖一省或数省同宗各支的大总祠。

清代各地修建祠堂的数量远远超过了明代，尤其是在那些宗族制度较为发达的地区，更是祠堂林立、牌楼高耸，呈现出一派浓重的宗族文化色彩的景象。

清

古义可风——
马尾东岐黄氏宗祠

林宇　杨成和/文　林振寿/图

　　马尾东岐黄氏宗祠坐落于福州市马尾区亭江镇东岐村市心境。它始建于清康熙年间，于乾隆、光绪年间又行扩建、续建。1930年，族人修茸祠内，改造祠埕。1992年，宗祠按原貌、原材升高构架，粉墙青瓦，修茸一新。1995年，马尾东岐黄氏宗祠被列为区级文物保护单位。

明初开基　清朝建祠

　　黄氏于唐朝时入闽，入闽黄氏始祖为黄敦。东岐黄氏的开基祖则为黄草斋，他于明朝初期迁入东岐郡，郡堂号为"虎丘堂"。东岐黄氏自开基祖草斋以来，有明一代至清初未有祠，康熙雍正之际，八世祖亨辉、九世祖仕弘乃商诸族人捐资建祠。乾隆年间，十世祖道雍、道彩昆仲复献资主持扩建。光绪年间，十三世祖武典、立丰诸董事整修。庭庑匾图规制皆备。1930年，族人复修内祠，改造祠埕。此后历60载沧桑，宗祠失修，且沦为他用。

1992年春，海外宗亲托有识之士议修宗祠，商诸村两委收还祠址，众亲踊跃献资修祠。本着修旧如旧原则，宗祠规模大小及厅堂形制不变，以清基垫高方法加石柱共2米，重砌新墙，恢复前座廊庑，新添青白石柱6对，更新门面增刻墙头石雕，改后座为混凝土结构三层楼，并修七小娘龛，新建族亲骨灰塔，前后历时两春，于1994年10月竣工。

翻新修整后，东岐黄氏宗祠坐北朝南，宽21米，深28米，总面积650平方米。宗祠前采用平墙，中开大门，左右两旁为框门。进石框大门，依次有回廊、屏门、前天井、大厅、后天井。厅堂面阔三间，进深7柱，抬梁减柱穿斗式木构架，双坡顶，两山用鞍式风火墙。四扇三间，前后两天井一大厅，颇具明清建筑风格，雕梁画栋、古香古色、庄严典雅、气势宏伟。

宗祠前临街道，大理石大门墙上高悬烫金"黄氏宗祠"牌匾。大门口对联"江夏肇基绵世泽；岐山衍派振宗风"，石框屏门高悬牌匾"清风高节"。内堂为木质结构，堂中设飞檐翘角形的神主龛，龛前供案镏金描绘，龛柱盘龙刻凤，引人注目。祀祖龛雕饰更是流光溢彩、金碧辉煌。厅上"进士""文魁"等牌匾琳琅满目，黑底金字的覆竹祠联多为名家手迹，联语有"世笃忠贞代有能人光海国；家传孝友大开图画赛瀛洲""宗功祖德蒸尝万古；黄子炎孙孝友一堂""江夏名推天下士；岐阳仁获古义碑"等，说明本支黄氏来自江夏，入闽为虎丘六叶之黄，以及黄氏先祖的功德。东岐黄氏宗祠内还有一面"古义可风"匾额，上书"福建屏南知县调知闽县事萧山王绍兰为嘉庆六年岁次辛西季冬合北里东岐雍进士黄道彩立匾"。

目前，祠堂有理事会理事40余人，族人丁数2000余众，旅居海外及港台者占四分之三。现存族谱一部，始修年代为1995年，手写线装,旧谱名称《岐阳黄氏宗谱》。2005年续修,影印精装,新谱名称《岐阳黄氏宗谱》。

名贤辈出 满门忠烈

东岐黄氏家训为:重根本,崇气节。守清廉,持刚直。笃忠贞,敦孝悌。敬师生,睦邻里。正民俗,彰公道。勤学问,警怠惰。息怨争,惩凶暴。严教化,禁窃盗。傲奢侈,尚俭约。守法律,戒淫恶。炎华夏,勇开拓。遵家训,言行恪。

在族风的影响下,亭江东岐黄氏族人名贤辈出。历代官宦贤达人士比较突出的有:黄道彩(雍进士)、黄武典(雍进士)、黄祖坦(雍进士)、黄武宪(光绪间奉政大夫)、黄武禄(道光间军功议叙六品衔)等。雍进士指秀才,雍就是国子监的意思,雍进士为国子监生美化的称呼。

近现代,东岐黄氏也走出许多奇杰名俊。黄孝椿(1890—1938年)便是一位杰出代表。1938年,黄孝椿任中山舰轮机军事长(轮机三副)。时年秋季,京沪沦陷后,武汉成为日军进攻的主要目标之一,中山舰奉命参加武汉保卫战。当时,中山舰的主炮、副炮已拆下装在岸边几个要塞上。1938年10月24日下午,中山舰巡航至湖北金口江面时,突遇六架日本军机轮番攻击。全舰官兵英勇作战,舰长萨师俊(福州人)等25人在作战中牺牲,另有20多人负伤。

在这些伤亡官兵中,有两位为叔侄,他们正是黄孝椿和他的侄子黄滂官。黄滂官时任中山舰舰长萨师俊的勤务兵,在作战中负重伤。黄孝椿则壮烈牺牲,年仅48岁。中山舰因舰尾等处要害部位中弹,最终沉没在波涛之中。

东岐黄氏族人一直保持着英勇抗击日军的光荣传统。1945年春,游击队员黄贤钗、黄建楚等,趁二名日军官兵出巡东岐之际,假设酒宴套他们至黄氏宗祠,将其歼灭。过二日,驻扎亭江的日军三面包围东岐。全村男女老幼1500多人均被赶至黄氏宗祠,紧闭大门,堆满柴草,以活活烧死所有人胁迫村民告发游击队。但村民宁死不屈,无一招认。日军无奈,把青壮年135人又押至亭头怡山院拷打几昼夜,也无一人招供。

海将故里——
闽侯橘浦刘氏宗祠

刘长锋/文 林振寿/图

穆岭东瞰，可眺望民国首任海军上将刘冠雄的故里——闽县归义里（今闽侯县青口镇前洋村）。在密集的民居间，有一处朱墙高脊的古雅建筑，便是刘冠雄曾两次还乡、续谱修缮的闽侯橘浦刘氏宗祠。

派衍风岗　浦涌彩浪

"避乱徙闽州，高卧风岗分万脉；患洪迁归义，卜居龙阜发千支。"祠内堂联道出这支家族迁徙过往。唐僖宗中和辛丑年（881年），这支家族入闽始祖刘存，率三子三侄随王审知的义军入闽有功，刘存的胞侄刘昌祖官封司马参军，刘存为参知政事。公元904年，择居今福州仓山风岗里。明万历年间，朝请房廿二世裔孔暝，因洪患携眷从风岗刘宅迁居闽县归义里，即今青口镇前洋村橘浦。孔暝成为橘浦刘氏宗祖，迄今400余载，衍上万人。清末民初，后人多迁居天津、北京及港、澳、台。

"东凭穆岭萦七灵紫气，前接淘江纳五虎雄风。"宗祠位于闽侯县青口镇前洋村，这里天资胜境，卓尔不群；前朝五虎，紫阳高照；东倚穆岭，道风浩荡；河成玉带，入濑蕴秀；岸植橘树，浦涌彩浪；林枝叠翠，水漾灵气；龙潭聚基，鳌里夺尊。是个不可多得的宝地。这里又处于古驿道旁，福州评话《里京路引》中"青圃兰圃（前洋村在青圃和兰圃中间）慢慢乾，乌龙过江三角埕"的悠悠乡音，引人遥想当年学子自此古道北上，进京赶考的情景。

海表流勋 肇开丕基

宗祠始建于清中期,坐北朝南,单座砖木结构,正面四扇,深五柱;左右为马头风火墙,祠内前为天井式门庭,后为祭祀殿堂。宗祠在清末与民初有过两次修缮,"文革"中一度废置,文物遗散,面貌毁损。2021年底,橘浦刘氏后人为弘扬孝道,将之复修如新。

宗祠虽不算宏伟,却也别有精致风格:外高脊、飞檐、碑亭、朱墙、黛瓦和谐组合,造型庄严;内立柱、梁托、爪柱、叉手等雕刻花纹人构件也均设置巧妙;特制的"忠贤堂"额匾,底为蔚蓝色,字为金黄色,意为这支刘氏后秀曾为中国早期海军事业创下辉煌;新置的金漆祖龛,序列昭穆,古香古色,庄严肃穆;宗祠右角落展示刘冠雄祖屋家具,使人览物励志;堂中悬挂的民国大总统徐世昌题的"海表流勋""肇开丕基"等匾额,熠熠生辉。省姓氏源流研究会题的"祖泽重光"也引人注目,众多的匾牌都为祠堂增辉添彩。

理学传家 报国继世

"凤岗八贤达家声永远,橘浦四将勋世泽绵长。"橘浦刘氏宗祠内的一对祠联记录了这支刘氏古今祖贤的荣光——先祖有为国战死"两军侯"、八位理学乡贤,近祖有民国四位海军将领。

这支刘氏自明代迁闽县橘浦后,承耕读家风,继尚武精神。清末,二十九世刘克牲,以箍桶为业,生计艰难。时值船政大臣沈葆桢回乡招生,刘克牲以过人的眼光和胆识,将四个儿子送进了福州船政学堂。这四个儿郎胸怀国家,笃志苦读,皆成懂科学技术,能造船航海、报效国家的栋梁。刘冠南、刘冠雄参加甲午海战,荣立殊功。四兄弟为中国海军早期建设都作出了很大贡献,因此也被擢授为北洋、民国海军将勋:老大刘敦禧、老二刘敦本为中将级造舰大监,老三刘冠南为海军轮机中将,老五刘冠雄为首任海军上将、九任海军总长。四兄弟及其家族五代人创下了"制造第一艘军舰"等10个"中国第

一",世称"福州海军刘"。

当代橘浦刘氏后裔俊彦辈出,仅"海军刘"一门50多人,其中正副教授7人,总工程师、高级工程师15人,友钧、友渔、景樑、刘剑等4人享受国务院政府特殊津贴;友钧获过中、美、英、德、意等多国科学技术发明专利;景樑获得国家设计大师的称号,参与了人民大会堂和毛主席纪念堂等的设计、建造。

熔铸家风 传扬美德

橘浦刘氏宗祠的陈列里,刘氏先哲族贤的事迹引人驻足。民国四位海将军将领成长成材的人生经历更是体现了橘浦刘氏的家国情怀。

四兄弟的父亲刘克牲,被刘氏后人称为熔铸家风的典范。他虽是穷箍桶匠,却胸怀家国,谆谆教导子孙要"忠国爱族,在家孝悌,以和为贵,务本求实,崇尚礼教,勤学勤俭"。四兄弟谨遵父训,他们在船政学堂中勤奋共勉,在事业上协力报国。

老大刘敦禧以孝善称著,他在法国学习时,闻母亡故,因无法回家奔丧,哀恸呕血,数月不起。父亲去信要他以学业为重,以报国尽孝,他捧书泣诺。告老后在家乡捐巨资设"心社施诊局",赢得乡邻盛赞;老二刘敦本,朴厚耿直,颇重廉节,曾做一对联励己:"不求利不求名,徒为一世马牛,难免诸君笑我拙;只惜衣只惜食,爱种来生福果,愿将万事让人先。"他在担任造舰大监期间,忠于国家,恪尽职守,严词拒绝了洋人造舰商的重金贿赂,保全中国人高尚的气节。老三刘冠南朴纳勤敏、竭诚报国,尤重操守,慎于交游。在任江南造船所所长期间,创下中国造舰史上的四项第一。退役后为故里古驿道建"透头利济桥",热心乡间公益事业。小儿子刘冠雄身居高位仍不忘根本,曾在故居厅堂陈列父亲的箍桶担,成为当世美谈。刘冠雄还不嫌贫贱之交,多次帮助身为船民的宗亲刘润诚创业,亦成为佳话。民国初期,刘冠雄两次还乡,续谱修祠,弘扬孝道,并续题三十二字行第:"秉承祖训,品正端庄,绍述诗礼,吉协允臧,基功立业,扬为国光,贻裕永久,福禄而康。"这既是行第,也是族训,寄予后代厚望,做个"品正端庄,扬为国光"之人。

堂内柱柱皆题联,联中字字掷有声。如"穷而有节,慕贞筠傲雪;达则无言,思淬剑砺锋""好子孙须从敬祖尊亲做起,光门第应自读书报国得来",如鞭如鼓,催人奋进。

从天津、北京等地以及海外回归故里祭祖的刘氏年轻一代,看到故乡祠堂里挂着的先祖四将勋仪像和孝廉故事图片,都备受教育与鼓舞。

严复遗风——
仓山阳岐严氏宗祠

吴鸿鑫 梁发平/文 林振寿/图

　　碧波荡漾的阳岐浦似一条轻盈衣带，穿过这座宁静的村落，悠悠淌入乌龙江。葱茏而峻拔的阳岐山脉与秀美江水遥相呼应，组成了一幅优美的水墨画，这里就是福建省级历史文化名村、著名思想家、教育家严复的故里——阳岐村，古老而又庄严的严氏宗祠，便坐落在这片钟灵毓秀的土地之上。

始建于清 数历修缮

　　阳岐严氏宗祠依山而建，为砖木混结构，二进两座，座与座之间以天井相隔，总占地面积约为572平方米。宗祠内建有严复纪念馆，介绍严复的生平，弘扬严复的爱国精神。2007年，严氏宗祠被列入仓山区区级文物保护单位。

　　据阳歧严氏后人、严复纪念馆馆长严孝鹏介绍，阳岐严氏宗祠始建于清康熙三十年(1691年),距今已有300多年的历史。古祠在岁月侵蚀下,曾多次毁坏。严氏后代亢宗之子不忍祠宇破败,于乾隆二十年(1755年)进行了修葺。在之后的岁月中,宗祠曾经被征用为粮店,直到1988年方才收回。此时已近面目全非的严氏宗祠亟待重修。然而当时的阳岐严氏仅15户人家,力量单薄,修祠工程又十分浩大,幸得严孝鹏以武术结识严营俤等宗亲,又纳弟子于下洋,与时下洋村书记黄振声和下洋村严氏宗亲齐心捐款筹资,又得企业家严城官、严子铭等人的鼎力相助,修祠方圆满完成。

而后又过10余载,2003年时,严氏宗祠在一场冰雹下再度损毁严重。严孝鹏再次接过修缮祖宗祠堂的重担,重修了严氏宗祠。2006年,仓山区政府批复在严氏宗祠内建立严复纪念馆,同时成立严复文物保护小组。至此,几经风雨的古老祠堂,在严氏子孙的坚守和维护下,涅槃重生。

如今的祠宇古朴而大气,既富历史之韵味,又有时代之朝气。祠堂以仿清式结构为主,祠宇覆盖朱色琉璃瓦,两边筑马鞍式封火墙,墙楣处彩绘纹饰,古色古香。正中辟祠堂大门,旁辟两扇小仪门,门前耸立一对楹联石柱,门上悬挂匾额"阳岐严氏宗祠"。

探门而入,迎面是与一扇木质古朴屏风,两旁有覆壳金字楹联曰:"有王者兴必来取法;虽圣人起不易吾言。"横批"吾宗之光"。这副楹联凸显了严复的高度自信,也体现了他希望自己的思想运用到社会实践的期盼。而屏风之上,悬挂一副大气的金字匾额"严复纪念馆",此匾额手书自严复孙女、台湾妇女界领袖人物严倬云。

屏风之后是宽敞天井,其间栽绿植遍地,绿意盎然,十分清幽,天井两旁回廊相通。穿回廊而上,便来到了宗祠大厅,这里也是严复纪念馆。馆内正中与两旁陈设多个展柜,其中多是有关严复的文学、书画、活动之著作,如《严复全集》《科学与爱国》等。两旁墙壁上有多面展板,叙述严复生平事迹,陈列相关的历史老照片。宗祠大厅的房梁、雀替还保留着建筑初建时的古老样式,它们已染上岁月的斑驳痕迹,与各种展陈品一道,述说着严复这位时代巨擘波澜壮阔的一生。

时代巨擘 鉴知未来

穿过严复纪念馆,便来到了严氏宗祠的神主厅。神主厅庄严肃穆,正前方为木质亭阁式神龛,祀奉着阳岐严氏世代之先祖;两旁墙面上挂着多面匾额,其中"楚庄同祖""怀英同宗""严复西学"这三面匾额,讲述了阳岐严氏的历史及辉煌。

严氏的源流可追溯至汉明帝时期的严光。严光本姓庄,因避汉明帝刘庄讳而改庄姓为严,因此后世便有"楚庄同祖""庄严同宗"之说。而严氏入闽始祖是唐末的严怀英。据《阳岐严氏宗系略纪》记载,怀英公于唐昭宗天祐年间入闽,因屡立战功、政绩显著,王审知授勋朝请大夫,赐"大夫第"。而这座象征着荣耀的"大夫第",后来也成了严复之祖居。

"严复小时候就住在阳岐的大夫第里,后来以第一名的优异成绩考进了福州船政学堂,所以他的根就在阳岐,是我们阳岐村严氏代代的精神领袖。"严孝鹏说道。据族谱资料记载,严复是阳岐严氏第二十七世孙,其父严振先乃苍霞名医,后因行医时不幸染霍乱而亡,年仅14岁的严复举家搬回阳岐村,居住在老家"大夫第"内,生活贫苦,举步维艰。窄小的西披榭并没有困住严复的远大志向,15岁那年,他以第一名的成绩考入了福州船政学堂,翻开了他壮阔人生的第一篇章。1877年,年轻的严复成为中国第一批海军留学生赴英留学,在这期间,严复开始接触西方文化,广泛阅读了斯宾塞、达尔文、赫胥黎等人的著作,这些体验,让他深刻了解到当时中国社会制度的缺陷,并为他"融会中西,译以救亡"的思想打下了坚实的基础。1894年,甲午战争中国的惨败,对严复造成莫大的刺激。他意识到中国的失败不只是军事落后,更有政治、经济、社会以及思想文化方面的原因,因此

认为必须师法西方，才能突破困境。于是他翻译了八本西方文学著作，提出"科学与爱国"的思想，喊出"物竞天择，适者生存"的口号，以振聋发聩之声，唤醒了中国一批批沉睡的"东方雄狮"。

1918年12月，严复回到了阔别二十五年的故乡阳岐，又过三年，这位时代巨人走到了生命的尽头。哲人虽逝，精神永存。严复长子严璩，赴英留学归来后曾多次担任财政部次长，1933年上海沦陷，严璩拒绝出任日伪财政部长，后病逝于上海。严复三子严叔夏，在抗日战争爆发期间，舍弃优裕生活毅然决然奔赴福建协和大学任教，为教育、民主、爱国事业作出莫大贡献。

奕叶显荣——
连江坑园曾氏宗祠

梁发平 林丽丽/文 林振寿/图

倚笔架雄峰，拥筛园福地。曾氏宗祠坐落的连江县坑园镇坑园村，是连邑千年古村之一，古称筛园。左濒洪海，右倚颜岐，前临两屿，后靠双埕。人文荟萃，物华天宝，是钟灵毓秀之福地。枕山襟海，瀚海涛声，风景清幽，俗称耕峰境。坑园村还是当地有名的红色革命老区，1952年就被中共福建省委认定为革命老区基点村。2017年，坑园村被列入幸福家园创建村和美丽乡村重点村建设，兴建老人幸福院、文化站等便民设施，提高当地居民幸福感。

肇基坑园 枝繁叶茂

《世本》有云："（曾）系出姒姓，夏少康封少子曲烈于鄫，后为莒灭，鄫太子巫仕鲁，去邑为曾氏。"这记载说明，曾氏出自姒姓，以封地名为姓，太子巫被废后，因失国土"去邑为曾"，始有"曾"姓，素有"天下一曾无二曾"之说。"孔门四圣"之一的"宗圣"曾参，是曾氏开派始祖，尊为曾子。

溯源寻宗，曾姓远祖发祥于山东嘉祥，派衍江西吉安,后迁居福建漳州。据南靖县新罗曾氏族谱2014年版记载,下龟坑房系,六十派先祖宜旺公生育二子,长子惠传、次子惠海。惠海公生一子文耀,其后代由豪冈(今高港村)迁往龟坑社定居。其六十四派裔孙见可公又从龟坑迁入福州连江坑园村。据武城豪冈2016年新修族谱记载,六十二派至七十一派资料失传,将近300年惠海公脉系传承无从考查,见可公相关记载也不幸失传。

明万历甲午年(1594年),坑园曾氏肇基始祖见可公携四弟时可公从南靖龟坑迁居连江坑园村,开基繁衍,接绍香烟,绵绵瓜瓞,奕叶显荣,至今420年。见可公是臣建公的次子,字一惠,号震宇。其育有五子,享年72岁,与妻子欧氏合葬于长垄山。曾氏在此地子孙蕃衍,人丁兴旺,发祥千百户,将近3000余人,是坑园当地的望族。

古祠新貌 家风淳厚

曾氏宗祠是曾氏后裔奉祀先祖的所在地,同时也兼具婚庆和宗族学堂的功能,20世纪90年代还曾是乡镇中心小学所在地。曾氏宗祠始建于清康熙三十五年(1696年),至今已有300多年。虽经多次修缮整改,宗祠外观并没有很大的变化。近年,经曾氏宗亲合议,在原址的基础上拆改重建宗祠,增其旧制,历时两年竣工。宗祠旁建有一幢5层高楼,为办公待客的场所。全祠总建筑面积1953平方米,堂号为"三省堂"。

走近曾氏宗祠,一座精雕细琢的石牌坊首先映入眼帘。牌坊正上方的石匾上镌刻有"曾氏宗祠"四个楷体大字。牌坊正面两侧石柱镌刻的"笔架耸峰祥光万道临福地 诸溪归海瑞气千条绕华庭"楹联,点明了曾氏宗祠的地理位置:背倚笔架高峰,俯察闽江入海。石柱背面镌刻的楹联则为"宗圣公承一贯孝道传万代 股肱臣辅三朝忠良誉千秋"。《曾氏宗祠重建碑记》记载的"承宗圣之孝道,习子固之文笔,学公亮之忠良。诚如是则父母之福,家族之幸,社稷之兴也",与牌坊楹联相照应,体现曾参、曾公亮两位先祖的丰功伟绩和曾氏孝道传家的理念。石匾下方"双龙戏珠"浮雕与背面"凤穿牡丹"纹样相互呼应。坊顶则雕琢有"双龙戏珠"塑像,翘檐装饰石雕小兽,灵动而富有生机。

通过牌坊,穿过小道,步入曾氏宗祠正门。只见红瓦重檐、翘脊高墙大气恢宏,雕梁画栋美轮美奂。门墙石壁上有"宗圣公曾参杏坛讲学""关内侯曾据挂帅出征"等浮雕图。朱门上方嵌镶"曾氏宗祠"门匾。门墙两侧镌刻"东鲁家声远 南丰世泽长"楹联,体现了坑园曾氏源自南丰一脉,从闽南迁居连江。穿过福字照壁,宗祠内立有一对蟠龙石柱,精刻蟠龙衔珠,双龙盘绕升腾,似在腾云驾雾。

宗祠共三进,大厅横梁高悬乌漆厚金"三省堂"匾额。大厅正中立有大型神龛供奉曾氏历代先祖的神主牌,右侧石壁镌刻宗圣曾子祖训"孝悌忠信,礼义廉耻,三省诚身,道传一贯",这是曾氏子孙持家治业的圭臬。大厅两侧石壁上雕绘十八位曾氏先贤的事迹和画像,教育子孙后代学习先贤,立身行道。

在宗祠大厅,"硕士""博士"等朱底厚金匾额与"继往开来""钟灵毓秀"等乌漆鎏金横匾一同高悬堂中。其中"文魁"匾最引人注目,它记载了坑园曾氏文魁曾振绅刚正不屈、品性高洁的一生。

承贤明理弘扬非遗

行过曾氏宗祠,来到曾氏"文魁第"。"文魁第"坐落于连江县坑园镇耕峰路八号,坐东朝西,门楼位北向南,占地面积4256平方米,建筑面积1067平方米。正厅始建于清咸丰年间,至今将近150余年,保存基本完好。穿斗木石构造,进深七柱双层,俗称"七柱出游廊"。两侧厢房门扇刻有松鹤、如意、龙凤等多种吉祥图案。

正厅门联镌刻"天下之达道五 古人有不朽三",传达了我国古代儒家伦理道德思想,润泽世代曾氏子孙的心灵。正厅上方高悬"文

魁"木匾,"文魁"匾右竖镌"钦命兵部左侍郎提督福建学政徐树铭为",左竖镌"咸丰辛酉科乡荐中式贡生曾振绅(立)"。

前厅中柱镌刻44个字颜体楷书长联"溯洙泗渊源一贯薪传所赖地脉钟灵蔚起英贤绵道脉 望熙宁宰辅并持枢政惟愿书声继响叠膺诰命振家声",赞颂祖德荣光,期待子孙后代承前启后。曾振绅为后代留下了"巨室傍名山看玉印金牌绕屋奇珍尽是升平瑞色 华堂仍故里听鸡鸣凤哕盈庭雅调即为盛世元音""燕翼拓鸿规看此际鸟草飞焉马大启尔宇 云巢临月地卜他时嵩生狱降允矣长发其祥"等8副楹联,均蕴涵深厚的中华传统文化,是曾氏子孙宝贵的精神财富。

每年正月游神民俗活动前,曾氏宗祠有"接大王进宗祠"的习俗。"接大王"相传起源于筱埕,每年十二月初一,当地居民就开始建造木质官船,船上画龙雕凤,彩旗飘扬。船舱立有文武太平王神像和一众兵卒塑像。等到正月初五早上,备好完整的船上生活用品和工具。夜晚,村民抬着文武太平王的神驾,将"大王船"放于海上。每年都有许多乡村派大批人员到海上争接"大王船",祈祷来年风调雨顺,五谷丰登。

这一传统民俗活动,代表了连江当地淳厚朴素、独具特色的民间信仰,具有较大的影响力。"非遗进宗祠"使得宗祠文化和地方非遗交融发展,薪火相传。

　　坑园曾氏族裔重教崇学,奖学助学蔚然成风。2015年坑园曾氏梦圆教育基金会成立,宗亲们慷慨解囊,出钱出力。基金会每年都会开展金秋奖学助学活动,表彰曾氏学子,几年来已累计捐资60多万元,奖励98名考取重点高中及本科生、研究生等的家族学子,资助10名特殊困难家族学子,并编印出版了《连江坑园曾氏梦圆教育基金会纪念册》一书。坑园曾氏族裔重视历史传承,2018年发起续修族谱,曾氏子孙一同努力,共筹资150多万元,历时两年圆谱,宗族历史渊源再次得以系统延续,家声悠扬、世泽绵绵、奕叶流芳!

桑莲献瑞——
连江定海黄氏宗祠

苏静/文 林振寿/图

在省级历史文化名村定海，黄姓是这里2000余户居民中的第一大姓，人口约1500人，占全村总人口的五分之一。定海姓氏繁杂，有姓氏百余个，是个"百姓村"。黄姓作为定海第一大姓，乡人有"一黄二赵三高四蔡"之说。定海黄氏宗祠坐落于双髻峰山麓，依山面海，为当地保存较为完好的宗祠之一。

桑树长垂开千代

黄姓入闽的历史，与汉民族开拓福建的历史同步。据文献和民间族谱记载及传说，东汉时期的固始人黄道隆，是目前可知最早的黄氏入闽者。北宋咸平榜眼黄宗旦续修的《锦田黄氏大宗族谱》中记载："道隆公，河南光州固始人，黄舜夫之幼子，任官东郡会稽市令。东汉建安年间（196—220年），因见世乱不已，弃官避地入闽。初居仙游大、小尖山之间（即今之平朋山，俗称双阳山），后改迁桐城（今泉州市）西郊。"

定海黄姓分为"光州黄氏"和"四安黄氏"。作为定海第一大姓的"四安黄氏"，乃因江夏紫云派黄氏开宗始祖黄守恭，生四子分居南安、惠安、安溪、同安四地而得名。相传黄守恭乐善好施，济贫扶危，名闻遐迩。他生有经、纪、纲、纶四子。唐垂拱三年（687年），桑莲献瑞，黄守恭舍宅建开元寺，匡护禅师为感公德，遂为其四个儿子择地

而居,各展宏图。

一日,黄守恭唤齐诸子,禅师为其祈祷祝福,并拿出铙钹打成五片,黄守恭执一片,四子各赠一片,骏马各一匹,叮嘱"此乃吾传家之宝,勿忘紫云之祖泽",并再三强调马停时即为开基之地。后来,长子黄经居住南安芦溪,次子黄纪居住惠安锦田,三子黄纲居住安溪葛盘,四子黄纶居住同安金柄。当时,黄守恭的次配司马氏有孕在身,负气回绥安(今漳州)娘家居住,后生一子名纬,开基立业,故又有"五安"之称。

黄守恭遣子分派"五安"时,作《示儿诗》:"骏马登程往异方,任从随处立纲常。汝居外境犹吾境,身在他乡即故乡。朝夕勿忘亲命语,晨昏须荐祖宗香。苍天有眼长垂祐,俾我儿孙总炽昌。"教诲子孙后代须常常念诵,互识紫云黄氏乃一脉之源。

白莲远荫衍四安

定海的"紫云黄",大约于明中叶自闽南泉州迁来,定海黄氏复回祖为黄氏八世祖黄有齐。黄有齐,字荣西,号建德,生于明崇祯六年(1633年)。清初因"迁界",20多岁的黄有齐随黄氏举族内迁,迨至康熙二十三年(1684年),他率先回迁定海。之后,大批黄氏族人陆续回迁,繁衍生息,竟成定海一大望族。迄今,"四安黄氏"在定海已传二十二世,全村黄姓300余户,占总户数的七分之一。

除了"四安黄"之外,定海黄姓还有一支"光州黄",始迁祖系宋末黄宗兴从长乐古槐镇青山村迁入。

定海村中的两座祠堂都是黄氏族人的宗祠。一座位于定海衙门前街,土改时被征为公产,由县民政局管辖,曾作为定海小学的教学楼,现已废弃。另一座位于定海泗洲路100号,始建于清康熙后期,建祠始祖为黄有齐。因祠堂高于周邻,建造中发生争执,祠堂未曾修竣而半途而止。乾隆二十三年(1758年),黄化龙、黄光涛等诸公相继为官,后返乡提议续建祠堂,由黄有齐后裔修缮完工。

1934年日军入侵定海时,祠堂遭日军炸弹重创。不久,族贤黄和琮、黄和挺、黄和椒等再次组织众人重修。新中国成立后,该祠堂被充公使用,曾被部队借用作食堂和仓库。20世纪80年代初,农村实行家庭联产承包责任制后,祠堂才归还给黄氏族人。经过多年的风雨侵袭,祠堂渗漏破损严重,岌岌可危。

1993年,黄氏族人出资出力,对祠堂进行大规模修缮,历经半年的扩修、装饰,终成今状。它翘角飞檐、金碧辉煌,是目前村内唯一保存完整的宗祠。

修葺后的黄氏宗祠基本保持原来木结构、单檐歇山屋顶的样貌,周墙由花岗石砌造。宗祠坐北朝南,总建筑面积200平方米,分墙门、一进、二进、正堂,共三进,雨天不用打伞即可沿着廊檐直至正堂。

敦宗睦族扬遗风

走近祠堂,正门额上书"黄氏宗祠",门额下原嵌刻楹联"桑树长垂开千代;白莲远荫衍四安",经重修后新楹联为"江夏衣冠绵世泽;紫云文武振家声"。

推开大门，一进为走廊，中进为天井，三进正堂为供奉先祖牌位神殿。堂正前方悬挂一块新制的"溯源归根"大牌匾。堂中有块题刻有"海涌潮来"的古老木匾格外引人注目。据说此匾是用整块樟木制成，左款题：双峰黄元奕；右款则题：乾隆戊寅。字为阳刻体，手书清秀遒劲。这是乾隆二十三年（1758年）祠堂重修落成时，黄氏九世祖黄元奕献的大匾。堂后还悬挂有一块"四安黄氏"堂号"紫云堂"的木匾。

环顾四周，正堂墙上族中文人新撰诸如"唐朝赐爵三世公侯生麟育凤；宋代登科五百仕宦卧虎藏龙""分派泉州湄南会同溪四郡续簪缨未艾；卜居连邑列经纪纲纶双峰偕庙宇长辉"等楹联，皆是讲述黄氏族人播迁典故，遥相呼应的还有记录族人考取功名、担任军职的如"进士""千总""文魁"等匾额，生辉夺目。

如今，"四安黄氏"每年都要在宗祠内举行春秋两次的祭祖仪式，清明节及重阳节前后，族人还会相聚在宗祠，进行一年两次的家族大聚会。族人忆族史、话亲情，讲述祠堂的如烟往事，行族礼、尽孝道、讲族规、扬遗风，盛况空前。

星移斗转，岁月变迁，苔藓早已爬上宗祠古老的山墙。新镌刻在正堂墙上的"祖训""黄氏源流江夏颂""春秋二祀祭文"牌匾、题刻，诠释了"江夏宗亲广，子孙遍四方，宗训重勤奋，族众皆富强"的新景象。

龙虾出海——
永泰同安秋垅
卢氏支祠

张建设/文 陈成才/图

距永泰县同安镇西安村部大约1公里处，隔田垄望向公路对面，会见到一座纵向卧着的山包。山不甚高，山形稳重，腾伏有序，满山葱绿，前部分成两个支仓左右伸出，形状酷似一只出洞而向海畅游的龙虾：中部"虾背"拱起似欲腾跃，左右"虾螯"雄张，像要随时攻击前方来犯之敌，也像在紧紧保护着"虾头""虾身"。在"龙虾"的两边和前方，是长长的田垄和宽阔的田洋。两只"虾螯"围护着的"虾头"部位，安然耸峙着一座端庄的古建筑，这就是拥有遍布秋垅片村（含西安、占柄两村全部及尾林村局部）在地子孙4000多人的"卢氏支祠"。

不同凡响的宗祠构造

近看此祠，粉墙黛瓦，上下两落均为平脊，正面三门一大两小，初看其为普通。只是从最底下的小广场向上登，要通过三段九级垂带踏跺才达正大门，故略见嵯峨。在大门前回望，近有横仑为案，既让门前降落之势得以缓冲和回转，又不阻隔祠堂的视线。横仑内建有一座水池，形如泮池，或以"滋养龙虾"，寓意颇深。横仑外隔着一片相对宽阔的田洋，是层层叠起的朝山，近者舒缓，远者奇秀。整个明堂藏

风聚气,怀抱圆满,兼之坐北朝南,背阴向阳,采光通风俱佳,十分舒畅,足见当初选址人的眼光独到。

正大门构造亦不简单。门框为又厚又阔又长的青石板材,两边框之下为同类石材加以雕琢的石础,花纹简约而流畅,似为抽象的"象",寓意"太平有象""承平有象";顶部天平石自带有顶门如意花和门轴,两边小门也是青石板材立框,更以整石琢成拱券,也足见豪气。

内堂甚为雄壮。下堂进深四柱,面阔五间,高二层,两厢各两开间但不做隔断,楼上下均可作为活动场所和酒阁、看台;大堂面阔五间,进深八柱,中间部分仅仅以四根大立柱承顶,官房部分连同厅间形成一个巨大的空间,通透性特别强,不论作为祭祀拜场还是祭戏舞台都足够大,方便活动。大堂和天井的高差为七级垂带踏跺,也很方便大堂之下的人参与祭拜和看戏。这种空间结构显得很大胆,简洁明快并且实用。

内堂的垂带踏跺和柱础、压廊石板为数百年前的旧物,而梁柱、枋檩、斗拱等均十分简约,大体是"民国"时期风格。

卢氏肇迁永泰历史

查修撰于1992年的《秋垄范阳卢氏族谱》可知,秋垄卢氏开基祖卢招,于明永乐年间因拨屯肇基于秋垅冲峰村尾水交洋地方。屯垦事初定后,他继续外出寻找更适合家族发展的风水宝地,最终安眠于仙游县今游洋镇龙山村。其后裔也不甘局限于狭窄的水交洋,积极向外拓展生存空间。第二代兄弟俩就有一人迁往临近的黄连坪村,其后裔再迁仙游。留在本地的第三代胜祖则移到村尾建大宅,此宅后成祖祠。

胜祖生有七个儿子,其中老二添寿后裔迁往永泰县城和长垅等地。老大添福后裔到占柄村构建了极其华美的新万大厦和圆墩山土堡,又建大厦于傅岩,还会同老三添宁的后裔起盖了占柄村菁山土堡。老三添宁后裔于下楼井建大厦凡五落,曰"长泰庄"。这些豪宅大部分历时数百年保留到了现在。

至此,条件成熟,水到渠成。经过数代积累发展,家财已较富裕的第三房第十一世国学生兆佐和长房第十二世邑庠生卢铨,年龄相仿、学问相近,由他们共同牵头,会同族长及各房长鸠资共建新祠。新祠于乾隆二十四年(1759年)九月廿四日动工,十二月十五日落成,计上下两座,共费银360两。由于村尾祖祠(祖厝)尚在,所以就命名为"卢氏支祠"。

在建此"支祠"之前,长房、三房已经积累下很多好地盘,财富昌隆,比较兴旺。二房迁移到县城和长垅等地。其余各房部分迁至长垅、坵洋门限岭,以及土垅等地,地理条件、经济水平均不如秋垅。他们人口发展虽不如长房和三房,经努力奋斗,也见崛起之势。

胸怀宽广的宗族文化

宗祠大堂上引人关注的是两块匾额。檐梁中间悬挂的是"孝德可风",是一块复制品。卢氏自明初来到此地之后,甚有些可歌可泣的业绩,也获得过历代官家的很多表彰,在各处古厝还留有不少旧匾额,惜未统一将这些旧件予以整饬、恢复。另一块新匾主文是"理学博士",是卢氏新一代人才的荣耀,如今整个秋垅片村卢氏博士一级的"学霸"近两位数。

宗祠里的一处装饰很特别:其楹柱不是红色的,而是和板壁一起刷成象征海洋的蓝色,既寓意着宗祠"龙虾"地形的广阔发展空间,也暗喻着卢氏强大的生命力,体现了宽广的胸怀。

10多年前,同村的张氏有一子弟考上清华大学,卢氏支祠打破族姓藩篱,以宗族名义登门致贺并送上奖学金。现任全国人大代表卢玉胜在油茶种植、加工业大获成功后,不忘乡亲乡情,毅然将自己垦殖的3100亩油茶园,划出1500亩赠送给本村村民(含外姓,保证每户一亩),成立了西安村全民股份制的福仙山农林发展有限公司,以推进乡村振兴、实现共同富裕。

秋垅卢氏支祠建成后,族内人才辈出。封建社会时期出过许多秀才、贡生、国学生、监生,甚至传说有一座大宅出了"十八学士"。长房第十四世日成官居布政司理问,摄兴化府职,为闽中地区著名书法家,载入"民国"时期出版的《永泰县志》。在新中国,秋垅卢氏还出了包括清华大学、北京大学在内的许多名牌大学毕业生,不少人成为博士、大学教授、各部门专家,或者走上厅处级领导岗位,为人民作出较大贡献。近年,秋垅卢氏中还走出了著名企业家、全国人大代表。

同气连枝的宗族精神

卢氏支祠在建成后即立有《祭典常例》,主要内容是:年定春秋二祭,春以正月十六日、秋以七月初二为祭期;祭罢备办餐食,每灶(家)一人登席,有增无减;祭典费用来源为每灶(家)捐谷十五斤,连捐三年;所积之谷,除祭典耗用外,余统以贮积生息……

由于年久失修,该支祠几度濒临损毁、倒塌,但族人均能齐心合力予以重修。最近一次修缮乃在2016年春,共筹得资金80余万元,费时三月就重修一新,花费仅50余万元。

　　从修缮过程看,卢氏宗亲并未拘泥于某房门户,不但有长房、三房捐资,连早在第二世即已远迁仙游、连江、霞浦等地的宗亲(7000余人)亦慷慨解囊。另秋垅卢氏为追根思源,曾经多次组织力量到仙游寻找始祖墓地,终于寻得。之后,会同了各地卢招公后裔再次重修,多次举行隆重的祭拜仪式。各地卢氏由此还经常会亲,聚首联谊,共商家族发展大事,同气连枝,皆思报本,充分体现了秋垅卢氏的精诚团结精神,难能可贵。

五子登科——
福清三山后洋
郭氏宗祠

郭小明/文图

后洋自然村位于福清市东南沿海的三山镇,与平潭综合实验区隔海相望,接壤海坛海峡。南北倚山,东西临海。三山的后洋郭氏宗祠坐落于后洋村北部,坐向乾巽兼亥巳,始建于清朝乾隆三十二年(1767年),由寿房第十七世孙屡绅公倡建。

选址考究 钟灵毓秀

郭氏宗祠选址考究。祠堂北部有六山相连,能抵挡冬季北来的寒风,东临大海,能迎来夏日的清凉东风。祠堂左北前方地面上有大小不同的三块方形金印石,右南前方有五粒桃圆形笔架石,后人认为这寓意着"升官发财、才子涌现"。后洋郭氏在此发祥,郭柏荫五兄弟陆续考上举人,形成"五子登科",其中以郭柏荫最为显赫,故而后人又将此八块石头取郭柏荫福清话的谐音,命名为"郭八印"。

郭氏宗祠原规模宏大,祠内文物丰富,在新中国成立后作为生产队集体使用。但在20世纪60年代,祠内的文物遭到毁灭性的破坏,而祠堂年久失修,残破不堪。后来分别在1966年和1969年,原族长元茂及各祠堂理事的带领下,合力重建祠堂后落和前落,但因经费有限,新宗祠无法再现往日的规模,文物也无法再仿制。1980年宗祠被改建为影剧院。直至2004年,在海内外宗亲的鼎力出资下,在原址基础上祠堂得以重新修建。

2004年新修的宗祠是仿古建筑,二层三进式,祠宽14.5米,进深54.65米,建筑面积793平方米,左边附属建筑260余平方米,总占地面积1800多平方米。祠前墙面仿照福清古厝建造风格,底座为六块黑色花岗岩,上墙由红砖垒砌而成。祠正面三门并列,大门门楣上写有"郭氏宗祠"。左右仪门上写有"入孝""出悌"。前墙上方中间有多层式翘脊,脊下中有灰塑八仙过海,中左一图双龙戏珠,中右一图凤朝牡丹,中左二图松鹤万年,中右二图鹿竹同春,上左右两边坐双麒麟。

祠内屋面由十八根阴刻红底烫金字的原木大圆柱承托交叉梁,为屋面主力,层层套接,渐上渐合,形成方块式框架。祠内一进有戏台,正后方有八开雕花脱漆描金屏风式门扇。舞台后中上方为郭子仪拜寿图。二进是观众厅,后中厅上方有"清皇钦赐御匾"一面,中左前后包括左右回廊壁画廿四孝及山水花卉等图案。

三进后落内厅,祈桌上左右两旁放着后洋始祖遗像,祈桌中上方挂有远祖子仪公画像,再上方墙壁内镶嵌前宗祠大门楣"郭氏宗祠"。祈桌正中安放青花瓷香炉,香炉上写着"泽朗郭氏支祠 光绪廿九年岁次癸卯年吉立 天房二十世孙曾準敬制"字样。香炉后是后洋始祖京略公神子牌,右后方历代失祀亡魂神子牌。后落二层回廊后

排正中屹立"四朝元老汾阳王"牌匾一面,左右"文魁"各一面,前排正中立"同治帝御赠鳌峯之院"匾额一面,前排左"五子登科"郭柏心、郭柏荫、郭柏蔚、郭柏苍、郭柏芗匾一面,右"祖孙翰林"郭柏荫、郭曾矩匾一面,前排两边进士匾各一面,共计9块牌匾,彰显着后洋郭氏在科甲上的成就。

派出汾阳 五子登科

后洋郭氏始祖京略公系汾阳王郭子仪后裔,京略公文行兼优,孝友之称,独冠一时。洪武七年,二世祖广生公偕父母遗骸及幼弟迁至后洋,至此郭氏族人以孝友传家,不忘祖德,开枝散叶,人才辈出。

宗祠二楼有一副楹联云:"五子登科阶三公;五福钦赐耀我族。"这句楹联描述了福州黄巷郭柏荫家族"五子登科"的科举盛事,以及后洋族人的自豪。

郭柏荫家族一脉是后洋中兴境天房之后。其先祖志麟公于明万历年间由福清后洋迁居福州省城。曾祖郭敬斋,因为家里贫穷,只好离家去军政官署当助理人员以维持生计,因勤劳肯干,所到每处都被当政者器重。祖父郭霁华,是侯官县监生,卒时70岁,敕封荣禄大夫。为人乐善好施,积德其多。父亲郭阶三,少时读书略涉经义,16岁开始发愤,于嘉庆七年进侯官学校学习,嘉庆二十一年在乡试中高中举人,卒时79岁,敕封荣禄大夫。母亲林桂馨乃闽县乾隆戊申科举人林春芳之女,亦是名门之后,德行高尚,持家有方,年高82岁卒,敕封一品夫人。

郭柏心,曾任永定、漳浦、浦城、南靖等地县学教谕。道光十二年(1832年)中举;咸丰三年(1853年)随同官军克复漳州,奉旨赏加六品衔;咸丰六年(1856年)防守省城事平,奉旨赏戴蓝翎并五品衔。咸丰八年(1858年)太平军由江西入闽,柏心极力督勇团练,后因有功晋五品衔,赏戴蓝翎。

郭柏荫,兄弟五人中官位最高。五岁就开始读书,过目不忘,遍览群经,开始习制举文。17岁时入庠学,深得老师欣赏。道光八年(1828年),郭柏荫21岁时考取举人。道光十二年(1832年)恩科会试中进士,改翰林院庶吉士,授编峰,历任浙江道御史、山西道题、甘肃甘凉兵备道、苏松常镇太粮储道、湖广总督等职,政绩卓越,屡屡受到恤赏。荫回福州后,曾先后主持清源书院、玉屏书院、鳌峰书院,每日以诗帖教习,生徒众多,科场频频告捷。

郭柏蔚,自幼好学,和柏心、柏荫一起读书于冶山寺的翠微楼。道光十四年(1834年)考取侯官县学第一名,即乡试中举。

郭柏苍,年少时读书治学,随父经营盐课。道光十八年(1838年)取进侯官县学,道光二十年(1840年)参加恩科乡试,中举人,初任县学训导,又两次进京会试均不第,摒弃功名举业,转营生计,承盐税。1853年至1865年,太平军数度入闽,柏苍招募乡兵,训练团练,防守要隘,咸丰七年(1857年),授主事,赏员外郎衔。柏苍热心福州地方公益事业,办学校、修祠堂、疏浚城濠等,著书立说,整理乡邦文献,留下了许多颇具价值的福建地方文献。

郭柏芗,由生子监学正辩理福州团练,奉旨加五品选授南靖县学

训导,改补汀州府学训导,调补平和县学训导。郭阶三夫妇年事已高,已见四子登科,因而期盼柏芗登第。而柏芗庚子至己酉都屡试不中。为告慰二老,他丝毫不敢懈怠。咸丰元年(1851年),参加恩科乡试,中举人。

郭氏家族五子登科,一时间被广传为盛事。不仅如此,"兼秋(即郭柏苍)为远堂制军(即郭柏荫)介弟,兄弟五人,皆登甲乙科。子侄及孙行,后先继美,门材极盛。"讲的是郭柏荫兄弟的"五子登科"之后,其子侄辈郭式昌、郭元昌、郭绩昌、郭名昌、郭传昌五兄弟再续"五子登科"的佳话。自此郭氏家族显赫一时,子孙中举者甚多,且均被委以重任。虽这一荣誉与当时后洋的前埔郭氏没有多少关系,但他们认为这是"所喜符朱谶,迁荣出此间",科甲蝉联是后洋观音山祖墓灵气所钟,寻找到自己的根源后,名登科甲的郭柏荫兄弟子侄们并没有忘记自己的祖居之地——后洋,出资修缮宗祠、祖墓等,这也是郭柏荫家族对后洋祖先的敬畏与缅怀之情。

福地毓秀——
闽清玉坂刘氏宗祠

池宜滚/文 刘玲艳/图

闽清玉坂刘氏宗祠位于坂东镇核心区坂中村,这里临溪靠街,地势平坦,风景优美。东面遥依台岫,西面远朝柯峰,甚得地理之要。主体建筑为两进四落,占地面积近3000平方米,前面一进是维济公纪念堂,供奉的是迁居该村的刘氏先祖;后面一进是忠贤祠,供奉的是入闽刘氏的先贤。两部分既为一体,又有明显的区分:主祠外墙为蓝灰色基调,忠贤祠外墙为朱红色。色彩对比鲜明又协调一体,共同构成气势恢宏的宗祠大观。

"文物声名第一流"

宗祠前面的一进两落始建于清乾隆五十五年(1790年),重修于1992年,占地面积2024平方米。主体部分为混凝土建筑,保持仿古的梁、栋、桁、椽,宇内雕梁画栋,花色纷呈。前落外墙正中为高大雄伟的虎头门,尽显大宅气派,高墙、左右通廊围合天井埕地;后落为厅堂,乃常见的一厅两厢房一连廊模式。厅正中设公婆龛,上悬"维济公纪念堂"牌匾，匾下立有一尊由玉坂刘氏台湾裔孙捐赠的维济公半身像。

据刘氏族谱记载，玉坂刘氏肇基于明太祖洪武二年（1369年），肇基祖刘维济是入闽始祖刘存的第十五世孙。昔年玉坂水患频仍，且"时当元季兵燹之际，田园庐居荡然无存"。刘维济"少负经济才"，入驻后艰苦开拓，勤勉垦植，终使该区域成为"文物声名第一流"的富庶之乡、毓秀之地，此后黉楼耸云，并逐步成为闽清的人文经济中心。

几百年来，玉坂刘氏不断生发远播，繁衍各地，县内以坂中、坂东、坂西三个行政村为主，亦有子孙迁居池园、白樟、城关等地；县外则向南平、永泰、闽侯、连江等地扩展，还有部分移居港、台地区；海外以马来西亚最多，遍及美国、澳大利亚等国。当前已有裔孙万余户，五万多人口。全祠设有30多间厅室，除留给集体张挂家族相片等用途外，许多厅室也用作各支或捐建者的自家纪念厅(室)，以旌表各宗亲爱国爱乡的精神和传奇的人生功业。

玉坂刘氏宗祠除了建筑华美之外，还有一大亮点，即祠厅集藏了众多名家名作与墨宝。正堂之上的"维济公纪念堂"六个大字乃著名书法家、福建师大教授沈觐寿所书。大厅两侧悬挂着6幅书画，2幅为山水画，其余四幅为祖训。柱联、牌匾亦多为省内外书法名家所

闽都寻宗 念念有祠

书,件件铁骨银钩,章法隽秀,为祠堂增添不少文采。

双祠联辉成特色

忠贤祠紧挨宗祠,通过一个天井连接,同样为一进两落格局。该建筑主要用于纪念历代刘氏先贤名人,通过展陈刘氏杰出历史人物的功业和事迹,激励后世子孙继承爱国爱民传统和刻苦学习、拼搏创业的精神。双祠联辉的模式在闽清当地为首创。

忠贤祠占地面积970平方米,除了虎头门改在左侧之外,其布局与前面一进几乎一样。它突出纪念"忠贤人物",与主祠对应,形成补充与强调,构成"祠内有祠,祖上溯祖"的文化景观。该部分建筑起建于民国二十五年(1936年)。正厅木质装饰雕刻"龙凤呈祥"和"梅竹争春",油漆贴金。门额上"刘氏忠贤祠"五个大字由时任福建省政府主席的刘建绪题书。厅堂正中祀唐末入闽祖先,暨五忠八贤,左厅立各世系神位,右厅是长生禄位。回廊为两层楼、砖柱、雕花栏杆。外向泥墙上部及火墙翘角浮塑龙、鸟、人物、八骏马等,工艺精湛,造型生动。忠贤祠原为土木结构,2010年重建时改为混凝土结构。

祠内墙上的巨幅石刻叙述两宋时期辅佐朝政、英勇抗金的刘氏先祖事迹,正厅立五忠八贤木雕塑像。左边忠贤厅,右边先哲厅,纪念的刘氏先哲(英烈)有明末嘉靖年间抗倭英雄刘五奇、清末历任贵州省永从等地知县的刘祖宪、黄花岗烈士刘六符、刘元栋、红军烈士刘俊黄等。

回廊左边石刻五忠八贤传略,右边为后世忠烈简介,二层回廊展示近现代海内外刘氏后裔在党、政、军、科、教、文、卫及实业方面的杰出人物照片与简介。双祠交相辉映,满堂光彩。

老祠新用焕生机

近年,玉坂刘氏子孙还将祠堂打造成公共文化活动场所,忠贤祠用作青少年的爱国主义传统教育基地,引导后世子孙通过追慕先贤、传承文脉,养成追求真理、无私奉献的崇高品格。

结合宗祠广场及外围空地,刘氏族人开辟了门球场、体育场,内置有乒乓桌,象棋、围棋对弈桌,设置阅览室,订阅10多种报纸杂志供乡人和游客阅读。在端午等节庆日,宗祠前方演溪开阔河段还常组织龙舟竞赛活动,赛场彩门上的对联生动描述了这一群众性文体活动的热闹景况——"演渚起欢呼,庆午日新龙戏水;溪山生锦色,看神州广厦连云""龙腾虎跃,看四化红花开梓里;舟疾波飞,喜三中紫气满闽都"。

宗祠是血脉的记忆,乡愁的载体,对异国他乡的游子别具意义。坂东刘氏宗亲旅马侨胞特别多,回乡探亲缅祖频繁,且归来必访宗祠。1995年11月,马来西亚砂拉越彭城刘氏公会恳亲团40多人回宗祠拜祖,拿督斯里刘会干作祭文凭吊,缅怀先祖英烈。2000年11月,时任马来西亚科学与环境部长的刘贤镇,诗巫市长刘会洲等人回宗祠参拜,表达缅怀之情。

坂东镇玉坂刘氏宗祠曾入编《八闽祠堂大全》《中国宗祠文化博览》等文史书籍,是名副其实的一方名祠。

闽都寻宗　念念有祠

人杰祠显——
闽清坂东文定许氏宗祠

池宜滚/文图

位于闽清县坂东镇文定村的许氏宗祠，是福州十邑许姓的总祠。该祠始建于清嘉庆八年（1803年），坐北朝南，风火墙土木结构，建筑面积1053平方米。文定村原为闽清三都，村名由出生于该村的福州首位状元许将的谥号而来。许将，字冲元，以文武之才、将相之略闻名于宋、金两国。

御匾高悬　玉音远播

许氏宗祠外观粉墙碧瓦，大门为宽3.63米的圆拱形，走进大门是广场，广场正面是戏台，台上正中书"雅乐启化"四字。戏台往里，便是祠堂主体建筑。上方青石匾额书"许氏宗祠"四个大字，两侧有一亭一鱼雕饰图案。

大门里边是天井、回廊。过天井，便是三排间堂厅。整个大厅由20根圆柱支撑，柱础有圆形、六边形两种，青石细磨，架在廊柱与门柱之上的是杉木大梁。门廊上方为弓箭式仰板,称"曲仰"。梁枋之间斗拱精雕细刻,古朴浑厚。

大厅正中为神主龛,龛顶正中高悬宋徽宗御赐的"世美"牌匾,后人因此曾撰写了一副对联"御匾高悬书世美;玉音远播话冲元",来铭记许将父子的辉煌荣耀。神主龛两旁为厢房,分前后房。祠的两侧是高大的风火墙,依木构屋起伏,形成流畅的曲线,体现了晚清时期闽清地区民间建筑的特色。

民国元年(1912年),许氏在文定宗祠举行了盛大的晋主庆典,邻近各县许姓子孙都将自己直系祖宗神主在此安位,文定宗祠也由此升格为福州十邑许氏总祠。

父子世美 烜赫家声

闽清文定许氏,系东汉末年被称为平舆二龙之一的许劭的后裔,世居河南光州固始县,唐信宗乾符四年(877年),其入闽始祖许令骥随王绪的队伍来到福建,距今已有1000多年。

文定许氏历代多名宦俊杰,最为世人熟悉的当属许将。许将,北宋嘉祐八年(1063年)癸卯科状元,时年26岁,是福州的首位状元。其子许份,宋徽宗崇宁二年(1103年)进士,官至龙图阁直学士。宋徽宗赵佶曾赐许将父子联句:"儒宗硕德卿称首,奕叶文光代有人。"

许将文武双全,先后为北宋五个皇帝效力,始终坚持以德执政,使百姓安居乐业。他入仕后,初任昭庆(今合肥)军判官。三年期满,本可入朝任职,但他却自请继续外任,深入了解民情。史传许将治军极有才能,曾进奏言八事:"兵之事有三:曰禁兵,曰相兵,曰民兵。马之事有三:曰养马,曰市马,曰牧马。兵器之事有二:曰缮作,曰给用。"有一次对西夏用兵,神宗询问兵马配置情况,担当军机重任的枢密院大臣竟回答不上来,只有许将能够对答如流。任职兵部后,他更是锐意作为,在整顿河北、陕西、闽楚等地地方武装方面成效突出。

许将还武艺卓绝。1074年,许将奉旨出使辽国,被安排与辽将比试箭术,他箭中红心,艺压辽将。回朝后,神宗因其言语得体,不失大国体面,升他知审官西院,直学士院,管尚书兵部事。

处身风雨飘摇且党争严峻的宋朝官场,许将三起三落,历尽宦海浮沉,但始终坚守正直之心,不改为民本色。他卒于政和初年(1111年),享年75岁,归葬福州东山。宋徽宗亲赐御书墓表曰:"两朝弼翊赞良臣文定许将之墓。"

许将第八子许份(1079—1133年)亦是名臣。许份自幼年勤学能文,先是以父荫任右承务郎,管理国子监书库。又于崇宁二年(1103年)登进士甲科,宋徽宗亲阅对策,十分赏识,特于便殿召见。

许份任宗正卿七年,宋徽宗以其父拥立有功,特升许份为徽猷阁待制,提举万寿观。不久,出任邓州知府兼荆西南路安抚使加朝奉大夫,封闽县开国子。许份在邓州为官四年,经常深入了解民情,公正严明,有"讼案不积、滑吏无隙"的官声。他还曾奉旨抗旱,亲力亲为,救助饥民数万人。他离任时,群众遮道泣留,随后又在百花洲立祠感恩。

靖康元年(1126年),开封沦陷于金兵铁蹄,许份见时局已不可挽回,遂回福州,住东山大乘寺。绍兴三年(1133年),病卒于僧舍,年55岁,朝廷赠金紫光禄大夫。李纲为他作挽悼诗二首:"芬芳登桂籍,炬赫绍家声。持橐恩辉煌,分符政术明。优优方黱仕,郁郁遽连城。庭户多兰玉,应无可恨情。""接武鸳鸯列,交承淮海州。平生钦德望,避地款风流。樽俎开幽抱,江山共胜游。哪知生死隔,哀泪洗难收。"赞颂许份的家世和才德,表达了与他的真挚友情。

鼎勒钟铭 络绎贤能

自许将之后,文定许氏还走出了许多人才。清进士黄登鲸有联句:"裔本岳为宗,鼎勒钟铭,自昔勋名垂史册;迁来梅以世,庐传瓯

卜，迄今袍笏拥天朝"；清举人许国则撰写了长联："当年扶义主而来，出光州，沿漳浦，居最上等军，纤拖金紫，变彩海，蓝餐应锦万世；奕叶际盛时以起，由灵洞，历贵湖，掇第一班科甲，络绎贤能，边镳锁院，丹楹更焕千秋"等。

许应龙，南宋宁宗嘉定进士，累官兵部尚书。许俭，朱子门生，人称"真儒"，朱熹两造其庐，书"光风霁月"四字匾于其堂。许泾，为民请命，叩阁上书，曾补官漳州准节，深得丞相文天祥器重，曾以五言诗一首相赠。许遘，明英宗正统进士，授乐陵知县迁山东佥事。许天赐，明孝宗弘治进士，授吏部给事中。

在现代文定许氏还走出辛亥革命烈士许逸夫，辛亥老人、陆军中将、民革福建省前主委、省政协前副主席许显时，陆军少将高参许敏纲，航海专家许旺善博士等杰出人士。20世纪，文定许氏子孙还向海外发展，涌现出沙捞越拓荒元老许元双，著名侨领许家栋，马来西亚拿督许如衡，美国著名科学家、核动力专家许事天，实业家许俊延等优秀人物。

钟灵毓秀——
亭江白眉村邱氏宗祠

林宇 杨成和/文 林振寿/图

邱氏宗祠坐落马尾区亭江镇白眉村，占地面积240多平方米，建筑面积180多平方米，砖木混结构。它由邱会财捐出纹银500两，兴建于清道光辛卯年（1831年）。中华人民共和国成立后，族人曾于2000年将其进行修缮，并于2016年耗资230多万元重建。邱氏宗祠重建后，旧貌换新颜，在华丽中蕴含典雅，庄重中不失古朴。

邱氏入闽始祖邱提领，入闽时间不详。明嘉靖年间,邱宗透由延平、沙县辗转白眉村定居,为白眉村邱氏开基祖。其后裔披荆斩棘、拓土创业、瓜瓞绵长、子孙繁衍,历时480多年,已传16代。

2015年,福州市马尾区及亭江镇投入300多万元,建设白眉美丽乡村。全村总人口800多人,其中姓邱的700多人,含侨居美国400多人,是亭江镇主要侨村之一。白眉地处半山区,闽白山峡从闽安村经东盛村、康坂村、前洋村直达白眉村,全长17公里,风光秀丽,邢港畅流,群山叠翠,闻名古今。邱氏宗祠就建在白眉村风光绝佳的地方。

宗祠庄严肃穆,四面封火山墙,前墙石雕镶嵌,雕刻祖先伟功伟绩。正门横额"邱氏宗祠"石刻镀金额,左边门额"入孝"。右边门额"出悌",石制门框与全木大门,尽显邱氏家族的光荣。祠内文物奇观琳琅夺目,厅内廊柱交错,精致典雅,雕梁画栋,巍峨壮观。大厅龙柱挺拔,先祖画像及事迹悬挂墙面,楹联内涵隽永,显示出精湛的建筑风格和文学价值。

白眉邱氏人才济济,各界群星灿烂。邱氏后裔在抗日战争及新中国成立后的社会主义建设中,都作出了牺牲和贡献。其中邱协露为福州城工部地下党党员、革命烈士,邱和治牺牲在抗美援朝战场、为革命烈士。邱清训为中国工艺美术学会根艺研究会委员、福州市根艺研究会理会,邱人凯为佛罗里达州府大学硕士工程师。邱氏后裔还在书写新的辉煌。

巍巍东岭忆征程,老区精神永不渝。东岭游击队革命纪念馆坐落在马尾区亭江镇白眉村,白眉村邱氏子弟是东岭游击队的重要力量之一,在解放战争时期为解放马尾解放福州作出积极贡献。白眉村牛项自然村是革命据点旧址,所属东岭山区地势险要、地广人稀,连接福州、马尾、连江三地,为战争时期的地下革命活动提供了优越的地理条件。1947年,东岭成为重要的游击根据地。白眉村许多邱氏子弟在解放战争中参加的东岭游击队,领导了春荒暴动,以及陈洋、三角坂、潘渡等反"清剿"战斗,参加了罗源霍口开仓分粮,解放连江、马尾、福州等几十场战斗。

解放前夕,游击队已发展到500多人,为福州解放作出了重要贡献。1997年6月,牛项真君堂被列为马尾区革命历史纪念地。白眉邱氏后裔弘扬老区红色革命精神,大力支持亭江镇人民政府、马尾区委党史和地方志研究室,已建造一座福州东岭革命纪念馆,助推革命老区振兴发展。

邱氏最早族谱在1962年曾被焚毁。族人于1988年第二次开牒修谱,遗憾有六房无人参加。2015年正月修谱理事会成立,组织第三次修谱,于本年中积圆谱。族谱名称《眉山邱氏族谱》。谱载:卷首篇、源流篇、世系篇、附记等。主编邱清武,宗祠理事会理事长邱和吉,族谱为印刷体。邱氏郡望为:扶风郡、吴兴郡、河南郡。白眉邱氏行第为:协、清、和、吉、仁、安、泰、学、信、常。

赤峰开基——
连江下园王氏宗祠

梁发平 林丽丽/文图

"赤峰雄奇,飞凤落洋;旗山耸翠,龙脉呈祥;群山为屏,地负海涵;揽山观海,鸾凤翔集。"连江坑园镇下园村,这里洪江秀水,好似玉带环腰;田连阡陌,宛如青碧汪洋。下园王氏宗祠就坐落在这洞天福地。

起步罗源 定居赤峰

明朝永乐年间,下园王氏肇迁始祖王长发自罗源县起步镇迁居连江县坑园镇下园村。长发公观赤峰之恢宏气象,定居于斯,开基启土,发祥生息。

下园村古称下洪村,又名凤下,距离连江县城35公里。后来下园王氏先祖将下洪改名为"下王",寓意子孙后裔酌水知源,铭记祖籍。

新中国成立后,在地名普查时,由于当地方言"下王"与"下园"谐音,造就了如今的"下园"村名。

明朝嘉靖三十九年(1560年),时遇倭乱,贼寇猖獗,村庄破败。为了保住性命,王氏举族逃亡,子孙散若星子流亡各地,其间族谱损毁。清朝康熙元年(1662年),下园王氏族人才陆续重返故土。公元1664年,下园王氏十世祖着手修编倭乱后第一部下园村王氏谱志。据这一谱志所载,下园王氏自肇基始祖从罗源迁至连江下园已有600多年。据王氏后人统计,至2014年,下园王氏已发衍二十二世,可谓根深叶茂、瓜瓞绵绵、子嗣繁荣昌盛。

下园王氏宗祠始建于清光绪丁亥(1887年),它背靠雄伟的青翠峰峦,面临东海滩涂万顷。原祠坐巽向乾,为二进式土木结构,占地面积400平方米,建筑面积350平方米。1950年,下园王氏宗祠被政府征收作为红下小学用地。1972年,红下村与下园村分开办学,下园王氏宗祠也就更名为下园小学。1990年,下园小学新建校舍,将祠堂完璧归赵,重新交由王氏使用。

历经百余载,风雨沧桑,祠内仅剩断壁残垣,摇摇欲坠,垣壁剥落,显露倾颓之势。2005年,为了重建宗祠,族贤王武龙带头率子捐资,得到全族人士的响应,共筹集70多万元资金。经过宗亲集贤合议,遵循古制,重建宗祠。

2006年春,新祠落成。祠宇主体为混砖结构仿清式建筑,占地面积516平方米,建筑面积468平方米。后经"王氏宗祠理事会"成员的精心策划,王氏宗祠再次在原有的基础上进行改扩建。王武龙先生、王建品鼎力相助,积极促成宗祠新修。新修之后,王氏宗祠兼具古香古色与时代新面貌。

巍峨新祠 裕后光前

穿过闹市长街,巍峨祠宇若隐若现。走近宗祠,可见其风火高墙,碧瓦飞甍。外墙贴饰朱红瓷砖,恢宏大气。前墙内嵌青石浮雕壁画,或雕或镂,皆见巧工。三扇铜色仿古前门,左右两个小门门额分别镌刻"出悌""入孝"。正门上方"王氏宗祠"四个鎏金大字,璀璨生辉。大门楹联"启土无诸地,开闽第一家",是对王氏开闽始祖王审知入主闽地,建立闽国的记述。

抬目上观,祠宇之顶还建有一座重檐门楼,八柱三间,丹楹刻桷,描龙绘凤,富丽堂皇,飞阁流丹。楣上外镶鎏金匾额"大展宏图",内嵌对应的匾额"万代辉煌"。檐顶铺盖黄色琉璃瓦,屋脊雕饰双龙戏珠。祠前两尊石狮守卫左右,威武雄健。整个祠宇华美而清雅,肃穆且端庄。

步入王氏宗祠,地面通铺花岗岩,整洁干净。朱红屏风正面彩绘"松鹤延年"图,福字纹样居于正中,屏风反面绘饰"寿星送桃"图。进门见"福",出门见"寿",寓意指福寿双全。大厅梁柱分布"背靠南峰万年青;面朝东海千古流""俯仰此堂中宜念光前裕后;周旋斯室内当思尊祖敬宗""祖德昭明立功立德家声远;后贤俊秀克勤克俭世泽长""慎终追远宗功祖德千年盛;裕后光前源远流长万载兴"等脱胎黑漆金字楹联。

后座横梁蓝底彩绘松、竹、祥云图纹,配以龙凤呈祥。朱红悬匾上书"尊亲堂",意在要后人遵循祖制,尊亲重孝。后座主厅是一座雕龙画凤、金碧辉煌的大型宫殿式神龛,供奉历代王氏先祖,昭祖扬祢。后座梁柱镌刻"闽王开疆德高望重垂青史;后裔承志英俊豪气谱新篇""祖德高深积厚流芳昌后裔;孙枝荣茂瓜瓞绵延绍前徽"楹联。

敦亲睦族 古有遗风

下园王氏古有遗风,尊贤重教,祖训"尊祖敬宗,孝顺父母;凌侮长辈,不悌之徒;亲疏同本,周礼勿违;不分嫡庶,妇重节仪;务重本业,勤劳发家;勤读书史,为官清廉;修建祠宇,名耀谱志;续修谱牒,族之功臣。"后人在祖训基础增添"依法治祠,以德育后;重教兴学,育才望族",形成族规,重视子孙教育,倡导诗书传家。

王氏自到下园肇基,至今已600余载,目前已繁衍400多户,2000多人。新时代,下园王氏后裔分枝全国各地,星罗棋布海内外。可谓枝繁叶茂,人丁兴旺。

2011年,下园王氏宗祠成功举办首届"下园王氏文化节",开展"尊家敬祖爱我宗祠良好风气"主题活动,以宗祠、姓氏为核心,增强王氏宗亲血脉凝聚力,为后人注入文化凝聚力和精神推动力。如今,下园王氏后裔人才辈出,展现出开拓进取、昂扬向上的精神风貌。

梅香两岸——
闽侯南屿镜江
宋氏宗祠

刘长锋/文 林振寿/图

闽侯南屿江口村(现属福州高新区)是清末武状元宋鸿图的故里,又是八闽著名的纺织之乡。苏岐江在这里碧波荡漾,金碧辉煌的"镜江宋氏宗祠"临江耸峙,引人入胜。而最吸引人探究的是,"镜江宋氏宗祠"在台湾居然还有座同名同样的"兄弟祠",它们之间有何历史渊源?

唐朝名相宋璟后裔

江口宋氏是唐朝中兴名相宋璟后裔。后梁开平二年(908年),宋璟的裔孙宋臻为避战乱入闽。闽王慕其才,欲招其为官,宋臻不受,避居闽侯大湖后洋村。传至考成公,肇迁江口,为镜江宋氏一世祖。

江口村外的江面,水平如镜,又称"镜江境",宋氏也就为"镜江宋"。近代,江口是著名的纺织之乡,民谚"江口仔织绸布,嘴边攀讲梭边过"反映了其时民风。当时当地人用手投梭织布,连家里来客也是边谈边织,于是便流传下来这句接地气的民谚。

江口宋氏早年与尚干林氏望族有隔世姻缘,尚干林氏十五世祖林元上娶江口宋氏女,生五子,从此开枝散叶,科甲花开。

镜江宋氏宗祠,始建年代失考。清光绪二十七年重建,20世纪60年代改为剧院,1995年由旅居印尼侨胞宋良浩独资在原址上拆旧重建。

宗祠坐东朝西,总面积1679平方米。面阔三间四柱,前后三进,祠埕前"孝子亭",精雕"二十四孝"图案,与祠堂遥相呼应,突显孝道。整体布局严谨,用材考究,工艺精美。大门上方悬挂"镜江宋氏宗祠"横匾,廊前一对青石盘龙柱分列两边,两尊石狮雄踞大门口左右,两边仪门上方题刻"入孝""出悌"。廊前柱联为"镜水澄清庭阶训鲤圣人门第无双地;江山毓秀馆阁赋梅名相世家第一祠"。气势恢宏,巍峨壮观。

第一进戏台。上有九层藻井,用于集音;戏台两侧彩绘盛唐诗豪太白醉饮、陶令归田、屈原泽旁行吟以及弥勒佛;戏台上前、后柱联均是对戏剧表演的精要概括。

第二进"赋梅堂",这一堂号取自先祖宋璟作"花赋"的雅意。梅花在严寒中开放,独天下之春,作者借以抒发"不趋荣利、甘于奉献"的情怀。堂中圆柱楹联为:"宋薇子启祚自炀公派衍尼山绵祖泽;梁开平入闽从节度祥钟镜水蔚人文。"颂扬先祖德和人文。两边柱联题:"姓字卜金瓯赋就题梅羹鼎三调丞相府;科名班玉笋词成咏杏宫花双报状元家。"颂道先祖曾有的荣耀。堂中四角柱联:"赐金箸表直躬品重赋梅位冠鹓班称第一;活群生魁多士功昭编竹名传胪唱兆成双。"称道镜江宋氏先祖梅品和科名。

第三进"敦本堂",内设神主龛,是祭祀祖先的地方。堂前立一对青石盘龙石柱,后为公婆龛,供奉镜江宋氏列祖列宗牌位。龛前柱楹联:"堂敦里睦乡邻歌恺悌;兄友弟恭伯仲奏埙篪。"表达了族人"敦亲睦族、孝悌友爱"的儒学思想。

祠里大厅内的墙壁上,"信义和平,忠孝仁爱"八字族训隽永醒目;"立修齐志,读圣贤书"祖训匾高挂厅堂,激励后人发奋图强,成为报国俊彦。

一缕梅香牵两岸

江口有"镜江宋氏宗祠",而远在台湾也有一座同名同样的宗祠,被称是"兄弟祠",这两座祠成为闽台两地"两岸一家、血脉相连"的证据与纽带。

在20世纪40年代,随着镜江宋氏纺织业发展,"江口呢"声名远蜚,棉织蚊帐布、条纹被单布连同土纱布在台湾畅销,纺织巨子宋良存、宋良浩兄弟等族人带着纺织设备、技术人员漂洋过海,在台湾办起了纺织厂。这批江口人后来便在台湾发展为台湾宋氏三大支派之一的"镜江派"。

改革开放后,台湾镜江宋氏族人为追本溯源,按大陆宋氏宗祠规模建造了同名同样的祠,并同以先祖宋璟"梅花赋"为主基调,弘扬中华孝道,让梅花翰香弥漫台湾,以留住人文根脉,记住乡愁,使祠堂成为两地宗亲景仰的精神圣殿。

武商双璧竞风流

宗祠堂中"状元""亚元"两块横匾,皆是清代族人宋鸿图取得的科举功名。"超群武艺相传枭鸟栖窗三叫贵;盖世英才全籍魁星踢斗一声元",这副楹联道出了这段科举佳话。

镜江宋氏古今一武一商可谓双璧。明末清初宋氏开始纺织生产,因时常发生布匹被盗,为防盗乡人兴起学武潮。宋鸿图(1849—

1878年），字瑶轩，自幼勇猛威武，且怀救国拯民思想。清同治八年（1869年），宋鸿图拜永泰县名武师授艺，苦练精进，手举90公斤练武大刀，挥耍的似雪飘梨花。清同治十二年（1873年）乡试，录为亚元。清光绪二年（1876年），宋鸿图赴京会试。殿试时，他赢得全场喝彩。钦赐武状元，授正三品头等侍卫。

当代，江口宋氏在纺织业中飞速发展，走出了不少行业精英。华侨宋良存、宋良浩、宋忠尧、宋忠官四兄弟是行业翘楚，个个事业有成，享有崇高的声誉。他们富裕不忘本，为家乡的公益事业和慈善事业作出巨大的贡献。从20世纪80年代以来，宋氏华侨捐建了水库、自来水设施、公路、桥梁、医院、学校、公园等。宋良存、宋良浩、宋忠官分别获得了福建省人民政府立碑表彰的荣誉。

善行天下——
福清高山曹氏宗祠

吴鸿鑫 梁发平/文图

　　高山曹氏宗祠位于福清高山镇东进村曹厝自然村。高山镇历史悠久，是福清市龙高半岛南端的一颗闪亮的明珠。这座千年古镇被耸翠的万底山高高托起，镇域滩涂万顷，海岸延绵，曹氏宗祠便屹立于镇区西边之冲要，曹厝自然村之中心。

始建于清 几度重修

　　走进曹厝自然村，这里风光优美，民风淳朴。东皋山下的曹氏宗祠正是汲取这片土地上悠久历史文化沉淀而生长出的苍劲大树。

　　根据史料，曹氏宗祠始建于清宣统二年（1910年），由印尼华侨曹敦梅所建。后历经风雨70余载，祠堂在岁月侵蚀之下日渐破败。至20世纪80年代，乡中贤达之士倡筹重修,祠堂再次容光焕发,又在其二楼处又创立起幼儿园,肃穆祠堂被赋予了新的功能,迎来了琅琅的稚童读书声。这是曹氏宗祠的又一次新生蜕变。

春去秋来,时代不断变迁,曹氏宗祠再迎来新一轮的改造——2014年11月,福耀玻璃工业集团股份有限公司创始人、董事长曹德旺全资为曹氏宗祠进行了全面重修。

新修祠堂依据原有资料的记载,保持了不变的坐向。它进深20.5米,面宽11.88米,脊高8.16米,面积为237平方米。祠堂旁建有东皋山剧场、东皋山敬老会,三座建筑成一排而立,汇聚形成曹厝自然村的文化中心点。新祠美轮美奂,来者迎面即可见祠堂大门上的鎏金大字"曹氏宗祠",两边侧门镌刻"入孝""出悌"。墙体上半部分以丹红描色,下半部分以白砖铺砌,墙楣上雕饰人物典故、花卉鸟兽,雕工精湛,令人赏心悦目。

祠堂内更是流光溢彩。木质斗拱上图案贴金,浮丹叠翠。大理石梁柱镌金字楹联,意蕴隽永。全祠分为前、后两厅,前厅宽敞明亮,匾额琳琅满目,墙体上镶嵌的石刻碑文,皆出于高山曹氏的能人志士;后厅庄严肃穆,木质镂金屏风横隔先祖神龛,屏风上人物花鸟栩栩如生。满目的金碧辉煌,彰显了曹氏子孙建祠之用心。

凤集宝地 东皋传芳

"凤凰不达无宝之地,凤冈得名成胜迹。"据镇府碑志记载,曹氏宗祠之祠址曹厝自然村是一处难的得宝地,传明代曾有凤翔集于此,无名山冈因而得名凤冈。此后建起的凤冈书院,如今已是高山镇一处文化胜迹。曹氏始祖肇典公于明代肇迁于曹厝扎根发祥,耕读传家。

据《谯国东皋山曹氏族谱》记载,曹姓来源自古分有两支。传说上古五帝颛顼帝的玄孙陆终之妻怀孕十一年,一次生六子,其第五子名安,赐姓曹,封在曹国为诸侯。后来,周武王灭商建周后,将他的弟弟叔振铎封在曹国,而原曹国的曹安后裔改封在邾国。曹安的后裔中分出两支,一是以后封国为姓,是为朱氏,一是以原封国为姓,即曹姓,因而后代奉曹安为曹姓始祖。另外,东汉末年,夏侯嵩因过继给宦官曹腾为义子而改名曹嵩,曹嵩的儿子就是曹操,这是另一支曹姓,奉曹嵩为始祖。

而高山曹氏,其源流记载并不明晰。族谱内《癸酉年修谱序》大致描写了高山曹氏的肇迁历史:"吾东皋山(即高山)曹氏,未知始祖发自何地,何时迁入东皋山。只知是明末倭患,逃往内地。倭患平息后,一世祖肇典公回迁故里。吾乡相传,是从塔溪迁居至此。"此后,每每修谱,高山曹氏宗亲皆去访塔溪宗亲。据宗亲介绍,在塔溪的后山有着东皋山庙宇旧址,更有东皋墓旧址。以东皋山旧谱与塔溪宗谱对照,塔溪六世祖肇辈与东皋山回迁一世祖肇典公辈分相同,发展至今,代数也相等。于是,1993年重阳佳节,经过乡内百余位老人的讨论,认为东皋山曹氏始祖系迁居自塔溪。

"首善"之乡 家风绵绵

东皋山曹氏英才辈出,代有文人,其优良族风功不可没。高山镇这座千年古邑,代代传承着一种难能可贵的精神,他们推崇认真学艺、精益求精、自强自立、谦卑低调、礼让仁慈与乐善好施。其中乐善好施对后世子孙的影响最为深远。

饮水思源,尊宗敬祖的传统美德也是高山精神的一部分。据会长曹代建介绍,高山曹氏发展至今已传至二十一世,如今村内人口800多人,远播海外者有1000人左右,包括日本、丹麦以及印度尼西亚。不论是扎根乡土还是远渡海外,血脉始终是曹氏子孙强大的"黏合剂"。每每修祠修谱,海内外宗亲皆鼎力相助,解囊捐资。

曹氏十五世祖灶仁公,字纪玉,又名敦梅。《谯国东皋山曹氏族谱》记载,曹敦梅先生早年在印尼经商,人虽远渡海外,依然心系故乡。重归故里后,曹敦梅倡建曹家宗祠,献巨资为建祠缘首,又在祠堂兴办学校,培养人才,为家乡的文化与教育事业作出了巨大的贡献。曹宗祥先生回忆,"他是第一位对家乡作出重大贡献的人,家乡修路、建房,都有他的功劳。"在族谱《赞曹敦梅先生序》中,更是评价其:"矜孤恤寡,敬老怜贫……乐公好施。"

"仁义礼智信至诚为实,忠孝节德行从善如流。"据宗祠理事会会长曹代建介绍,新建宗祠内,有两副楹联为曹德旺所赠,这便是其中一副。可看出,"善"与"诚"是曹德旺走上慈善之路的初心。

曹德旺事业有成后,不断回报社会。有数据统计,从1983年第一次捐款至今,曹德旺累计个人捐款已达160亿元。他对家乡的建设亦是倾心投入,多次捐巨资修故乡的庙宇名刹、筹建闽东饮水工程等。曹代建会长介绍说:"曹德旺每年通过慈善机构捐款50万元给曹厝村,用于村中贫困户、卫生保洁、医保、90岁以上老年人。"2007年,曹德旺还出资180万元,为迁肇平潭的十几户曹氏宗亲修建了福耀新村。族谱评价曹德旺"公发达不忘桑梓,每逢族内乡里兴办公益事业,皆慷慨解囊"。曹厝自然村的兴旺发达,是对曹德旺"心若菩提,善行天下"的完美印证。

"四知"家风——
永泰嵩口杨氏祠堂

张建设/文 胡伟生/图

从永泰嵩口古镇码头沿直街南行，越过樟梅公路，在进入网红打卡点鹤形路入口前，左手边有一座门头并不显眼的古建筑。建筑基础为菱形石砌，规整平齐；门前三步如意踏跺，朴实大方；整石架设而成的门框，坚实厚重。门楣上镶嵌石匾，上书"杨氏宗祠"，左右小门，楣书"入孝""出悌"。

少有人知道，这是一座能体现嵩口古镇历史及人文特色的重要建筑。

形制特殊 寓意深刻

从左边小门进入后，抬头就是双菱轩轩廊式穹顶，轩梁之下均设有雕刻精美的垂花柱，花型为盛开的莲花。而正堂前的垂花柱则是繁复的四面立体透雕，主体是八仙群像。正厅的轩廊穹顶拱板则均为镂空雕，花型抽象简单而整齐划一，颇有规模，显示出一种整体美、阵势美。

正堂之上，太师壁两边屏柱顶端雕刻着一对色彩鲜艳、展翅欲飞的凤凰，形象饱满，栩栩如生。凤凰之间，是一轮气势磅礴的红日。屋顶梁架为四梁扛井结构，应为当年的建筑原件，而梁柱之间的牛腿斜撑造型却显得十分简单，这或许是原件被盗后补做的，令人感叹传统工艺的失传。在正堂轩廊的月梁童柱上，其雕刻图像也很有意思，童柱下部为两只憨态可掬的欢喜狮子，月梁上的雕刻左为文士，右为武将。

两厢回廊上部的构造很奇特，为永泰县内罕见的为双层屋檐、双层女儿墙。双檐间，似有一层楼阁，实为山墙。二重檐内有龙草花造型的灰塑彩绘，线条流畅。在女儿墙的垛口，上部绘有自鸣钟，应为当年最先进的西洋机巧之物，钟面指针指向吉时良辰，并墨书"湖光山色映楼台""西园翰墨""东壁图书"等文字，下层的垛口彩绘为"竹鹿""松鹤"等，均是品行高洁之物，寓意"六合同春""松鹤延年"。双层檐之上，则是高高昂起的马头墙，也是双层错落有致，均在如意墙头又延展出龙舌燕尾翘，线条舒缓大气，映衬着蓝天，勾勒出两道优美的天际线。

这些建筑形制很有特色。太师壁上高悬红日，既是寓意杨家历史上曾经出过"天子"，更是教育子孙后代处世为人必须光明正大，胸怀坦荡。凤凰的雕饰寓意杨家曾经出过多位皇后，也体现家族里对女性的尊重。

四知家风 代代相传

根据修撰于乾隆二十六年的杨氏族谱，嵩口杨家来自弘农杨氏。弘农杨氏在东汉出了一个名臣杨震。他为官正直，清正廉洁；有一次他推举的王密正任昌邑县长，晚上去客舍看望杨震，送金十斤。杨震说："老朋友知道你，你为什么不知道老朋友呢？"王密说："现在是深夜，没有人会知道。"杨震说："天知、地知、我知、你知，怎么说没有人知道呢。"王密惭愧地离开。这"四知"是著名的廉政故事。

到隋唐时代,杨震的嫡裔杨坚建立了隋朝,任命了同宗的杨濯缨为南平侯。杨濯缨认为隋文帝杨坚性忌而多猜疑且暴虐,故时常借故不入朝面圣,后为避祸,就辞职渡海到闽越隐居。来到福州时,他见到一口井名钓龙井,井水清澈透底,以为与自己名号暗合,"可以濯我缨"也,遂居留此处,并将自己的支系命名为"井边杨氏"。

到了濯缨公孙子宾琦公时,他秉性疏散,志在山水。唐显庆年间,偶然泛舟逆大樟溪而上,来到嵩口地界,居于现邹湖、垅口等地。他见此地山高水曲,位于大樟溪之滨,故取名"嵩阳",至今已1300多年。而其第八代孙凌云公,"天宝十一年(752年)举秀才",至今亦已逾千年。

杨家肇迁嵩阳之后,出了不少人才。第十二代武昭公,在唐代僖宗五年(878年),以功封振威将军,镇守安溪,遂家焉。而其弟武仁公则留居嵩阳。据民国版永泰县志载,明洪武年间,作为平民的第二十六代孙杨维吉在官军抓捕匪寇温九时,"奋勇登先,冒重伤突入阵,乃获温九,械系解藩司,境内获安。"

杨家祖厝原在邹湖(大邹),清末毁于匪寇,而宗祠所在周边土地,历史上都是杨家的,经匪难后,杨家虽式微,但眼见余地也不断流失,族人遂在此鸠资建起宗祠。因此,虽然此祠堂至今才有120年历史,其家族的发展史却体现了嵩口镇的古老悠久。据乡人称,杨氏是最早到嵩口肇基的姓氏。

崇尚廉洁 古已有之

杨氏宗祠有楹联9副,其中大量引用了杨震"四知""三不惑"、杨时的"程门立雪"、杨继业忠烈、明代杨氏三宰的勤正等典故,集中体现了杨氏的清白家风的传承。

堂上的挂轴书卷,分别写着"傲不可长,欲不可纵;志不可满,乐

不可极""敬恭为祖国;居家
必正廉""孝廉""以善为宝;
述善必信""述善必行;述善
必果""欲高门第须为善;要
好儿孙在读书"等。这些格
言分别来自月洲宁远庄张
家、嵩口述善堂林家。

宗祠中还有木雕挂件
"水纹双鱼",典出《后汉书·羊续传》:东汉羊续任太守时,有府丞送给
他一条名贵的大鱼,羊续将鱼收下,但不吃也不送人,而是将那条鱼
"悬于庭"。府丞不久后又送鱼来,羊续便将上次悬挂于庭院中的那
条鱼指给府丞看,以此谢绝。从此羊续就有了"悬鱼太守"的雅号,
"悬鱼"便成了为官清廉的典故,常被征引。后来,官宦之家建房子
时,都在房屋的正脊两端的博风板中间,垂以悬鱼雕饰,以示清廉。

此外,宗祠内还有展板,表彰杨家入闽始祖濯缨公、入嵩始祖宾琦公的清廉风骨,表述杨震的清廉事迹和清白家风。在这里还可以了解到"嵩口司"的故事,表达了老百姓对清官的尊崇。不论是大门口的楹联"身无三惑名扬远,官畏四知世泽长",还是内部垂花柱的莲花,以及灰塑彩绘里的"竹鹿、松鹤"、两厢悬挂的悬鱼摆饰等,无一不在体现清廉、高洁。

品读杨氏祠堂,不仅可以了解杨家在此地的发祥历史,还可以了解到嵩口古已有之,崇尚廉洁的风气。

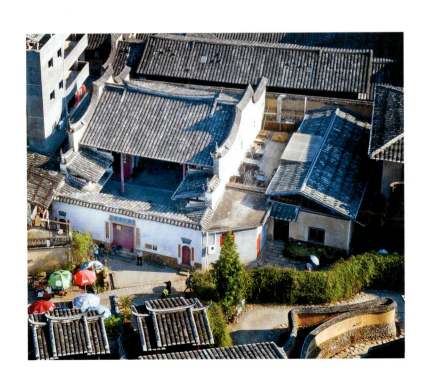

图书在版编目(CIP)数据

　　闽都寻宗　念念有祠/福州市文化馆,福州市非物
质文化遗产保护中心编. — 福州:海峡文艺出版社,
2023.12
　　ISBN 978-7-5550-3489-6

　　Ⅰ.①闽… 　Ⅱ.①福…②福… 　Ⅲ.①新闻报道—
作品集—中国—当代 　Ⅳ.①I253

　　中国国家版本馆 CIP 数据核字(2023)第 236645 号

闽都寻宗　念念有祠

福州市文化馆　福州市非物质文化遗产保护中心　编

出 版 人　林　滨
责任编辑　佘明建
出版发行　海峡文艺出版社
经　　销　福建新华发行(集团)有限责任公司
社　　址　福州市东水路 76 号 14 层
发 行 部　0591—87536797
印　　刷　福州喜临门彩色印刷有限公司
厂　　址　福建省福州市仓山区建新北路 151 号
开　　本　787 毫米×1092 毫米　1/16
字　　数　226 千字
印　　张　18.5
版　　次　2023 年 12 月第 1 版
印　　次　2023 年 12 月第 1 次印刷
书　　号　ISBN 978-7-5550-3489-6
定　　价　98.00 元

如发现印装质量问题,请寄承印厂调换